# HERMES

在古希腊神话中,赫耳墨斯是宙斯和迈亚的儿子,奥林波斯神们的信使,道路与边界之神,睡眠与梦想之神,亡灵的引导者,演说者、商人、小偷、旅者和牧人的保护神……

西方传统 经典与解释 HERMES
Classici et Commentarii

莎士比亚绎读
Readings of Shakespeare

刘小枫 甘阳 ◎ 主编

# 莎士比亚的罗马
## ——共和国与帝国

Shakespeare's Rome
Republic and Empire

[美] 保罗·坎托 Paul A. Cantor ｜ 著

张霄 ｜ 译

华夏出版社

古典教育基金·蒲衣子资助项目

# "莎士比亚绎读"出版说明

据译界前辈戈宝权查考,1856年,英籍传教士慕威廉翻译出版《大英国志》(上海墨海书院印行),国人首次得知西域有个名叫"舌克斯毕"的伊丽莎白皇朝文人——"莎士比亚"这个译名则最早见于梁启超的《饮冰室诗话》。中国甲午战败之后不久,英籍传教士艾约瑟编译的《西学略述》(1896年,上海著易堂书局版)详细介绍了莎士比亚——其时中国已经面临巨大的改制压力。清末新政时期,林纾与魏易合译的莎士比亚故事集《英国诗人吟边燕语》出版(1904,收入"说部丛书"第一集);革命党人推翻帝制行民主共和之后不久,初版的《辞源》(1915)已列入"莎士比"词条;随后不久,林纾出版了以文言小说体翻译的莎剧四卷(1916)……"五四"新文化运动之后,翻译莎剧成为我国新派文人的最爱,1930年,经胡适之倡议,中华教育文化基金董事会编辑委员会成立了"莎剧全集翻译会"……据统计,自三十年代以来,莎士比亚在汉译西方文学经典中一直位居榜首,有的剧作译本达上百种之多——第二共和前期(1949—1960)出版的莎剧译本已达44种,印数44万余册。

不过,我国学界对莎士比亚的认识基本上还停留在"绝世名优,长于诗词"的层次,距离林纾所谓莎氏"立义遣辞往往托象于神怪"的看法相去并不太远。莎士比亚不仅是最伟大的英语诗人,也是西方思想大传统中伟大的政治哲人之一。在西方文教传统谱系中,不断有学人将莎士比亚与柏拉图并举:莎士比亚戏剧以历史舞台为背景,深涉人世政治问题的底蕴,尤其是王者问题,一再激发后人掂量人性和人世的幽微,为后世探究何谓优良政制、审慎思考政制变革奠定了思想基础——不仅如此,与柏拉图的戏剧作品一样,作为政治哲人的莎士比亚没有学说,他的政治哲学思考无不隐含在笔下的戏剧人物和戏剧谋篇之中。百年来,我们一直在经历前所未有的从帝制到民主共和的政制转变,却鲜有人看到,莎剧为我们提供了一笔巨大的政治哲学财富。晚近三十年,我们的莎剧全译本有了令人欣喜的臻进,但我们对莎剧的政治哲学理解仍然没有起步。

西方学界对莎剧的政治哲学解读很多,绝非无书可译。"莎士比亚绎读"系列或采译西人专著和相关文集,或委托青年才俊编译专题文萃,以期增进汉语学界对莎剧的政治哲学品质的认识。

古典文明研究工作坊

西方经典编译部甲组

2010年6月

# 目 录

再版前言 ················································· 1
初版序言 ················································· 4
致谢 ····················································· 19

导言　莎士比亚的罗马性 ································· 21

## 第一部分　《科利奥兰纳斯》

第一章　共和国政制 ····································· 57
第二章　没有统治者的城邦 ······························· 81
第三章　没有城邦的人 ·································· 105

## 第二部分　《安东尼与克莉奥佩特拉》

第四章　帝国的政治 ···································· 137
第五章　爱欲的释放 ···································· 169
第六章　爱情与僭政 ···································· 202

索引 ··················································· 231

# 再版前言

[3]当芝加哥大学决定重版我的第一部著作《莎士比亚的罗马：共和国与帝国》，以配合他们出版我的新书《莎士比亚的罗马三联剧：古典世界的暮光》(*Shakespeare's Roman Trilogy：The Twilight of the Ancient World*)时，我感到很高兴。长久以来，我都渴望对这本早期的著作做个修订，以便增添我在这些年间发展出的新观点。最终，我意识到，恰当的解决方法是，就这一主题写一本全新的书。既然我已经完成了这项工作，我们就完全以此书的1976年版本重版了《莎士比亚的罗马：共和国与帝国》。我的新书，使我有机会修订我在更早的那本著作中所说的一切，并详细地阐释，自我写完《莎士比亚的罗马》以来的四十年间，我对《科利奥兰纳斯》《裘利斯·凯撒》和《安东尼与克莉奥佩特拉》产生的新想法。我希望，第一次阅读《莎士比亚的罗马》的读者，会获得转向《莎士比亚的罗马三联剧》的动力，以便看到我对莎士比亚最伟大的作品中的三部的进一步反思。同样地，对《莎士比亚的罗马三联剧》的阅读，将让我们对《莎士比亚的罗马》有新的认识，特别是，这会给我在此书"爱欲的释放"一章中的讨论以新的意义。在《莎士比亚的罗马三联剧》导言中，我解释了这两部书的不同之处，并指出了新书在哪些方面标志着对旧书的超越。《莎士比亚的罗马三联剧》或许是本范围更广的著作，但由于《莎士比亚的罗马》[4]聚焦在《科利奥兰纳斯》和

《安东尼与克莉奥佩特拉》上，它使我得以按照莎士比亚的描绘，更深入地分析共和国与帝国的独特世界。在这本书中，我弄清楚了共和国与帝国政制如何运行的细节，并且，我也更多地使用了那种人物分析的方法，这是大多数研究罗马剧的典型方式，例如，我以未在《莎士比亚的罗马三联剧》中使用的方式，探讨了科利奥兰纳斯的骄傲和安东尼与克莉奥佩特拉的爱情。这两部著作相互补充，以不同的视角着眼于相同的问题。莎士比亚的天赋传奇般地用之不竭，即便有着两本书的篇幅，我也不能说，这就是在谈到罗马剧时所有可以探讨的问题。尽管如此，我认为，这两本书共同阐明了莎士比亚成就的核心层面，特别是其政治的维度。

回到在我写作《莎士比亚的罗马》时的20世纪70年代，那时我感到，需要证明以政治的方式解读莎士比亚罗马剧的正确性。毕竟，在新批评的余晖中，当时的人们仍然在书写罗马剧中的意象模式，并将它们视作抒情诗歌。结果，《莎士比亚的罗马》构成了在文学批评领域中始于70年代的部分剧变，它将政治问题带到了莎士比亚研究的前沿。特别是，这部书是后来众所周知的"作为政治思想家的莎士比亚"研究方法——这一方法产生于阿尔维斯（John Alvis）和韦斯特（Thomas West）编辑并于1981年面世的同名书目——的一个早期例证。我认为，应将莎士比亚归入从政治哲学的观点看待罗马的悠久传统中。据此，我在两部书中，以比通常更广阔与更哲学的语境研究了莎士比亚的罗马。为了理解古典城邦（the polis）的特殊本质，我返回到柏拉图和亚里士多德那里；为了具体分析罗马的政制，我引证了波里比乌斯和普鲁塔克。我也借助了马基雅维利对罗马的理解，或许这一理解对莎士比亚有着直接的影响，但无论如何，它是对理解罗马历史对于现代世界而言的更大重要性[5]所做出的重大贡献。

在《莎士比亚的罗马三联剧》中,我阐释了罗马剧的哲学背景,以便理解更清晰、更完整的莎士比亚的罗马。在这本新书中,我甚至将关于罗马的对话延伸到莎士比亚和其他思想家之间,包括莎士比亚本不可能读到,但在许多方面莎士比亚都走在他们前面的那些人——例如孟德斯鸠、黑格尔和尼采这些哲学家。作为一个哲学问题,罗马从古到今一直是政治理论的核心。罗马的历史被证明是理解诸共和国和诸帝国差异的关键之处,因此,更普遍的是,它是将政制作为人类生活中的构形动因(formative agent)来研究的关键。正如我在《莎士比亚的罗马三联剧》导言中所解释的,莎士比亚加入了一个悠久而著名的传统,即从政治层面而言,罗马共和国比罗马帝国更为优异。

随着更多地研究罗马剧,我愈加确信,就深度与广度而言,莎士比亚对罗马的思考可以与任何曾探讨过这一主题的人相媲美。我希望,《莎士比亚的罗马》和《莎士比亚的罗马三联剧》可以共同证实这一主张。我反复重回到罗马剧这里,一直试图推进我们对莎士比亚与罗马的理解。

这次重版使我得以更正初版致谢中的重大遗漏。那时,我在康奈尔大学的编辑让我不要提及他,但在此版权移交之际,我相信,我现在或许可以说,如果没有肯德勒(Bernhard Kendler)坚定的支持与慷慨的鼓励,这本书就不会出版。

# 初版序言

## 一

[7]这部对《科利奥兰纳斯》与《安东尼与克莉奥佩特拉》的研究基于一个设想,即莎士比亚的罗马剧或许能为我们提供一个了解罗马与莎士比亚的机会。虽然这一假设似乎并无什么害处,但它与对罗马剧最常见的批评态度相抵牾。自从本·琼生开始,质疑莎士比亚对罗马的知识就成了一种时尚,甚至有人坚持认为莎士比亚的罗马人只是改头换面的伊丽莎白时期的英国人。① 然而,这一观点似乎并非来自对莎士比亚笔下的罗马的实际研究,而是采用了一种批评的假设形式。出于种种原因,评论家们从一开始就假设,罗马在莎士比亚的罗马剧中至多只有次要的意义。第一种意见认为,莎士比亚关注普遍的人类天性,因此不关心一个给定的角色是罗马人还是英国人。萨缪尔·约翰逊在《莎士比亚戏剧集》序言中的经典表达如下:

> 他的故事需要罗马人……但他所想只是人……一位诗人会忽视国家或身份这些不重要的区别,正如一位画家只要对人

---

① 歌德是这一观点最著名的发言人,虽然他只是顺带提了一下。Johann Peter Eckermann, *Conversation with Goethe*, January 31, 1827.

物满意就可以忽略衣服的褶皱如何。①

还有一些评论家觉得,莎士比亚作为诗人,不可能对政治这样缺乏诗意的主题感兴趣,因此他自己不可能直接关注如罗马这样政治的主题。② 又有一些评论家认为,莎士比亚作为[8]伊丽莎白时代的英国人,已经距离罗马的时代过于遥远,因此他无法正确地理解罗马,③ 也因此,任何对他笔下罗马的研究都只是对故纸堆感兴趣。

无需详细地评论这些立场,我们或许可以指出,每一种立场都以其各自的方式失于武断。约翰逊称,莎士比亚会忽视"国家或身份这些不重要的区别",这个说法或许对,但我们是否能够不经研究就确信这些区别只是无关紧要?只有毫无偏见地研究莎士比亚的罗马剧,我们才能评判莎士比亚的人物身上是否有本质上的罗马属性。

至于第二种观点,即假定莎士比亚对于政治毫无兴趣,若带着这种观点来研究他的罗马剧,便是在审视主要证据之前就下了判断,而这样的判断一定有失公正。初见之下,莎士比亚的罗马剧似乎处理了政治性很强的主题,它们也的确是莎士比亚政治性最强的悲剧。因此,只有在研究罗马剧的过程中,我们才能得到有关莎士比亚对政治的兴趣的一些合理结论。

---

① Samuel Johnson, *Works* (New Haven: Yale University Press, 1968), Ⅶ, 65-66.

② 如 John Palmer, *Political Character of Shakespeare* (London: Macmillan, 1945), pp. 308-309。

③ 有关声称《科利奥兰纳斯》中对普鲁塔克的违背"或许相当自然且在无意中表明了如下原因,莎士比亚不关心政体理论,而且他不能理解由作为身体的自由民统治的、自我管理的古典共同体理论",见 M. W. MacCallum, *Shakespeare's Roman Plays and Their Background* (London: Macmillan, 1910), p. 513。

至于第三种观点，它作为一种自我应验的预言，有着所有历史主义立场的缺陷。如果我们先验地认为莎士比亚不能理解罗马，我们就永远不会足够认真地阅读他的罗马剧，并以此来评判他是否真对罗马有所洞见。要是从一开始就确信这里什么都没有，当然就很难找到任何东西。

简言之，对莎士比亚可能或不可能了解罗马作出任何理论上的假设，都让我们在阅读他的罗马剧时带着先有的偏见，从而不去留意他实际上如何描绘罗马。忽视莎士比亚对罗马的真实描绘，使我们对罗马剧的阅读产生了偏见。只有在一开始就承认有可能通过阅读莎士比亚的罗马剧获得对罗马的一些了解，一个批评家才会足够细心地去研究罗马剧，并发现它们可能展现了什么洞见。因此我希望，[9] 这本书能重启有关莎士比亚对罗马的知识与理解的问题。我相信，对这一问题的研讨会在新的维度上揭示出莎士比亚在罗马剧中的成就。

暂且尊重莎士比亚对罗马的知识，这一探索方法的决定性优势可能就在于，它要求评论家自己尽可能多地理解罗马。缺乏关于罗马的知识会导致怎样的困难呢？我们可以给出一个例子。评论家们似乎对《科利奥兰纳斯》中描绘出的政府形式这一相对简单的问题争论不休：大多数评论家称《科利奥兰纳斯》中的罗马是贵族制，但有些评论家谈及莎士比亚笔下的罗马，好像它反而是民主制。① 考虑到莎士比亚的罗马中有类似元老院或执政官这样的设置，罗马

---

① 参见 James Phillips, Jr, *The State in Shakespeare's Greek and Roman Plays* (New York: Columbia University Press, 1940), p. 206: "民主制在《科利奥兰纳斯》中得到尝试并存在缺陷。" Norman Rabkin, *Shakespeare and the Common Understanding* (New York: The Free Press, 1967), p. 135, 谈到科利奥兰纳斯"在民主制中寻找一条接受公职的方法"。

政制好像确实立足于贵族制的原则;但如果我们也在其中看到护民官制度以及平民投票权,则罗马政制又好像是基于民主制原则。那些习惯性低估莎士比亚在政治方面的兴趣的评论家,或许会将这种显而易见的含混归咎于剧作家自身。他们或许会说,莎士比亚只是在有些关头把罗马描绘为贵族制,而在另一些关头把罗马描绘为民主制,而且他本人并不在意,甚或并没有意识到这种矛盾。

但莎士比亚并非对罗马共和国的政府形式感到迷惑不解。如果像大多数对《科利奥兰纳斯》政治方面的讨论所假定的那样,只存在三种可能的政府形式(君主制、贵族制与民主制),①那么将莎士比亚笔下的罗马归类就确实很困难。但正如那些著书讨论古代问题的作家们所亲自指出的那样,不能将罗马共和国理解为一种单一政制的模式。政治理论家常将罗马共和国视作第四种政府形式的范例,即所谓混合体(mixed constitution)或混合政制(mixed regime),②它恰恰就包含着莎士比亚在《科利奥兰纳斯》中描述的贵族制与民主制的混合。就此而言,[10]莎士比亚对罗马的知识显然胜过许多莎评

---

① 参见 Phillips,页 104。
② 有关此类主题,参见 Kurt von Fritz, *The Theory of the mixed Constitution in Antiquity*(New York:Columbia University Press,1954)。混合政制思想源自亚里士多德,被希腊历史学家珀律比俄斯用于罗马,随后以不同形式成为马基雅维利分析罗马共和国的基础。见亚里士多德,《政治学》,1293b - 1294b;珀律比俄斯,《罗马兴志》,Ⅵ.10 - 18,以及马基雅维利,《论李维〈罗马史〉》,Ⅰ.ii。有关罗马剧中混合政制的相关观点,参 Clifford Chalmers Huffman, *Coriolanus in Context*(Lewisburg:Bucknell University Press),pp. 30 - 34。Huffman 的书研究混合政制观念在文艺复兴时代的政治思想,是在英国作家中非常重要且传播广泛的令人印象深刻的文献。有关文艺复兴时代的英国诗人已了解混合政制的证据,参 Fulke Greville, *A Treatise of Monarchy*,第 618 - 619 节,见 *The Remains*(London:Oxford University Press,1965),p. 190.

家。我们越多阅读关于罗马的书,就越能意识到,莎士比亚如何准确把握到了罗马政制的本质属性以及罗马历史包含的核心问题。

当然,我一开始只能将这作为个人的阅读印象提出,我希望在探讨罗马剧的过程中运用文献来论证这一点。例如,我会在第一部分证明,理解混合政制如何运作,乃理解《科利奥兰纳斯》情节的根本。

## 二

阅读《科利奥兰纳斯》,我们十分需要理解罗马共和政制的细节,而要理解一个作为群组的罗马剧,则更需要意识到罗马共和国与罗马帝国的整体差异,因为在研究莎士比亚的罗马剧时,我们实际上面对着两个性质完全不同的罗马。我们应该意识到,罗马帝国,这个有着举世无双的军事征服战果的罗马共和国的继承者,并未保留那些获取这些征服战果的政治原则。这原则首先是,罗马共和国重视鼓励其公民在战争中的英勇。"帝国"在比喻义和字面义上都意味着一种巨大的牵制作用,带来的结果是,许多让共和国时期的罗马人脱颖而出的特殊力量与美德,在帝国时期的罗马人中消失了或者至少开始衰弱下去。

在罗马共和国的大部分历史中,罗马人的存在大体上具有本质的公民性,因为罗马城邦为其公民提供了生活的焦点。然而,一旦罗马开始将征服的疆域扩展到意大利的边界之外,城邦本身就渐渐在罗马人的生活中失去中心地位。特别是军事指挥权时限的延长——它超过了最初的一年之限,使将领们得以在军队中培养[11]对他的个人忠诚,[①]再加上罗马公民权扩展到意大利的所有民族,

---

[①] 参见马基雅维利,《论李维〈罗马史〉》,Ⅲ. xxiv,以及孟德斯鸠,《罗马盛衰原因论》,David Lowenthal 译,Ithaca:Cornell University Press,1965,页91。

这些都破坏了城邦的首要地位。

孟德斯鸠写到第二个发展趋势：

> 随后，罗马不再是这样一个城邦——它的公民只有单一的精神，一种对自由单一的爱，与对僭政单一的憎恶。……一旦意大利的各民族都成了它的公民，每座城市就都为罗马带来它的天赋和特殊的利益，也带来对某些伟大的保护者的依赖。这个注意力分散的城邦不再能形成一个完整的整体。既然公民只是一种这样的虚构，既然他们不再共享同样的治安官、同样的城墙、同样的神、同样的庙宇以及同样的墓穴，他们也就不再以同样的目光看待罗马，不再对这个国家怀有同等的爱，也不再有罗马人的感情。（孟德斯鸠，页92-93）

正如我们将看到的，《科利奥兰纳斯》的剧情发生在这些发展趋势产生很久之前，此时罗马的精神仍然完整；而另一方面，《安东尼与克莉奥佩特拉》则发生在孟德斯鸠描述的变化产生很久之后，彼时罗马的精神已经完全败坏。

我们必须牢记共和国与帝国的这些差异，以便理解为什么在《科利奥兰纳斯》的世界与在《安东尼与克莉奥佩特拉》的世界中，做罗马人那么不同。《科利奥兰纳斯》描述了罗马的早期历史，此时罗马城的版图还没怎么超出其城墙的界限，《安东尼与克莉奥佩特拉》中的故事则发生在罗马帝国鼎盛之时。生活在一个小的共和制城邦，对抗敌对的邻国，并且刚刚感受到城邦的强大，与生活在一个广阔的帝国领域中，没有其他可征服的领域，进而罗马成就的顶峰已经成为过去，二者显然完全不同。罗马共和国与罗马帝国的差异，影响了《科利奥兰纳斯》与《安东尼与克莉奥佩特拉》的背景、人物刻画、故事情节,有时甚至影响了意象与风格。莎士比亚敏锐把捉到了这种差异,这极其可靠地表明,他多么出色地理解了罗马的现象与罗马性(Romanness)。

为此,我的研究围绕[12]莎士比亚最后两部罗马剧所描绘的共和国与帝国的差异展开。① 对我而言很重要的是,莎士比亚是在写完《裘利斯·凯撒》——这部剧处理罗马共和国向帝国的转变,其中共和国还是帝国的问题是所有情节和许多对话的焦点——几年之后,又写了两部罗马剧,一部处理罗马共和国的起源,另一部处理罗马帝国的起源。我们很容易解释《安东尼与克莉奥佩特拉》的创作,因为它本来就是《裘利斯·凯撒》的历史续篇,并且确实接续了《裘利斯·凯撒》的行动线索。但另一方面,莎士比亚选择科利奥兰纳斯这一主题,则往往让读者困惑不解,因为这个故事从未像裘利斯·凯撒或安东尼与克莉奥佩特拉的故事那样著名,也从未像这两个故事那样吸引那么多艺术家。② 莎士比亚时代的其他剧作家

---

① 有关《科利奥兰纳斯》与《安东尼与克莉奥佩特拉》创作日期的最新证据的总结,参 *Riverside Shakespeare*, ed. G. Blakemore Evans (Boston: Houghton Mifflin, 1974), pp. 55, 1343, 1392。一致意见是,两部剧写于1606—1608年之间的某个时间。虽然大多数编辑将《科利奥兰纳斯》放在《安东尼与克莉奥佩特拉》后面,但基本没有确切的证据表明哪部剧写在前面。因缺乏相反的证据,所以两部剧很可能多多少少在同时得到构思并完成。

② 几乎在莎士比亚创作《科利奥兰纳斯》的同时,一位名叫 Alexandre Hardy 的法国剧作家创作了一部名叫 *Coriolan* 的悲剧。参见 Geoffrey Bullough, *Narrative and Dramatic Sources of Shakespeare* (London: Routledge & Kegan Paul, 1964), V, 474 – 476。随后对《科利奥兰纳斯》的戏剧改编,如汤姆逊(James Thomson)与布莱希特的戏剧似乎是对莎士比亚版本的直接回应。似乎贝多芬的《科利奥兰序曲》(Coriolan Overture)与 T. S. Eliot 的诗作《科利奥兰纳斯》亦如此。是否有什么重要的作家是未参照莎士比亚的范例而接触到有关科利奥兰纳斯的主题,这仍是未知数。

都选取罗马共和国结束、罗马帝国开始的这段历史,莎士比亚最独特的地方则在于,他通过《科利奥兰纳斯》展现出对早期罗马共和国的兴趣。① 戈达德(Harold Goddard)在讨论《科利奥兰纳斯》时有些犹豫地提议:

> 如果其作者确有历史意识,那么这部戏剧的许多地方都可以解释为是在展现早期简朴节欲(austere)的罗马精神。②

布洛(Geoffrey Bullough)对莎士比亚选择科利奥兰纳斯作为主题的解释与此相似,但没那么犹豫不决:

> 是什么让莎士比亚写了这样一部有关罗马早期历史上相对次要的人物的剧作? 到1607年为止,他已经在《裘利斯·凯撒》与《安东尼与克莉奥佩特拉》中展现了对罗马共和国末期的审视,他或许还想展示一些罗马早期的事……他只需翻翻李维与弗罗鲁斯,或许还有普鲁塔克的书,就能意识到罗马不是一天建成的,而科利奥兰纳斯的故事展现了罗马早期的状态。(Bullough, p. 454)

科利奥兰纳斯的故事确实相当于发生[13]在罗马共和国建立期间。虽然罗马共和国习惯上要追溯到塔昆诸王遭放逐,但共和国最具特色的制度是护民官制度,它让平民得以分享权力。而且,罗

---

① 见 Huffman, pp. 29 – 30, Jan Kott, *Shakespeare Our Contemporary*, (London: Methuen, 1965), p. 146; T. J. B. Spencer, "Shakespeare and the Elizabethan Romans", *Shakespeare Survey* No. 10(1957), p. 31。

② Harold Goddard, *The Meaning of Shakespeare* (Chicago: University of Chicago Press, 1951), p. 595.

马共和政制将民众作为罗马统治权力的一个要素,从而具备了混合制的特点。①《科利奥兰纳斯》的情节始于护民官制度的创立,并继续展现该制度如何在重大的宪政危机中劫后余生,这就为罗马共和政制的起源提供了一幅画像。

人们很难仅仅依据艺术家对主题的选择来确定他的目的,最多能说,如果莎士比亚想要对比早期罗马共和国与早期罗马帝国,那么他可能很难从普鲁塔克笔下找到比科利奥兰纳斯和安东尼更适合戏剧创作的人物。幸运的是,《科利奥兰纳斯》与《安东尼与克莉奥佩特拉》的戏剧文本中有更多证据可以表明,两者作为姊妹篇来阅读很有益,我希望我能在讨论过程中展现这些证据。我们屡次发现,两部剧作中的意象、主题,有时几乎是整个场景,都共同发挥着将一个世界与另一个世界作对比的作用。

出于导入的目的,我只想表明,科利奥兰纳斯与安东尼个人的故事如何相互阐释。两位主人公代表了由不同美德和缺点混合而成的英雄,一个的缺点是为了展现另一个的美德。安东尼在决策时摇摆不定,致使最好的机会从他身边溜走,科利奥兰纳斯则展现出近乎狂热的一心一意。同样地,科利奥兰纳斯骄傲自大,最终致使他为之赢得胜利的人们放逐了他;相反,安东尼慷慨大方且富于人性的温情,他能让因他之过而吃败仗的人们爱戴他。如果我所作的这种对比听起来很像普鲁塔克的对比列传写法,那么这就很好地提示了我们,莎士比亚从在[14]他之前的《希腊罗马名人传》中找到了另一个范例,即通过对比不同个体的故事,进而发展到对比不同

---

① 马基雅维利对罗马共和国的讨论基本上以护民官与其在罗马政治生活中的特殊角色开始(《论李维〈罗马史〉》,I. iii)。亦见 José Ortega y Gasset, *Concord and Liberty* ( New York: Norton,1946) ,pp. 41 – 47。

的政制——在普鲁塔克范例中就是希腊与罗马政制。任何熟悉普鲁塔克的对比列传式的写作技巧的人,都不会急于反对一个观点,即莎士比亚通过戏剧式地讲述科利奥兰纳斯与安东尼的故事,创造了他自己的名人传,凸显了罗马共和国与罗马帝国的差异。

考虑一下如下这个例子,它是普鲁塔克对卡厄斯·马歇斯·科利奥兰纳斯与阿尔喀比亚德的对比:

> (阿尔喀比亚德)在善于劝说他人方面才能出众。然而马歇斯的高贵行为和美德都缺乏这种亲切,这甚至让受到他恩惠的人都转而憎恶他,这些人无法忍受他的严苛和固执己见。这导致了(正如柏拉图所言的)孤独:他无人追随,或者说完全被抛弃。相反,阿尔喀比亚德善于消遣娱乐并且彬彬有礼,可以适应各种人群。如果他的成就受到光荣的赞美,他本人极受人们尊重与喜爱,而他犯下的错误常常被视作玩笑之事和欢乐的游戏,那么这也不足为怪。正因为如此,虽然他有过多次有害其共同体的行为,人们却依旧让他作将军,信赖他,让他掌握整个城邦的大权。而马歇斯尽管为国家做出了各种贡献,但他请求获得荣誉之职时却被拒绝并遭到罢免。因此我们看到,人们本无权憎恶那个侮辱过他们的人,至于人们尊重其美德的另一位,则本不应得到人们的爱。①

令人吃惊的是,普鲁塔克的阿尔喀比亚德听起来多么像莎士比亚的安东尼!如果对姓名做出必要修改,那么这段文字就可以

---

① 《普鲁塔克的希腊罗马名人传》,Sir. Thomas North 译,(New York:The Limited Editions Club,1941),Ⅱ,302-303。

按照莎士比亚对科利奥兰纳斯与安东尼形象的描绘那样,用于比较两者。① 或许,普鲁塔克为我们试图运用这种比较的方法来分析莎士比亚的人物提供了范例。无需过度深入地探究普鲁塔克对莎士比亚的影响,[15]我们至少可以提出一个观点,即罗马剧中的科利奥兰纳斯与安东尼在普鲁塔克的意义上是"有代表性的人物"。两者分别体现着他们生活于其中的政体之下的典型生活方式,两者都实现了各自时代美德的完满,也都走向了各自时代恶习的极端。科利奥兰纳斯是简朴节欲的模范,他过着罗马共和国中更高贵的公民所践行的战争美德下的有序生活。虽然,我们也可以在安东尼身上瞥见这样的生活方式——因为他基本上成了旧时代的产物(可以肯定他对此深感遗憾)。安东尼受到罗马帝国中的异国即埃及的新影响,他为罗马人提供了新生活方式的范例,这一新生活方式乃是基于拒绝旧有的高贵观念,并接纳感官放纵,这种放纵有时能成为精神上的"不朽渴望"。正如我们所见,安东尼希望在爱情中找到荣耀,正如过去的罗马人想要在战争中找到荣耀。

因此,《科利奥兰纳斯》与《安东尼与克莉奥佩特拉》中的主人公分别培育了人类天性中的对立面,②而对罗马剧的细致研究将展

---

① 针对莎士比亚以阿尔喀比亚德的生平为媒介接触到了科利奥兰纳斯的生平,Bullough 提出了有趣的理论(V,455)。在 Bullough 假设性的重建中,莎士比亚因普鲁塔克对安东尼生平的叙述,开始对泰门的故事感兴趣(普鲁塔克将这个故事穿插在叙述安东尼生平的过程中)。为了给有关泰门的剧作找寻材料,莎士比亚转向了普鲁塔克笔下阿尔喀比亚德的生平,这又引领他转向了作为对照的科利奥兰纳斯的生平。虽然 Bullough 的叙述基于推测,但它似有一定道理。亦见 T. J. B. Spencer, *William Shakespeare: The Roman Plays* (London: Longmans, Green, 1963), p. 38。

② 参 Bullough 在 V,454 - 455 中对这一对比的阐述:"安东尼与科利奥兰纳斯'同时既像又不像',他们都是激情的受害者,但出于完全不同的激情……

示,这种对立的天性如何与角色生活其中的不同政制产生关联。即便只是有兴趣试图理解科利奥兰纳斯与安东尼的个人生涯,我们也不能忽视罗马共和国与罗马帝国之间的差异,因为莎士比亚将其主人公的故事放置在极其特殊的政治和历史背景中,这两者都促成了人物性格的发展,并为他们必须做出的选择设定了伦理语境。在研究罗马剧的过程中,我们逐渐意识到,没有对罗马的理解,莎士比亚就很难理解罗马人。

## 三

我希望,我已经为探寻莎士比亚对罗马的理解——特别是在《科利奥兰纳斯》与《安东尼与克莉奥佩特拉》[16]中刻画的共和国与帝国形象对比的语境中探寻这种理解——成功地给出了一些初步的合理性证明。莎士比亚笔下的罗马概念是带有批判性的假设,它只能以一种也是唯一一种方式证实:详细地阐释我们对罗马剧的理解。在开始这项工作之前,我应该解释我为什么没有为《裘利斯·凯撒》独设一章。① 我最初想给《裘利斯·凯撒》同等的篇幅,但我发现,我很难为有关这个题目已论述过的内容再增

---

他们是人类天性中相互补充的两方面的范例,而这两方面自亚里士多德起就经过了许多伦理学作者的定义;如果安东尼是'色欲'力量的奴隶,那么科利奥兰纳斯就受到了他性格中'易怒'元素的奴役。他们确实是相互对照的人物。"

① 虽然《泰特斯·安德洛尼克斯》在某种意义上也应归于莎士比亚的罗马剧,但我完全没这样考虑过,因为这剧作明显是部未成熟的作品,也不能展现莎士比亚在其后期的罗马剧中发展出来的对罗马的理解。

加什么,①而我想要解释的东西大体上或与《科利奥兰纳斯》有关,或与《安东尼与克莉奥佩特拉》有关,因此我把对《裘利斯·凯撒》的论述整合进了我对这两部罗马剧的讨论中。这种组织方式似乎有轻视《裘利斯·凯撒》之嫌,但这让我的论述具有连贯性,并可以更鲜明地凸显罗马共和国与罗马帝国的对比。

我想强调的是,我的确认为这三部罗马剧构成了历史三联剧,它们共同以戏剧的方式刻画了罗马共和国的兴盛与衰落。正是罗马在征服世界中取得的成功,导致了罗马的败坏及最终的毁灭,在某种意义上而言,这也是罗马自身的悲剧。在这三联剧中,《裘利斯·凯撒》不仅重要,而且确实处于中间位置。据我所知,第一个以这种方式研究罗马剧的是戈达德。② 这种方式可以获得更重要的细节支持,因此我以此为方向做了探索性的解答,特别是在第四章第二小节和第六章第一小节里。

然而,将罗马剧视作三联剧确实引发了一些困难,比如,《裘利斯·凯撒》与《安东尼与克莉奥佩特拉》中安东尼形象的连续性。另外,由于《裘利斯·凯撒》与另两部罗马剧创作的时间间隔,有人可能会怀疑这三者是否能够一起阅读,这也是合理的。我不想卷入

---

① 特别参见阿兰·布鲁姆的论文《〈裘利斯·凯撒〉:异教英雄的道德》,见《莎士比亚的政治》(New York: Basic Books, 1964),其中的论述表明了这部书中的许多基本论点。[译注]《莎士比亚的政治》中译本,潘望译,南京:江苏人民出版社,2009。

② Goddard, pp. 593 – 594:"《安东尼与克莉奥佩特拉》或许不应只视作一部剧来理解,而要作为莎士比亚罗马剧三联剧——《科利奥兰纳斯》《裘利斯·凯撒》《安东尼与克莉奥佩特拉》中的最后一部来理解,它不仅在创作顺序上,而且在历史事件的发生顺序上都是最后。科利奥兰纳斯、勃鲁托斯、安东尼,伏伦妮娅—维吉利娅、鲍西娅、克莉奥佩特拉:这些男人或者女人,都为我们展现了罗马精神史——从最早期的简朴节欲,到共和国时期的衰落,到帝国的胜利。"

这些矛盾，所以我将讨论内容限定在我认为我能证明的范围内，即《科利奥兰纳斯》与《安东尼与克莉奥佩特拉》[17]是作为姊妹篇创作出来的，因两者创作于大约同一时期。这至少使我的观点显得合理。

最后，我想解释我为什么没有尝试探讨莎士比亚同时代人对罗马的所知所想，也许读者本来有这样的期待。当然可以写一本有趣的书来谈伊丽莎白时代对罗马的观点，但问题在于，这个主题需要一整本书去处理。在导言部分试图解答这么大的问题，就只能将问题简单化，但这种做法可能导致曲解。伊丽莎白时期的人如何理解罗马这个问题，比乍看之下显示出的要更复杂，特别是，正在增长的帝国野心与初生的共和国人的情感，不可避免地会与伊丽莎白时期的人对罗马历史的看法密切相关。如果我们把形形色色的作家都考虑在内，如斯宾塞（Edmund Spencer）、丹尼尔（Samuel Daniel）、格伦威尔（Fulke Greville）、洛奇（Thomas Lodge）、查普曼（George Chapman）、本·琼生（Ben Jonson）、罗利爵士（Sir Walter Raleigh）以及培根爵士（Sir Francis Bacon）等，那么，我们能在一卷空间内涉及莎士比亚就已经很幸运了。

无论如何，全面理解伊丽莎白时期的人对罗马的态度，不能代替对莎士比亚罗马剧的细致阅读。因为如果不首先检查莎士比亚自己就罗马所写下的东西，我们就永远不能有信心，将对罗马最广为流传的态度归于莎士比亚。事实上，英国文艺复兴时期对罗马的流行态度并非只有单一一种，因为当时知识界的许多重大争论都是将罗马作为焦点。倘若引用伊丽莎白时代不同作家的观点，那可能会将对罗马十分不同甚至相互矛盾的观点归于莎士比亚。因此，我避免以引用其他作家的观点来代替对莎士比亚本人作品的引用，特别是有时候，解释其他作家遇到的困难，与最初在莎士比亚那里遇到的困难同样大。

归根结底,我依据一个假设,即了解[18]莎士比亚的罗马观的最权威依据,就是他所写的关于罗马的剧作文本。① 尽管我的观点偶尔会变得复杂,但我一直试图把这些观点锚定在罗马剧的文本中。

---

① 对莎士比亚的引用我一概使用新河畔编辑本。相关行数采用此编辑本的行数。好在对严重依赖文本证据的研究而言,《科利奥兰纳斯》与《安东尼与克莉奥佩特拉》(包括《裘利斯·凯撒》)的状况相对不错。三部剧作的唯一权威版本是第一对开本,文本中有争议的理解相对较少,也不大重要。但是,我在检查了所有基于第一对开本的修订本之后发现,有些对第一对开本似乎有着重要意义的修订并无正当依据。我遵照 Evans 的做法,将所有对原始版本的修订加上括号,以便读者意识到编辑的参与。[译注]莎士比亚著作的中译本采用朱生豪译《莎士比亚全集》,北京:人民文学出版社,2009。部分译文参照英文的引用做出改动。

# 致 谢

[19]哈佛大学的贝克（Herschel Baker）与凯泽（Walter Kaiser）最先向我展现了，在欧陆的文艺复兴文学与经典传统的语境中研究莎士比亚的需求，他们对这一研究最初版本的耐心批评，也在我修订的过程中引导着我。在哈佛的我的其他老师中，我要特别感谢曼斯菲尔德（Harvey C. Mansfield, Jr.），他对文艺复兴时期与古典政治哲学的知识与洞见，让我在研究莎士比亚对罗马的看法的每一阶段都有收获。

在与我共同研究罗马剧的学生中，我要特别提到布里格斯（John C. Briggs），我在1970年指导了他关于《安东尼与克莉奥佩特拉》的硕士毕业论文。这篇论文迫使我重新思考我对这部剧作的观点，我在第四章论述的许多内容都深深受惠于此。另一部对我理解罗马剧很重要的论文，是韦弗（Paul H. Weaver）未发表的《莎士比亚的罗马帝国：〈安东尼与克莉奥佩特拉〉的政治解读》，它使我第一次注意到《安东尼与克莉奥佩特拉》中爱情与僭政的联系，并且从更广泛的范围而言，它有助于我进一步对比两个罗马，罗马共和国与罗马帝国。

我想感谢康奈尔大学的麦克米林（Scott McMillin），他[20]阅读了两个阶段的稿件，且他的评论总是敏锐而有益。

感谢霍顿·米夫林公司允许我使用1974年埃文斯（G. Blakemore

Evans)编辑的《河畔版莎士比亚》的引文。

最后,我要感谢两位朋友,他们在学习罗马与莎士比亚方面真诚的兴趣,在写作过程中给予了我与这部书的理想读者讨论我的作品的机会。霍夫曼(Douglas Hoffman)阅读了所有阶段的稿件,并不断给出建议与鼓励。更重要的是,正是在与他的讨论中,我才开始形成我对莎士比亚的罗马的许多基本观点。直到写作基本完成,我才遇到克虏伯(Robert Krupp)。尽管如此,他以他的方式加深了我对在随后几页将要提到的罗马性的理解。

保罗·A·坎托
于哈佛大学洛维尔

# 导言　莎士比亚的罗马性

## 一

[21]《科利奥兰纳斯》与《安东尼与克莉奥佩特拉》中的世界的对比,甚至在舞台的道具清单中都清晰地显现出来。《科利奥兰纳斯》的道具清单显然始于剑、盾牌、头盔以及其他的战士的职业工具。《安东尼与克莉奥佩特拉》也有对军事用具的需求,但它更迫切的需求是剧院的假水果与葡萄酒杯。任何排演这部戏的人都要准备布置一个大宴会(Ⅱ.vii)和至少两个小宴会(Ⅰ.ii. 12 - 13、Ⅳ.ii. 9 - 10、44 - 45)。相反,虽然《科利奥兰纳斯》以谈论饥荒和因谷物引起的公开叛乱开场,并随后迅速过渡到一个关于肚子的繁复预言,但在整部剧作中,单纯的吃喝行为一次也没出现在舞台上。在这一方面,正如在其他许多方面一样,《科利奥兰纳斯》与《安东尼与克莉奥佩特拉》的差别不能更大了。如果有人以图表记录莎士比亚作品中吃喝出现的频率,那么就会看到,这两部作品处于对立的两极。

担心某部特定剧作里是否供应晚饭,这好像毫无意义,但舞台上琐碎的细节似乎为重要的戏剧问题提供了线索,特别是,如果这些细节落入了一个明显的模式之中。《裘利斯·凯撒》中的几行台词足以表明,莎剧中的饮酒行为超出了仅仅提供给养的维度:

[22]勃鲁托斯:给我一杯酒。凯歇斯,在这一杯酒里,我捐

弃了一切猜嫌。(饮酒。)

> 凯歇斯:我的心企望着这样高贵的誓言,有如渴者的思饮。来,路歇斯,给我倒满这一杯,我喝着勃鲁托斯的友情,是永远不会餍足的。(饮酒。)(Ⅳ. iii. 158 – 162)

凯歇斯的"心渴",而非他的喉咙"渴",饮酒的行为因共同饮酒的行为得到了强调。最基本的欲望通常隐喻着最高等的欲望,因此,像谈及饥渴那样谈及爱就变得自然而然了。当勃鲁托斯与凯歇斯伸手拿酒杯时,他们在隐喻意义上触到了对彼此的爱。爱与饮酒的象征性关联在《裘利斯·凯撒》中是个相对孤立的例子。但在《安东尼与克莉奥佩特拉》中,吃喝的例子开始增加,并明显地与主人公的风流韵事相连,此时,这些例子有助于构成随处可见的爱欲氛围,而这种氛围是这部剧作的典型特征。

同样地,《科利奥兰纳斯》对吃喝的排斥有助于形成一种非爱欲的,简朴节欲的氛围。在《科利奥兰纳斯》中,有三次需要酒(Ⅰ. xi. 92, Ⅳ. v. 1, V. iii. 203),但酒没有一次真正出现在舞台上,这与《安东尼与克莉奥佩特拉》中的相似场景构成了显著的对比。《科利奥兰纳斯》中有一次对共进晚餐的邀请(Ⅳ. ii. 49 – 51),但它遭到了果断的拒绝("我气饱了"),这不仅暗示了对宴饮欢愉的拒绝,而且暗示了对人的友谊之欢乐的拒绝。剧中提及的一次宴会发生在安提奥城中的沃尔西人中间,并发生在舞台后面。无论如何,沃尔西人在冲向战场之前很难有时间享受美餐:

> 今天下午你们就可以听见鼓声;这是他们宴会中的一个余兴,在他们抹干嘴唇以前就要办好。(Ⅳ. v. 214 – 217)

这类描写给人留下的轻微印象逐渐彼此强化,[23]最终营造出一个世界的像,在这个世界里,人们或出于不得已,或出于自律意识,禁绝放纵自己的欲望。在见证了性爱的力量大体上在莎剧中扮演着多么重要的角色后,我们必会对它在《科利奥兰纳斯》中扮演的微不足道的角色——如果它确实有一席之地的话——感到震惊。我们甚至或许忘记了,剧中有一对夫妻,科利奥兰纳斯与维吉利娅,因为他们的爱情那么克制,以至于总是不以言辞表达(Ⅱ.i.175)。在《科利奥兰纳斯》中,没有关于浪漫爱情的伟大宣言,这与《安东尼与克莉奥佩特拉》形成了强烈的对比。相反,在剧中,传统意义上最富有诗意的台词由贞洁的主题引起:

> 坡勃力科拉的尊贵的姊妹,罗马的明月;她的贞洁有如最皎白的雪凝冻而成,悬挂在狄安娜神庙檐下的冰柱;亲爱的凡勒利娅!(V.iii.64-67)

凡勒利娅显然并非那种"当她卖弄风情的时候,神圣的祭司也不得不为她祝福"的女人。要想看到后面这类女人,我们必须转向《安东尼与克莉奥佩特拉》的世界,在其中,维纳斯而非狄安娜才是主神。《科利奥兰纳斯》中的月亮与"端庄"和贞洁有关,而在《安东尼与克莉奥佩特拉》中,月亮变成了"暂时的"与"变幻无常的"(Ⅳ.xv.68,V.ii.240),并与放荡相关。

无需一一列举《安东尼与克莉奥佩特拉》中提及吃喝的地方,甚至列举食物与性的特殊联系——例如克莉奥佩特拉作为"一口羹肴"("morsel",Ⅰ.v.31,Ⅲ.xiii.116)或"菜肴"("dish",Ⅱ.vi.126,V.ii.274)的意象。① 但是,有必要论证,食物意象塑造着《安东尼

---

① 相似意象一览,见 Maurice Charney, *Shakespeare's Roman Plays*(Cambridge: Harvard University Press, 1961), pp. 103-105。

与克莉奥佩特拉》中整个世界的特征,而非局部世界。我们在《科利奥兰纳斯》与《安东尼与克莉奥佩特拉》中建构的对照,即节欲与放纵,在《安东尼与克莉奥佩特拉》一剧中,通常被视作罗马与埃及总体的象征性对比的构成部分,并发挥着作用。[24]在大多数观点中,埃及与吃喝的意象关联,而罗马与节制和禁欲的意象关联(Charney, p. 93)。这种理解面临的困难在于,它无法真实地反映《安东尼与克莉奥佩特拉》中世界的复杂性,这个世界不仅由简单的黑与白构成,还有逐渐笼罩了黑与白的灰色地带。只举一个最明显的例子,第二幕第七场当然属于发生在罗马的场景,但它同样是这部剧作中最著名的宴会场景。如果保留《安东尼与克莉奥佩特拉》中有关罗马与埃及强烈的象征性对比,人们就不得不以某种方式将这一场景归于埃及,这似乎就是为什么查尼(Charney)简单地将庞贝的宴会列入发生在埃及的吃喝例子中,同时并未证明这一成问题的分类所考虑的问题(Charney, pp. 102 - 103)。很难看出有何根据能将第二幕第七场归于"埃及"。虽然在第一对开本中,《安东尼与克莉奥佩特拉》的舞台指导并未指明具体地点,但这场宴会显然发生在意大利的某处,且所有的参与者均为罗马人,包括三巨头与赛克斯特斯·庞贝。这似乎没有解决第二幕第七场的这个问题:如果说吃喝的意象塑造着《安东尼与克莉奥佩特拉》中埃及的典型特征,那么它们也同样构成了该剧所描绘的罗马的特点。我们不能忽视这场出现在整部剧作中的最为奢侈的宴饮作乐,将它看做一个小小的例外。

在这部戏剧文本中寻找有关罗马的节制的证据时,批评家只能引证两段,来表明罗马人与沉湎于美食和美酒的埃及人形成对比(Charney 引用了这两段, pp. 105 - 106)。首先是奥克泰维斯在对庞

贝的宴会感到疑虑时所表达的:

> 可是与其在一天之内喝这么多的酒,我宁愿绝食整整四天。(Ⅱ. vii. 102 – 103)

此处,奥克泰维斯的确声称他厌恶饮酒,但事实上,[25]他自己也承认,此时他喝醉了(Ⅱ. vii. 98 – 99、122 – 125)。只有我们看到平素禁欲的奥克泰维斯也在罗马喝得酩酊大醉时,我们才能确信我们的印象——在《安东尼与克莉奥佩特拉》的世界,纵欲有多么普遍。第二个通常被引证剧中罗马人的节制的段落,是奥克泰维斯赞颂安东尼,说他有能力以耐心对抗饥饿的段落(Ⅰ. iv. 55 – 71)。但奥克泰维斯的这段话显然是以过去时讲出的:安东尼曾经有能力忍受饥饿,但此时,他已经置身"荒唐的淫乐"中。这一段落并未刻画罗马在《安东尼与克莉奥佩特拉》中的特征,而是刻画了罗马人过去的特征,它仅仅是当前世界的回忆。正如阿德尔曼(Janet Adelman)所写:"罗马的美德……在这部剧中显然已成了过去时:我们必须向安东尼自己的过去以及当代罗马人的父辈那里寻找。"①换言之,为了发现罗马人的简朴节欲,我们必须向罗马共和国那里寻找。简朴节欲在《安东尼与克莉奥佩特拉》中仅仅得到了暗示,在《科利奥兰纳斯》中才作为主题出现。因此,为了完整地理解《安东尼与克莉奥佩特拉》,我们必须超越剧中罗马与埃及的对比,研究《安东尼与克莉奥佩特拉》与《科利奥兰纳斯》所描绘的整个世界的对比。只有并置这两个世界,简朴与放纵的对比(这一对比在《安东尼与克莉奥佩特

---

① 参 Janet Adelman, *The Common Liar* (New Haven: Yale University Press, 1973), p. 132。

拉》的罗马与埃及中多少有些模糊不清)才能得到清晰的揭示。

虽然我们可以在《安东尼与克莉奥佩特拉》的罗马与埃及中找到有意义的对比——例如,忙碌的罗马与无所事事的埃及①——但将这些对比绝对化可能会引起误导,特别是,当这种对比会让我们忽视罗马人的品味"埃及化"的程度之深时。罗马—埃及的对比主要在剧作的前半部分形成,在剧作中间,随着行动的地理视野拓宽,这一对比开始变得模糊不清。[26]剧作中的世界是国际化的(cosmopolitan),剧中人物常常以令人吃惊的速度从一个地区移动到另一个地区。② 正因为不同地区间得以自由交流,罗马与埃及的差别也开始失去了绝对性。实际上,剧中罗马与埃及的相遇与相互作用,导致了两者的相互融合。罗马人对作为寓言的埃及的"烹调术",表现出了显著的兴趣并做了深入的了解(Ⅱ.i.23 - 27,Ⅱ.ii. 176 - 183,Ⅱ.vi.63 - 65),而且他们似乎学会了如何举办"亚历山大里亚的豪宴",并跳"埃及酒神舞"(Ⅱ.vii.96,104)。虽然很少看到埃及人在剧中举止像罗马人,但在克莉奥佩特拉和她的侍女准备自杀时,她们确实将"最高贵的罗马仪式"(Ⅳ.xv.87)作为她们效仿的典范,而且说来奇怪,克莉奥佩特拉在走向死亡时,似乎接纳了对饮食的罗马式的节制(Ⅴ.ii.49、281 - 282)。③

比较埃及的罗马化与罗马的埃及化,我们会得出结论,虽然罗

---

① 参 Charney,pp. 109 - 112;Adelman,pp. 153 - 154。但是,有时罗马似乎像埃及一样无所事事(Ⅰ.iv.76)。最终,《安东尼与克莉奥佩特拉》中埃及与罗马的差异,减小到一个长期处于帝制并拥有帝制生活方式的国家和一个正在形成帝制与帝制生活方式的国家之间的差异。这就是为什么罗马需要向埃及学习很多东西。

② Ⅱ.i.16 - 20、28 - 30,Ⅲ.vi.64 - 66,Ⅲ.vii.20 - 23、56 - 57、74 - 75.

③ Charney,pp. 106 - 107.

马在表面上征服了埃及,但在当今所谓国家间的"和平文化竞争"中,埃及却比罗马更胜一筹。也就是说,罗马人采用埃及人的生活方式,比埃及人采用罗马人的生活方式的程度更甚。两个国家相遇的典型代表就是安东尼与克莉奥佩特拉在昔特纳斯河的相遇。安东尼作为一位打了胜仗的将军来到此处,但似乎失去权势的克莉奥佩特拉成了"最得意洋洋的夫人"(Ⅱ.ii.184),安东尼反成了被征服者而非征服者(Ⅱ.ii.220–226)。将安东尼的例子推而广之,我们会开始怀疑,罗马在向亚洲扩张的过程中,虽然获得了战争的胜利,但在某些方面,它却被它在亚洲遭遇的某些力量征服了。

简言之,无论在《安东尼与克莉奥佩特拉》的世界中真正的罗马性还剩下什么,它都在迅速地衰落。举止像一个罗马人或许仍能作为一种可能性得到谈论(Ⅱ.vi.8–23),但谈论仅仅是谈论,随着剧情发展,它愈加空洞,[27]我们在行动中找不到任何有关传统罗马美德的迹象。如果这听起来与所谓的罗马剧自相矛盾,那么罗马人/罗马的(Roman)名称的含混性就是罪魁祸首。罗马人/罗马的可以仅指任何出生在罗马的人,或任何与罗马有关的事物,但它也可以作为一种殊荣,用来指涉那些特殊类型的人,这些人的部分特点是节制与简朴节欲。在《安东尼与克莉奥佩特拉》中,我们看到的大多数人物,都与前两种意义上的"罗马人/罗马的"有关,而批评家在谈论这部剧作中罗马人的特征时,谈论的是剧作中缺乏的而非展现出来的东西,一种或许能作为潜在之物感觉得到但并非作为现实看得到的东西。查尼承认:"虽然这部剧在埃及与罗马之间形成了一种象征性的冲突,但埃及的意象比罗马的意象得到了更多细节的展现;或许埃及的特质更容易以隐喻的方式表达。"(Charney, p.95)正如查尼在详细探讨《科利奥兰纳斯》中的食物与饮食意象时所表明的,《科利奥兰纳斯》是莎士比亚有能力以隐喻的方式展现罗马的简朴节欲的充分证据(Charney, pp. 142 – 157)。因此,如果说在《安东尼与克莉奥佩特拉》中很难找到查尼所称的罗马意象,那么这或许恰恰可以告诉我们有关此剧中的罗马的一些信息。莎士比亚可以描绘一个简朴节欲的罗马,但他知道,在《安东尼与克莉奥佩特拉》故事发生的时代,简朴节欲的罗马已经成了过去。我们必须意识到这种可能性:对莎士比亚而言,"罗马人"作为一种殊荣,基本上属于共和国治下的罗马人,随着共和国的死亡,莎士比亚眼中真正的罗马性同样开始消亡。在《裘利斯·凯撒》中,人物对共和国政治命运与随之而来的高贵生活方式受到毁灭的威胁时发出的绝望呼唤,为这一解读方式提供了支持:

> 凯歇斯:可耻的时代!罗马啊,你的高贵的血统已经中断了!自从洪水以后,[28]什么时代你不曾产生不止一个的著名人物?直到现在为止,什么时候人们谈起罗马,能够说,她的广大的城墙之内,只是一个人的世界?要是罗马给一个人独占了去,那么它真的变成无人之境了。(Ⅰ. ii. 150 – 157)

《裘利斯·凯撒》结束于对高贵的罗马种族已经濒临灭绝的确信:

> 泰提涅斯:罗马的太阳已经沉没了下去。我们的白昼已经过去;黑云、露水河危险正在袭来;我们的事业已成灰烬了。(V. iii. 63 – 64)
>
> 小凯图:勇敢的泰提涅斯!瞧,他替已死的凯歇斯加上胜利之冠了!

> 勃鲁托斯:世上还有两个和他们同样的罗马人吗? 最后的罗马健儿,再会了! 罗马再也不会产生可以和你匹敌的人物。(V. iii. 96 – 101)

无疑,我们可以在这些台词中发现临终之际的修辞要素,但这些修辞确实表明,有些变化正在随着罗马共和国的消失而产生,这些变化使得在罗马帝国中举止像一个高贵的罗马人,即便不是不可能,至少也更加困难。

奥克泰维斯或许为《安东尼与克莉奥佩特拉》中仅存的罗马性提供了范例。从表面上看,他比剧中的其他人物更接近传统的罗马美德,但在内心深处,他全然没有《科利奥兰纳斯》与《裘利斯·凯撒》中的共和国治下的罗马人展现出的高贵。虽然他迟迟不愿加入罗马帝国的寻欢作乐者中,但他也没有任何正面的东西来抵御欲望的刺激,看起来,他抑制欲望仅仅出于他没有自我放纵的能力。譬如,奥克泰维斯不愿饮酒的根本原因,是他酒量不怎么好。① 无论他如何装模作样地提及"我们的正事"(II. vii. 119),他都没有反对纵欲的高尚理由。他[29]并非如一些人认为的,是一个谴责伊壁鸠鲁式自我满足的斯多亚式道德主义者。奥克泰维斯真正反对的是纵欲带来的恶果(II. vii. 122 – 125)。在这层意义上,很难分清楚他是一个从长远角度考虑自身享乐的伊壁鸠鲁主义者,还是现今所谓的功利主义者(Barroll, pp. 238 – 241)。奥克泰维斯一与莱必多斯谈论安东尼的缺点,就往往以道德观点攻击安东尼(I. iv. 16 – 23),并且从未像此处那样多地提及责任,正如一位斯多葛主义者在这种情况

---

① 参 J. Leeds Barroll, "The Characterization of Octavius," *Shakespeare Studies*, VI (1970), 248。

下会做的那样。奥克泰维斯以一个真正的功利主义者精于计算的头脑仔细分析了安东尼的处境,他首先关注纵欲生活对身体的影响,然后提及安东尼行为的政治后果:

> 假如他因为闲散无事,用醇酒妇人消磨他的光阴,那么即使过度的淫乐煎枯了他的骨髓,也只是他自作自受,不干别人的事;可是在这样国家多难的时候,他还是沉迷不返,就像一个已经能够明白事理的孩子,因为他们将经验抵押给眼前的欢乐,所以违背了理性的判断。(Ⅰ. iv. 25 – 33)

这段台词的关键词是"眼前的欢乐"。奥克泰维斯反对安东尼的理由大概是,他为了一时的心血来潮牺牲了自己长远而持久的利益。一旦这一论点由"经验""判断"与"深思熟虑的知识"相调和,它便与伊壁鸠鲁主义协调一致。奥克泰维斯并未真正代表一种对伊壁鸠鲁式的生活方式——《安东尼与克莉奥佩特拉》中的许多人物追求的生活方式——的不同选择,他只代表一种更为审慎的利己主义观念。

因此,奥克泰维斯并非衡量安东尼的恰当标准。显而易见,这部剧中没有一个人——爱诺巴勃斯或斯凯勒斯,甚至菲罗或狄米特律斯——曾说希望安东尼能变得更像奥克泰维斯那样。他们只希望[30]他更像安东尼,也就是那个过去的安东尼,那个生活在过去的罗马中的安东尼。[1] 安东尼是评价安东尼的唯一标准:

---

[1] 见 Adelman, p. 131:"虽然奥克泰维斯是评判标准的代言人,但他绝非罗马自身想法的代言人:我们对古典罗马美德的感受并非源自奥克泰维斯,而是源自对过去的安东尼的描述。"

菲罗：先生，有时候他不是安东尼，他的一言一行，都够不上安东尼所应该具有的伟大的品格。（Ⅰ.i.57 – 59）

爱诺巴勃斯：我要请他按照他自己的本性说话；要是凯撒激恼了他，让安东尼向凯撒睥睨而视，发出像战神一样的怒吼吧！（Ⅱ.ii.3 – 6）

凯尼狄斯：如果我们的主帅认识自己，一切都会很顺利。（Ⅲ.x.25 – 26）

甚至安东尼自己也希望以过去的自己作为评判标准，他试图指示奥克泰维斯：

他使我非常生气，因为他的态度太傲慢自大，对我现在的样子而非他了解的我曾经的样子喋喋不休。（Ⅲ.xiii.141 – 143）

安东尼要求以自己的过去作为标准评判自己，这是要求以英雄美德作为标准，而非以有效的行政作为标准——这正是奥克泰维斯给出的标准——评判自己。这也是将《安东尼与克莉奥佩特拉》和《科利奥兰纳斯》放在一起思考会富有启发性的一个原因，因为安东尼的部下评判他所使用的个人的英勇与军事领导能力的标准，在科利奥兰纳斯那里比在奥克泰维斯那里要明显的多。如果我们希望理解安东尼的心"失掉"的"脾性"（Ⅰ.i.6 – 8），我们就找不到比转而探究《科利奥兰纳斯》及其"鏖战"与"伟大的战斗"更好的方式了。

## 二

我们一开始就把简朴节欲说成罗马人的特征，现在我们已经引入英雄美德,使之作为真正的罗马性的标准。理解《科利奥兰纳斯》中[31]简朴节欲与英雄美德的关联是很重要的:①英雄蔑视死亡的方式,正是他蔑视饮食的方式。这种态度将科利奥兰纳斯式的英雄的或者说贵族式的简朴节欲,与我们称之为(有些时代错位的)奥克泰维斯式的功利主义的或者说市侩的简朴节欲区分开来。奥克泰维斯不会放纵自己的欲望,因为他害怕放纵带来的后果。而科利奥兰纳斯的简朴节欲远非胆怯的产物,这似乎源自一种超越对饮食需求的英雄式的渴望,并以此证明自己优于普通人。简言之,简朴节欲可以有多种具有不同意义的形式。如果人们仅仅考虑到对欲望的压制,而不考虑压制欲望的原因,我们就有可能将英雄的坚毅与其他——譬如圣徒的禁欲——混淆起来。② 因此,我们有必要分析《科利奥兰纳斯》中在罗马人的简朴节欲中发挥作用的特殊力量,为此,我们可以转向如下段落——米尼涅斯试图让伏伦妮娅在与护民官争吵之后平静下来:

> 米尼涅斯:您已经把他们骂回家了;凭良心说,您没有冤枉他们。你们愿意赏光到舍间吃晚饭吗?
> 伏伦妮娅:愤怒是我的食物;我用过晚饭了,我会被这食物饿死。(Ⅳ.ii.48–51)

米尼涅斯,这位以肚子的寓言开启剧作的人,再次表明了他的

---

① 有关"节制与节欲意象"与"英雄式的贵族理想"的关联,见 Charney, p. 143。

② Goddard, p. 612 将两者奇怪地混在一起:"消化的好……本会对科利奥兰纳斯与圣弗朗西斯而言没什么差别。"这一说法就其自身而言是正确的,但或许会引起某些误会。

观点,即人被他的胃统治。只要食欲得到满足,他对自己或这个世界便没有进一步要求,因此,他相信,一顿可口的饭菜足以平息任何激情。伏伦妮娅有着截然不同的性情:一顿可口的饭菜不能使她平静,因为,她的愤怒让她对身体的需求无动于衷。她寻求的安慰不是一个饱胀的胃,而更类似一个受到侮辱的人在用手套扇对方耳光并说"我要求决斗"时所寻求的安慰。她的愤怒要求向护民官复仇,为了复仇得偿,她愿意牺牲个人的[32]快乐与舒适,这种态度让米尼涅斯很难理解。

这种愤怒与食欲的对立,在随后的剧作中一再重复。米尼涅斯被请求去试着劝说科利奥兰纳斯,让科利奥兰纳斯放弃对罗马的征战,但他因考密涅斯没有得到前战友的接见而打了退堂鼓。但他让自己相信,科利奥兰纳斯展现出的怒气只是没吃好饭的结果:

> 也许考密涅斯没有看准适当的时间,那个时候他还没有吃过饭;一个人在腹中空虚、血液没有温暖的时候,往往会在清晨噘着嘴生气,不大肯布施人,更不容易宽恕别人的过失;可是当我们用酒食填满了脏腑,使全身的血管增加热力以后,我们的灵魂就要比神父般的禁食之时温柔得多了。所以我要留心看着他,等他餐罢,才向他提出我的请求,竭力说得他回心转意。
> (V.i.50-58)

科利奥兰纳斯拒绝接见考密涅斯明显出于他向罗马复仇的执念,这使他忘却了一切日常的愉悦,包括老朋友的友谊。米尼涅斯完全曲解了这一切,他再次认为一顿美食能平息灵魂的愤怒,似乎灵魂的激情不过是身体的感觉而已(Goddard, p.612)。

伏伦妮娅与科利奥兰纳斯的节欲(austerity),并非如奥克泰维斯那样,是为了追求长远的私利而精心计算的结果。他们的节欲中自有轻率鲁莽的成分,这些成分表明,这种节欲亦能如爱欲那样走向极端,虽然是另一种极端,一种"忍饥挨饿"或"神父般的禁食"的极端。伏伦妮娅与科利奥兰纳斯并非只是抑制爱欲的力量,他们还发展了人类天性截然不同的一面。他们用以抗衡爱欲的力量以其最低形式——一种愤怒出现,它几乎是一种幼稚的易怒或坏脾气(米尼涅斯称之为"在清晨噘着嘴生气")。[33]但我们必定会想起,爱欲有其更低的形式,它始于饥饿与干渴这种基本形式。如果爱欲有更高的表现形式,一直上升到《安东尼与克莉奥佩特拉》中精神之爱的形式,那么与之抗衡的力量在《科利奥兰纳斯》中或许也不止一个层面。在《安东尼与克莉奥佩特拉》中,吃与喝显然都是欢乐的活动,是让人们聚在一起的方式。与之相似,《科利奥兰纳斯》中对吃喝的抗拒,显然与拒绝他人的陪伴相关(伏伦妮娅拒绝米尼涅斯共进晚餐的邀请,科利奥兰纳斯拒绝了考密涅斯与米尼涅斯会见他的请求)。伏伦妮娅与科利奥兰纳斯都想遗世独立,而他们的愤怒清晰地植根于独立与自足的精神之中。既然渴望总是意味着缺乏,那么抑制各种形式的爱欲的积极动力,就是变得自足的愿望。伏伦妮娅与科利奥兰纳斯试图避免以任何形式依赖其他的人,伏伦妮娅所言的"我用过晚饭了"是在说,"我不需要你或你的食物,米尼涅斯"。看似纯粹消极的行动——对饮食的拒绝——事实上彰显了人格,而在《科利奥兰纳斯》中,我们最好将抗衡爱欲的力量理解成骄傲的一种形式。

乍看之下,像伏伦妮娅与科利奥兰纳斯这类人物的骄傲,似乎对作为共同体的罗马没什么贡献。有人或许会怀疑,当骄傲作为一种反社会力量出现时,它发挥着分离人群的作用,而非像爱欲那样发挥着凝聚人群的作用,它怎能被视作卓越罗马人的品质。从罗马公民的角度看,这个城邦没有骄傲的科利奥兰纳斯会更好,至少护民官西西涅斯这么认为:

> 我们没有听见他的消息,也不必怕他有什么图谋。人民现在已经由狂乱的状态回复到安宁平静,他也无能为力了。因为一切进行得如此顺利,我们已经使他的朋友们[34]感到惭愧,他们是宁愿瞧见纷争的群众在街道上闹事——虽然那样对于他们自身也是同样有害——而不愿瞧见我们商贾们在商店里歌唱,让他们的工作友善地展开。(Ⅳ. vi. 1 – 9)

科利奥兰纳斯显然有害于罗马的贸易,因他骄傲的节欲干扰了这座城邦"友善地运转"。如果他的骄傲可以视作罗马人唯一的特点(the Roman trait),西西涅斯会认为,舍弃这一罗马性,罗马会运转得更好。

然而,西西涅斯对罗马商贾边唱歌边工作的田园牧歌式的描绘,必须以反讽的方式来理解,因为这发生在科利奥兰纳斯刚刚与奥菲狄乌斯就摧毁这座城邦达成协议之后。随着事态愈发紧急,这一点在第四幕第六场中变得愈加清晰——当罗马人享受着他们日常的欢乐时,他们所有人的生存正在受到根本性的威胁。这一场景让我们意识到了,罗马的公共利益与私人利益间存在差异。科利奥兰纳斯的放逐服务于城邦中大多数人的私人利益,让除了他的家庭与密友之外的所有人生活得更轻松。可是与此同时,放逐严重地损害了公共利益,因为虽然公民们很高兴,但城邦自身处于致命的危机中。初听上去,这一情形自相矛盾,但这只因我们将公共利益的意义设想为私人利益的集合。显然,一个新的观念在战争时刻变得必要,此时私人利益必须为了公共的善作出牺牲。在这种情形下,科利奥兰纳斯对爱欲刺激的高傲蔑视对共同体而言就是优势,而非西西涅斯所认为的负担。西西涅斯对城邦职能的描述至少遗漏了一项,即战士的职能,为了战争这一目的,罗马自然需要科利奥兰纳斯那样的人。从城邦的视角来看,食欲与愤怒的对立,或言爱欲与骄傲的对立,可以得出新的见解。爱欲,因为关心身体的乐趣与福祉,无可避免地与[35]私人利益联系在一起,但当需要人们为他们的国家而战时,诉诸人的食欲就毫无用处——尽管科利奥兰纳斯轻蔑地做了尝试(Ⅰ.i.248-250)。饥饿或许能诱使人们服兵役,但在战斗时不能给予人真正的勇气。一个被私利统治的人不会欣然接受会让他冒生命危险的机会,在他看来,战争中的英勇似乎成了"有勇无谋",正如在科利奥里城门前,科利奥兰纳斯手下的士兵充分展现出来的那样(Ⅰ.iv.43-47)。另一方面,骄傲,它无视身体的需求,可以超越对私利的狭隘考量并为公共利益服务。通过考虑城邦在战时的需求,我们开始看到,简朴节欲与英雄的或战争的美德在罗马存在关联。

观察科利奥兰纳斯在战时的命令,我们可以看到,他如何唤起手下战士的骄傲,让他们愿意为城邦牺牲他们的私人利益。他在对奥菲狄乌斯与安提奥人的作战中,非常成功地赢得了支持:

> 我相信,在这儿一定有喜欢像我身上所涂染的这种油彩的人;我也相信,在这儿一定有畏惧恶名甚于生命危险的人;我更相信,在这儿一定有认为蒙耻偷生不如慷慨就义、祖国的荣誉胜过个人幸福的人。要是在你们中间有一个这样的人,或是有许多人都抱着这样的思想,就请挥起剑来,跟随马歇斯去。(众

人高呼挥剑,将马歇斯举起,脱帽抛掷。)(Ⅰ.vi. 67 – 75)

科利奥兰纳斯凭直觉意识到,如何将他提议中最令人反感的点转变为主要卖点。他必须让那些平日为性命忧虑的人变得爱慕流血牺牲,而这只能通过将他的提议变为挑战才能做到。他让提议听起来显得如此倒人胃口,[36]以至于接受它反成了一件光荣的事。即便平民不像科利奥兰纳斯那样被荣誉感支配,但只要他们能感受到羞耻,他们就会不由得受自豪感所驱使。在战场上,科利奥兰纳斯营造出一种局面,所有身处其中的人都感到,如果不响应他的号召,就要当着全体战友的面作为懦夫自我忏悔。这一场景的公共特征让科利奥兰纳斯占据了优势,让公共意见的压力战胜了罗马人对私利的依恋。这产生了效力,羞愧让他们表现得像真正的士兵。骄傲成了让人愿意为城邦而死所能依赖的唯一力量。人们以事业为傲,而科利奥兰纳斯确保,他的士兵无论拥有哪种骄傲,都能让他们为罗马的事业服务。在一个长久受到有敌意的邻邦威胁并由军务主导的城邦中,科利奥兰纳斯在战时作为公共之善的主要发言人出现。他对公共之善的看法或许狭隘,而他维系这种看法的热忱,或许会让他变成吸引力有限的肤浅之人。尽管如此,考虑到罗马作为一个城邦的需求,他无可置疑的英雄气概让他超越了普通人的层次,甚至让他赢得了死对头的赞美,正如考密涅斯预言的:

> 让那些麻木不仁的、和顽固的平民一鼻孔出气的、痛恨着你的尊荣的护民官们,也不得不违背他们的本心,说,"感谢神明,我们罗马有这样一位军人!"(Ⅰ.ix. 6 – 9)

无论科利奥兰纳斯的简朴节欲与尚武天性在和平时代多么缺

乏吸引力,在战争时,起初质疑科利奥兰纳斯美德的公民们突然发现,他们都想让他站在自己那边。

因此,罗马人的简朴节欲与战争美德必须在罗马的语境中得到理解。当一切顺利之时,城邦为节欲提供动机,像科利奥兰纳斯那样的战士[37]以罗马的名义践行战争美德,并以战争美德的名义蔑视他们的欲望。很难在英语中找到一个词涵盖莎剧中的罗马性——一种由节欲、高傲、英雄美德与公共服务构成的混合体,就像用爱欲(eros)一词描述《安东尼与克莉奥佩特拉》中以各异的形式——饥饿、干渴、性欲与"不朽的渴望"——展现出的力量那样。或许"血气"(spiritedness)一词最能描述科利奥兰纳斯那样的人所培育的人类天性中的一面,①这个词比"精神"(heart)或"勇气"(courage)更易于让我们立刻联想到公共精神(public spiritedness)。《科利奥兰纳斯》与《裘利斯·凯撒》中共和制下的罗马人的突出特征是,他们的血气通常指向公共服务。他们不断地展现他们对城邦的贡献,无论在自言自语时还是在公共广场上,无论是在受到炽热的激情驱使时还是在慎重地反思时:

> 勃鲁托斯:倘若那是对大众有利的事,那么让我的一只眼睛看见光荣,另一只眼睛看见死亡,我也会同样无动于衷地正视它们。(《裘利斯·凯撒》,I.ii.85-87)

> 勃鲁托斯:我自己对他并没有私怨,只是为了大众的利益。

---

① 这个词应该理解为对希腊词汇 thumos 的翻译,它不像 eros 那样能在英语中找到对应的词汇。理解柏拉图在《理想国》中对 thumos 和 eros——灵魂中非理性的两部分的探讨,十分有助于我们理解《安东尼与克莉奥佩特拉》和《科利奥兰纳斯》的关系。特别参见 369b-376c 和 439a-441c,尤其是 440c-d,这里将 thumos 与愤怒、节欲以及对正义的关心联系起来。

(《裘利斯·凯撒》,Ⅱ.i.11 – 12)

　　**勃鲁托斯**:这儿有谁愿意自居化外,不愿做一个罗马人?……这儿有谁愿意自处下流,不爱他的国家?……为了罗马的好处,我杀死了我最好的朋友,要是我的祖国需要我的死,那么无论什么时候,我都可以用那同一把刀子杀死我自己。(《裘利斯·凯撒》,Ⅲ.ii.30 – 33、44 – 47)

　　**科利奥兰纳斯**:我所做的事情不过跟你们所做的一样,各人尽各人的能力;我们的动机也只有一个,都是为了自己的国家。(Ⅰ.ix.15 – 17)

　　**考密涅斯**:我自己也曾当过执政官;我可以向罗马公开展现她的敌人加在我身上的伤痕;我重视祖国的利益,[38]甚于自己的生命和我所珍爱的儿女。(Ⅲ.iii.110 – 115)

为比自身更重大的事业奉献的意识,是共和国中罗马性的基石。相反,莎士比亚笔下帝国中的罗马人,如安东尼,在谈及"事业"(Ⅳ.viii.5 – 7)时,仅仅意味着,他的士兵应该将他个人的事业看作他们自己的事业。

即便勃鲁托斯、科利奥兰纳斯与考密涅斯的演说因精心设计的修辞效果而打折扣,但每个演说者都感到,他的目的需要诉诸罗马的善,这点亦很重要。在《安东尼与克莉奥佩特拉》中,我们找不到任何一段与《裘利斯·凯撒》和《科利奥兰纳斯》相照应的爱国演说。虽然有许多批评家谈及《安东尼与克莉奥佩特拉》里罗马的价值,但剧中人却对这一主题保持沉默,这一点颇值得注意。剧中从始至终没有一个词谈及罗马的善:我们所听到的,不过是人物关心他们在帝国制下纯粹的权力斗争中的相对位置。当然,我们可能会将罗马共和国中的公共精神与罗马帝国中的私人利益间的对比表现得过于强烈。无疑,在《科利奥兰纳斯》与《裘利斯·凯撒》中,有试图以公共利益为借口掩盖自己的贪欲或野心的人:人们只需想想前部剧中的护民官与后部剧中的一些谋反者。而且,两部剧中的人物经常因什么构成了罗马的善而产生强烈的分歧,其结果是,公共利益受到了内讧、阴谋与叛乱的威胁。与之相似,《安东尼与克莉奥佩特拉》中,很可能存在从心底关心罗马整体利益的人物。或许爱诺巴勃斯就提供了一个例子,虽然要从他实际所说的话中证明他的关心可能很困难。更确切地说,三巨头,特别是奥克泰维斯,确实展现了一些对实现并维系他们国家的和平与安全的关心。[39]但即便有这些前提条件,《科利奥兰纳斯》与《安东尼与克莉奥佩特拉》的世界之间的总体对比仍然有效。至少,公共精神在罗马共和国比在罗马帝国更盛行,也更根深蒂固。最后,即便奥克泰维斯关心罗马,这种关心也带上了以密切关注自己产业为前提的"领主"(Ⅲ.xiii.72)利益的色彩。

## 三

我们在罗马剧中分析的两种力量——爱欲与血气,是裘利斯·凯撒一段著名台词的主题:

> 凯撒:我要那些身体长得胖胖的、头发梳得光光的、夜里睡得好好的人在我的左右。那个凯歇斯有一张消瘦憔悴的脸;他用心思太多;这种人是危险的。
>
> 安东尼:别怕他,凯撒,他没有什么危险;他是一个高贵的

罗马人,有很好的天赋。

> 凯撒:我希望他再胖一点!可是我不怕他;不过要是我的名字可以和恐惧连在一起的话,那么我不知道还有谁比那个瘦瘦的凯歇斯更应该避得远远的了。他读过许多书;他的眼光很厉害,能够窥测他人的行动;他不像你,安东尼,那样喜欢游戏;他从来不听音乐;他不大露笑容,笑起来的时候,那神气之间,好像在讥笑他自己竟会被一些琐屑的事情所引笑。像他这种人,要是看见有人高过他们,心里就会觉得不舒服,所以他们是危险的。(Ⅰ.ii. 192 – 210)

无论这表达多么傲慢,无论这初听上去或许多么怪异,凯撒将罗马人划分为"胖的"和"瘦的"类型,都体现了他对城邦的统治问题有着透彻的理解。他意识到了人类天性中的高低联系,[40]并且,他从人对食物的态度上就能分辨他们对政治的态度。凯撒读出了凯歇斯的节欲,他"消瘦憔悴的脸"标志着他不会受到普通层次的人类欢愉的吸引。凯歇斯性格中的消极特征为凯撒提供了一些积极特征的线索。罗马共和国的精神让凯歇斯雄心勃勃且有着强烈的好胜心,他总是盯着他的公民同胞,提防着城邦中任何获得了更多荣誉的人。凯撒几乎逐条对比了凯歇斯和安东尼,以分析前者,而后者在遇到克莉奥佩特拉之前,就似乎已经走上了赢得多种形式的放纵之名的道路。①

凯撒的台词表明,血气如何与共和政制相关,爱欲如何与帝国相关。凯撒仔细考虑了他想见到的遍布城邦之人的类型,他的结论是,鼓励爱欲、打消血气将助力他自己的帝国野心。正如凯撒自己的预

---

① 勃鲁托斯指出,"他是一个喜欢游乐、放荡、交际和饮宴的人"(Ⅱ.i. 188 – 189)。亦见Ⅱ.ii. 116。

测,安东尼正是那种让帝王感到安心的人,因为,大多数被爱欲主导的人能在政治之外找到乐趣,也乐意被在他之上的人统治。而"瘦瘦的凯歇斯"并不像安东尼那样沉湎于食物或游戏与音乐,也不会被帝国权谋的小恩小惠安抚。凯撒知道,凯歇斯是那种他必须恐惧的人,因为一个只要看到有人比自己伟大就不安心的人,必然是帝国政制的敌人。也正因此,像凯歇斯那样的人为共和政制提供了基础。为了吸引公民们进入公共生活,免得有任何一个人凌驾于其他所有人之上,共和政制必须培育血气。将《科利奥兰纳斯》中的段落与《安东尼与克莉奥佩特拉》中的段落一起考虑,我们就可以对不同的政制如何在发掘公民天性的不同方面发挥作用,有一个初步的了解。

[41]但或许有人会反对这一点,认为没有任何丝毫证据表明,莎士比亚关注他罗马剧的政治背景。这种观点或许会说,莎士比亚无疑合并了剧中的某些政治细节,因为这些细节存在于故事的来源之中,它们只是出于叙述的目的才需要,但这些都不能以任何方式证明,莎士比亚对如罗马共和国和罗马帝国的差异这种抽象的问题感兴趣,甚或莎士比亚能理解这样的问题(MacCallum, p. 513)。为了反驳这一观点,我们需要展示,莎士比亚罗马剧的政治背景,已经超越了普鲁塔克的创作范围,并且,莎士比亚详述政治细节是为了这些细节本身,他在这些细节上的流连远比简单的叙述目的所需的时间更久。我们可以通过分析以下段落证实这些相关观点,即《科利奥兰纳斯》第一场结尾处两位护民官的对话,和《安东尼与克莉奥佩特拉》第三幕简短的开场。① 这两个段落听起来一点儿也不像

---

① 有关这两场的联系,见 Derek Traversi, *Shakespeare*:*The Roman Plays* (London:Hollis & Carter,1963),p. 218。

诗人在创作一个气质上与他不相符、理智上不能胜任的主题时犯下的错误。莎士比亚在此展现了对罗马政治现实的合理理解。如果用一种清楚明晰的方式表达，它就会让我们想起马基雅维利。《安东尼与克莉奥佩特拉》在第三幕第一场表达的观点，实际上与《论李维》第1卷第30章表达的观点那么相似，以至于在接连阅读了这两段后，我们发现，很难相信莎士比亚不熟悉某种形式的马基雅维利的作品。① 而且，《科利奥兰纳斯》与《安东尼与克莉奥佩特拉》中的这两段远远超出了普鲁塔克关于罗马所说的任何东西。西西涅斯与勃鲁托斯的对话在普鲁塔克那里找不到任何依据，这似乎完全是莎士比亚为故事增加的部分。围绕文提狄斯与另一位士兵展开的场景基于普鲁塔克叙述的事件，但莎士比亚使它更加突出。首先，莎士比亚将它[42]从普鲁塔克提到的有关安东尼对帕提亚人之战的一众事件中挑选出来；其次，他以比普鲁塔克更长的篇幅详述它。而且，无论是《科利奥兰纳斯》中的这一段，还是《安东尼与克莉奥佩特拉》中的这一段，都很难让人找出直接的叙述理由或戏剧性理由。这两段都没有直接推动剧情的发展；两者都可以在不损害剧作连续性的前提下从舞台创作中删除。莎士比亚在两部剧中都中止了行动，并把舞台交给头脑冷静的、讲求实际的人，这些人不带任何浪漫色彩地评估了自己与其他人的政治前景。更重要的是，这两段（以及似乎作为其中一个段落之依据的马基雅维利书中的那一章）直接聚焦于罗马共和国与罗马帝国之间的对比。

在《科利奥兰纳斯》第一场戏剧的结尾，就在贵族决定了对沃

---

① 有关英格兰可以接触到包括《论李维〈罗马史〉》在内的马基雅维利作品的论证，参 Huffman, pp. 110 – 112, 119 – 120。

尔西人的新战争中的指挥次序后,两位护民官试图搞清楚,为什么骄傲的科利奥兰纳斯会同意位居人下:

> 西西涅斯:可是我不知道凭着他这种傲慢的脾气,怎么能够俯首接受考密涅斯的号令。
>
> 勃鲁托斯:他的目的只是争取名誉,他现在已经有很好的名誉;一个人要保持固有的名誉,获得更大的名誉,最好的办法就是位于次于领袖的地位;因为要是有过错的话,就可以归咎于主将,虽然他已经尽了最大的能力;盲目的舆论就会替马歇斯发出惋惜的呼声:"啊!要是他担负了这个责任就好了!"
>
> 西西涅斯:而且,要是事情进行得顺利的话,舆论因为一向认定马歇斯是他们的英雄,考密涅斯的功劳也会被埋没。
>
> 勃鲁托斯:对了,即使马歇斯没有出一点力,考密涅斯的一半的光荣也是属于他的;考密涅斯的一切错处,对于马歇斯也会变成光荣,虽然他不曾立下一点功劳。(Ⅰ.i.261–276)

[43]天性卑劣的护民官设想,任何人都像他们那样心口不一。他们在科利奥兰纳斯忠诚地顺从元老院的意志的背后,看到了狡诈的动机。然而,他们的怀疑确实包含了某些真实,因为科利奥兰纳斯在沃尔西之战中,获得了比他为之效忠的执政官更多的荣誉。但没人质疑这个结果,因为科利奥兰纳斯在战斗中确实获得了比考密涅斯更多的成就。指挥官因下属的功绩得到荣誉,这是可耻的。但据护民官所言,罗马共和国运行这种考核制度,如果它必然在某个方向上犯错,那么这错误就是,它的运行是为了那个在这世界上往上晋升的人。因为,罗马共和国对失去权力的人做无罪判定,并让当权的人负有举证之责,这防止了公民变得沾沾自喜,并迫使他们

不断相互竞争,以证明谁能为城邦做更多的贡献。下属希望通过证明自己的勇气与能力升到当权者的位置,而如果指挥官不想被他们的下属抢风头,他们就必须对获得荣誉的机会保持警觉。我们或许可以暂时得到这个结论,罗马共和国激发公共精神,主要靠的是给予试图赢得政治荣誉的人以好处,以此不断让新人进入城邦的公共生活。

现在我们转向《安东尼与克莉奥佩特拉》。我们发现,罗马帝国的情况恰好截然相反。第三幕第一场展现了一个奇异的景象,一位罗马将领在深思熟虑后,最终克制住了对战争胜利的追求。文提狄斯看到了为罗马开疆拓土的前景,但他拒绝这样做,这并非因任何战略上的或战术上的原因,而是纯粹出于个人的动机。他担心在安东尼的眼中显得太过野心勃勃,因为个人荣誉的增加,必然会让他主将的荣誉逊色,并且,他要承担失去主将欢心的风险:

> [44]这样已经够了;一个地位低的人,不应该立太大的功勋;因为,你要知道,西里厄斯,与其当长官不在的时候出力博得一个太高的名声,不如把事情做到一半就歇手。凯撒和安东尼的赫赫功业,大部分是他们的部下替他们建立起来的,并不是靠他们自己的力量。我在叙利亚的一个同僚索歇斯,本来在他手下当副将,就是因为太露锋芒而失去了他的欢心。① 在战场上,部下的军功如果超过主将,他就会成为主将的主将;凡是军人都有争强好胜的心理,他们宁愿吃一次败仗,也不愿让别人夺取了胜利的光荣。我本来还可以替安东尼多出一些力,可是

---

① A. C. Bradley 指出,莎士比亚将这一命运归于索歇斯的做法超越了普鲁塔克的范围。参见"Antony and Cleopatra", *Oxford Lectures on Poetry* (London: Macmillan, 1909), p. 306。

那反而会使他恼怒,他一恼我的辛苦就白费了。(Ⅲ.i.12–27)

文提狄斯的推论揭示了罗马帝国与罗马共和国的根本差异。因为,帝国的指挥官大体上依赖下属的功业获得名声,好处属于那些已经当权的人。而对指挥官而言,依靠荣誉带来的诱惑比在罗马共和国中更大。与此同时,对那些试图在世上发迹的人而言,为罗马做出英雄的和光荣的行为的吸引力大大降低。正如文提狄斯指出的,获得伟大的战争胜利的人,或许会因引起长官的嫉妒与怀疑,从而毁掉自己的政治机遇。在罗马帝国,晋升通过获得指挥官的青睐才能实现,无论罗马这一整体会因此付出什么代价。罗马共和国寻求建立私人利益与罗马利益间的和谐,这反过来在下属与指挥官之间营造出一种竞相争取荣誉的有益气氛。正如文提狄斯的台词所揭示的,帝国反过来建立了下属与指挥官之间利益的和谐,其结果是,个人利益与罗马的利益不再一致。文提狄斯[45]在考虑是否追求对帕提亚人作战的胜利之际,一点儿也没有提及罗马的善。

罗马帝国因没能为晋升到帝国等级制的顶端提供合法途径,这实际上挫伤了公共精神。正如《安东尼与克莉奥佩特拉》中的一系列行为所展示的,在帝国的等级制度下,每次只有一个人能登上权力的巅峰,而且,帝王不像共和制下的执政官,他不会在一年的任期后平静地辞去职位。由于执政官之位的快速更替与有序继任,罗马共和国为其公民提供了在同胞的尊重中获得最高地位的前景。相反,帝制下的公民不能因自身基于美德的成就继承帝位,而只能通过宫廷权谋与背叛获得帝位。罗马帝国中,一个有抱负的人只能怀着体面而合理的期待,希望自己至多晋升到帝国官阶中一个更高的位置,为了获得这个位置,奉承的技艺对他而言比战争的技艺更有效。因此,与罗马共和国相反,罗马帝国以对个人的忠诚代替了对公共事务的忠诚,这一点在文提狄斯的例子中清楚地体现出来。文提狄斯对罗马的事业明显不如他对安东尼的事业那么投入。但在帝制下政治性质的转变,不像政治领域自身地位的下降那么重要。对罗马帝国中有抱负的人而言,在政治领域得到晋升的前程,看起来不像在共和国中的前程那样远大,因此,整个政治生涯无可避免地缺乏吸引力。抱负必须得到荣誉与职位的回报,否则人们就会转向公共服务之外的满足之源。罗马帝国中相对僵化的政治等级制度,让人们的精力从公共生活转向了私人生活。一旦政治的世界失去了它的光辉,爱欲的世界就能获得新的魅力。

## 四

[46]以护民官和文提狄斯的例子来看,莎士比亚笔下共和制下的罗马人与帝制下的罗马人以相当不同的视角看待他们各自的世界。当文提狄斯看向他的世界时,他看到了一连串的指挥官——"主将"与"主将的主将",一直延伸到"伟大的主将"自身(Ⅲ.i)也就是皇帝安东尼那里。在帝制下,下属与指挥官的关系相对自成一体,最多涉及这一连串指挥官中更高的第三方(third party)。文提狄斯对其处境的分析只涉及两方:他自己与安东尼。但护民官分析科利奥兰纳斯与其指挥官考密涅斯的关系时,他们立即引入了第三组势力(a third team),也就是他们用不同方式描述为"无常的意见(giddy censure)"与"意见(opinion)"(Ⅰ.i.268、271)的那组势力,以暗指罗马共同体的声音。科利奥兰纳斯与考密涅斯的行为会接受罗马民众的评判,民众或许不是最客观与最冷静的裁判,但他们

至少可以在科利奥兰纳斯与考密涅斯产生分歧时,比当事人自己更为公正。共和制罗马的状况可以最恰当地描述如下,即声称城邦在其公民的事务中处于第三部分(a third party)。其结果是,共和制下的罗马人并不会那么死板地受缚于指挥官与下属的关系,因为他们最终都服从于城邦,并可以越过眼前的上级直接仰望和指靠罗马。

城邦的居间角色更明显地体现在如下事实中,即莎士比亚笔下共和制下的罗马人,甚至在与诸神的关系上,都和帝制下的罗马人不同。在科利奥兰纳斯威胁要摧毁罗马时,他的母亲伏伦妮娅表达了她在诸神面前的两难处境:

> 你使我们不能向神明祈祷,那本来是[47]每一个人所能享受的安慰。因为,唉!虽然我们和祖国的命运是不可分的,可是我们的命运又是和你的胜利不可分的,我们怎么能为我们的祖国祈祷呢?唉!我们不是失去我们的国家——我们亲爱的保姆,就是失去你——我们在国内唯一的安慰。无论哪一方得胜,都符合我们的愿望,可是总免不了一个悲惨的结果。(V. iii. 104 – 113)

《安东尼与克莉奥佩特拉》中相应的段落是奥克泰维娅在丈夫安东尼威胁要与她的哥哥奥克泰维斯开战时表现出的进退两难:

> 要是你们两人之间发生了冲突,我就是世上最不幸的女人,既要为你祈祷,又要为他祈祷;神明一定会嘲笑我,当我向他们祷告"啊!保佑我的丈夫"以后,又接着向他们祷告"啊!保佑我的哥哥!"。希望丈夫得胜,只好让哥哥失败;希望哥哥得胜,只好让丈夫失败;在这两极之间,没有一条折衷之路。

(Ⅲ.iv.12-20)

这两段台词非常相似,以至于它们有时为《科利奥兰纳斯》与《安东尼与克莉奥佩特拉》大致写于同一时期的观点提供了证据(MacCallum, p. 461)。尽管如此,如果仔细审视两段台词的具体用语,人们会发现,伏伦妮娅和奥克泰维娅处于根本上不同的处境中。伏伦妮娅遭到了对国家的爱对与儿子的爱的撕扯;奥克泰维娅遭到了对丈夫的爱与对哥哥的爱的撕扯。忠于公共事务与忠于私人情感的冲突,变成了忠于两种私人情感的冲突。伏伦妮娅实际上将问题看作她的城邦神与家庭神之间的冲突,而奥克泰维娅则将问题视作家庭诸神的内部冲突。这一差异并非无关紧要,前一个冲突自身包含了解决方案,后一个则没有。

奥克泰维娅既面对着她与丈夫的纽带,又面对着她[48]与哥哥的纽带,她无法评判两者的价值孰高孰低。然而,伏伦妮娅向来以儿子为罗马服务的标准评判儿子的价值(Ⅰ.iii.1-25)。因此,她通过寻求城邦利益与儿子利益的和解来继续她上文的演说,但最终,她以对城邦利益的认同解决了这一两难问题,她打消了她的儿子可能真的成为罗马的敌人这一念头(Ⅴ.iii.178-180)。她的决定是,她的城邦神高于家庭神,前者必须优先于后者。但奥克泰维娅在祈祷中甚至没有提及城邦,因此,她只剩下个人的诸神,而这些个人的神提供不了任何高低等级的原则。在这种情况下,唯一的解决方法就是一个神战胜另一个神,这一结果反映在《安东尼与克莉奥佩特拉》的政治层面上,就是罗马帝王之位的竞争者逐步减少,由三个变为一个。

总之,莎士比亚展示了,罗马共和国的城邦制度致力于在城邦多种相互冲突的私人利益之外创造某种共同利益,即便这种共同利益处于较低的层面。城邦在公民的事务中扮演着调停者的角色,虽然这些制度从未实现完美的和谐,但它们大体上成功阻止了共同体彻底四分五裂。我们可以看到,这一原则在《科利奥兰纳斯》第三幕的争执场景中发挥了作用,在其中,党争几乎要把罗马撕得粉碎。而恢复平静的最稳妥方式,就是通过展示城邦在瓦砾间的场景,让罗马人想起作为一个整体的城邦的利益。

> 他们要把城市拆毁,把屋宇夷为平地,把整齐明晰的市面埋葬在一堆瓦砾的中间。(Ⅲ.i.203 – 206)

在《科利奥兰纳斯》这样一部时常爆发愤怒之焰的剧作中,我们或许会惊异于[49]各种试图在争端中扮演调停者的人物获得了多么大的成功,这始于米尼涅斯在开场以一个"有趣的故事"平息了平民的叛乱,终于伏伦妮娅在最后一幕中让她的儿子放弃了对罗马的征战。调停者的成功,并非单单凭借雄辩术的力量:他们都与身后的罗马的权威一起说话。但在《安东尼与克莉奥佩特拉》中,那些试图扮演调停者的人物,如莱必多斯或奥克泰维娅,他们的努力彻底失败了。这部剧作的情节可以视为这样一个渐进的过程:能够调停安东尼与奥克泰维斯的争端的所有要素逐步消失,直到两人站在不可逾越的鸿沟对面。由于没有一个潜在的调停者可以与罗马共同体的权威一起说话,主要的人物就只剩下追求他们所认为的排除了其他因素之后的个人利益。罗马帝国的状态是,人与人之间的争端确实缺乏调停:"在这两极之间,没有一条折衷之路。"

正如奥克泰维娅的话所表明的,《安东尼与克莉奥佩特拉》中描绘的生活有其本质的"极端",好像所有的人物都飞向不同的方向,没有一个中心可以将他们的行为联系在一起。人物易于对彼此提出绝对的要求,也对世界提出无限的要求。显然,四处延展的罗马帝国不能以公共力量去压制属人的欲望与抱负,从而使得种种"不朽的渴望"在它的公民心中苏醒,这种"不朽的渴望"是对人类生存的日常限度的不满,也是"发现新天新地"的动力。相比而言,《科利奥兰纳斯》则展现了一个更加脚踏实地的世界,一个牢牢固着于现实问题之上——如找食物充饥——的世界。在罗马共和国那样紧密相连的共同体中,城邦能够对公民施加更大的影响力,其结果是,公民的看法与抱负在视野上要狭窄得多,因为他们如城邦所定义的那样理解事物。[50]城邦调节公民的事务意味着,它为公民的生活施加了温和的影响力。科利奥兰纳斯所不了解的是,在罗马共和国中,"言辞是'温和的'"(Ⅲ.ii.142)。米尼涅斯告诉急躁的护民官的话,最清晰地表达了罗马共和国的原则:"什么事情都可以用温和一点的手段解决,何必这样操切从事?"(Ⅲ.i.218-219)对温和手段的强调,反映了罗马共和国中传统的生活特点,这与罗马帝国中不断增加的非传统生活模式形成了对比。在《安东尼与克莉奥佩特拉》中,人物既可能遵从习俗,亦可能不理会习俗,正如在安东尼所展现的那样,他似乎在享受去做那些别人最不想让他做的事。

总之,《科利奥兰纳斯》与《安东尼与克莉奥佩特拉》根本性的对立,在两部剧作的开场中就到了暗示。《科利奥兰纳斯》开始于城邦的日常世界,《安东尼与克莉奥佩特拉》开始于远离日常生活关切的奢侈的帝王宫廷。在《科利奥兰纳斯》的第一场中,最基本的人类需求——饱腹——迫切需要得到满足,但从《安东尼与克莉奥佩特拉》的开场中,我们无法清晰地看到人物究竟渴望什么。安东尼说的话,好似仅仅满足于饱腹贬低了他的身份:他的渴望显然比普通人的渴望更复杂,也因此或许更难满足。他关心的并非生存所需,而是欢乐,更具体地说,他关心无穷尽的连续不断的片刻欢愉(Ⅰ.i.46-47)。《科利奥兰纳斯》在贫乏与急切的氛围中开场,此时罗马饱受饥荒与公开叛乱的侵扰,但是《安东尼与克莉奥佩特拉》在奢侈与慵懒的氛围中开场,此时主人公草草处理了来自罗马的消息,懒洋洋地询问:"今晚我们怎样玩?"(Ⅰ.i.47)这一切都表明,《科利奥兰纳斯》的世界比《安东尼与克莉奥佩特拉》的世界更基础,因为前者包含着更简单的需求与欲望,在生活中也包含着更简单的选择(参 Traversi, p. 208)。《科利奥兰纳斯》揭示了罗马的古朴与未败坏的状态,[51]它一点儿也不老于世故,而这既是优点也是缺点。相反,《安东尼与克莉奥佩特拉》中的罗马,精于世故到了堕落的地步,在这个世界中,活得像个传统的罗马人的可能性几乎消失殆尽,这让像安东尼那样的人不得不寻找新乐趣以"刺激"他疲倦不堪的"食欲"(Ⅱ.i.25)。

简言之,罗马性——与众不同的罗马生活方式,在《科利奥兰纳斯》中还是新鲜的,但在《安东尼与克莉奥佩特拉》中就已经变得陈腐。这让我们回想起《裘利斯·凯撒》中,泰提涅斯对罗马宣称"我们的白昼已经过去……我们的事业已成灰烬了"(Ⅴ.iii.63-64),安东尼在后一部剧中附和了这一感情,他对爱洛斯说"永昼的工作已经完毕,我们现在该去睡了"(Ⅳ.xiv.35-36)。"落日"西沉入夜的情绪(《裘利斯·凯撒》,Ⅴ.iii.60-61)似乎主导着莎士比亚描绘的帝国制罗马。《安东尼与克莉奥佩特拉》中的人物感觉,自己是罗马的最后见证者(Ⅲ.xi.3-4),他们被迫"站在""黑暗中",站在"世界的岸边"(Ⅳ.xv.10-11)。没有人更像安东尼那样被这种情绪支配,特别是在他对待克莉奥佩特拉的态度中展现出来的:

当我遇见你的时候,你是已故的凯撒吃剩下的残羹冷炙;你也曾做过克尼厄斯·庞贝口中的禁脔;此外不曾流传在世俗口碑上的,还不知道有多少更荒淫无耻的经历。(Ⅲ. xiii. 116 – 120)

克莉奥佩特拉从有魔力的"埃及菜肴"降低成了腐败的肉,这一意象传达出,罗马人过去的记忆怎样破坏了安东尼当前的享乐,夺走了他的成功本该有的荣耀。安东尼冲克莉奥佩特拉发脾气的行为揭示出,那些伟大的前辈,庞贝以及"这个时代曾存在过的最高贵的人"——裘利斯·凯撒,片刻也没离开过他的头脑。安东尼知道,他无法比肩这些人以他们的方式所取得的成就:的确,如果克莉奥佩特拉是任何成就的象征的话,安东尼就会因获得继庞贝与凯撒后的三手战利品而得到指责。[52]安东尼在这方面的敏感可以解释,为什么当小庞贝提醒他,凯撒首先享有克莉奥佩特拉的时候,他似乎变得紧张(Ⅱ. vi. 64 – 70)。甚至安东尼的屋子也是从庞贝那里"继承"来的,或者说从他那里偷来的,这也是小庞贝不会让安东尼忘记的事(Ⅱ. vi. 26 – 27,Ⅱ. vii. 126 – 128)。在《安东尼与克莉奥佩特拉》中,罗马的过去突出地显现。如果人们不能和剧中人一起,感受到罗马过去是怎样,又变成了怎样,人们就不能理解这部剧作(参 Adelman, pp. 132 – 134)。

为此,任何试图理解莎士比亚笔下的罗马的尝试,都必须从《科利奥兰纳斯》开始。只要将莎士比亚在《安东尼与克莉奥佩特拉》中最终刻画的罗马,看做《科利奥兰纳斯》中的罗马的发展,那么两部剧作的实际写作顺序就无关紧要。正如安东尼与克莉奥佩特拉在初次出场时宣称的,他们的行为,包含着有意地尝试超越罗马传统为人施加的限制(Ⅰ. i. 16 – 17)。因此,首先研究这些在《科利奥兰纳斯》中得到描绘的限制,是唯一合乎逻辑的顺序。甚至安东尼在爱情中获得的成就,也以他通过爱情所拒绝的价值的存在为前提。如果人们不曾一度在罗马的政治生活中拥有高贵,那么安东尼就不可能在爱情中拥有高贵(Ⅰ.i.36)。更为概括地说,在安东尼洋洋得意地宣称让罗马融化并倒塌之前(Ⅰ.i.33 – 34),罗马需要用一块块石头垒起来。安东尼的愿望最终实现了——在无法确定自己存在,也无法确定他在生活中扮演的角色时,他试图在变幻莫测的云中读出自己命运的征兆(Ⅳ.xiv.1 – 14)。此时,他看到了梦一般的场景,其中罗马的物质世界,岩石、山峰、树木的世界,甚至"高耸的城堡"自身,都要溶化在一片巨大的模糊不清之中,"正像水落在水中一般模糊不清"。但在转向《安东尼与克莉奥佩特拉》中罗马世界的溶解之前,我们必须首先审视《科利奥兰纳斯》中岩石般的、坚硬的固体世界,在这里,我们会称,这个古典城邦有着"整齐明晰的市面"(Ⅲ.i.205)。

第一部分
《科利奥兰纳斯》

[53]现在姑且将贵族共同体……看作培育人的装置:人们聚集在一起,他们依赖自己,同时想让自己的种群壮大,最常见的原因是他们必须占优势,否则就会有灭绝的风险……这些种群必须成为一个种群,必须借助非常坚硬的、一致的、简单的形式,在不断与邻人,与反叛的或有反叛风险的受压迫者持久地争斗中,占据优势并让自己持存。各种各样的经历教会了他们,主要是他们身上的何种品质,让他们在面对各种神和各种人之时总是战无不胜,仍然存在:他们称这种品质为美德,这是他们唯一培育的美德。他们很强硬地践行这些美德,确实,他们想要的就是强硬;每一种贵族道德都是偏狭的——在他们教育年轻人时,在他们管束女人时,在他们的婚姻习俗中,在老人与年轻人的关系中……他们将偏狭自身视作美德,称它为"正义"。

——尼采,《善与恶的彼岸》,262①

---

① 引自 Walter Kaufmann 的译文(New York:Vintage Books,1966),p.210。

# 第一章　共和国政制

## 一

[55]在混乱的时刻,我们初次接触到了《科利奥兰纳斯》中的罗马共和政制。面对公然反抗当权者的人们,城邦的统治者必须自我辩解:

> 我告诉你们,朋友们,贵族们对你们是非常关切的。因为你们的需求与你们在饥荒中的受苦,你们举起棍棒反叛罗马国家,这正像举起棍棒来打天;因为这次饥荒是天神的意旨,不是贵族们造成的。政府总是尽心竭力,替你们解除种种重大的困难;你们应该屈膝哀求,不该举手反抗,这才会对你们有好处。(Ⅰ.i.65 – 74)

从我们的观点来看,米尼涅斯让平民确信,元老院的确关心他们,以此开始为贵族的统治辩护,这是明智的。我们本期待他会继续给出元老院关心平民的细致证据——或许是解释缓解罗马的饥荒所采取的措施,或至少是声明元老院有意愿为这一问题做些什么——但米尼涅斯没说这类话,还轻轻松松就驳回了平民的"需求",特别是元老院还声称它不会为平民"在饥荒中的受苦"所动,这让我们不禁怀疑,元老院到底又能怎样关心平民。在67 – 72行,米尼涅斯创造了一幅强有力的图景,即元老院对[56]平民的需求完全漠然置之。正如他所描绘的,"罗马国家"并未植根于罗马民众的土壤并从中汲取力量,相反,它高高在上,高如穹苍,似乎有自身的原动力,足以粉碎任何可能碍事的公民。无论米尼涅斯的国家观念是怎样的,它似乎都公然违背了我们关于政府与人民恰当关系的观念。

由于我们对米尼涅斯劝说平民的理由感到困惑不解,我们须得询问,米尼涅斯究竟是否在现代的意义上谈论一个"国家"。例如,从他谈论罗马诸神的方式来看,他似乎对我们的观念中与"教会"明确分离的"国家"概念一无所知,而这一特点反映出现代信仰超越了政治生活的程度。从我们的立场看,米尼涅斯在针对平民的演说中将宗教与政治不加辨别地混为一谈,这种方式不能不让我们感到震惊。他将针对"罗马国家"的反叛视为对罗马诸神的不敬,而且,他的表达让国家与诸神好像处于同一高度。这一观念普遍存在于莎士比亚笔下的罗马人中,他们不断设想,诸神对他们的城邦事务有特别的兴趣,几乎像所有者那样有兴趣(Ⅰ.vi.6-9,Ⅲ.i.288-292,Ⅳ.vi.36)。米尼涅斯因护民官在放逐科利奥兰纳斯中扮演的角色而责备他们时,他最终将敬神与公民正义等同起来:

> 西西涅斯:但愿神明护佑我们!
> 米尼涅斯:不,神明在这种事情上是不会护佑我们的。当我们把他放逐的时候,我们就已经冒犯了神明;现在他回来杀我们的头,神明也不会可怜我们。(V.iv.30-34)

对米尼涅斯而言,诸神似乎是政治的存在物,他们将信徒们的特定政治行为视作虔敬或不虔敬的标志,并相应地给予信徒奖励或惩罚。在罗马,不正义与不虔敬的结合显然提升了在城邦中处于危急关头的[57]政治的地位,也提升了米尼涅斯隐喻中的"罗马国家"自身的位置,使它甚至包围了天穹。如果严肃地对待这一切,那么米尼涅斯刻画的平民朝天举起棍棒的图景,就引出了这一断言,即罗马与天穹的界限相同。换言之,在莎士比亚笔下的罗马,甚至诸神在某种意义上都被纳入了城邦的领域。显然,就整体性的抱负而言,罗马共同体超越了我们所设想的现代国家的要求。

如果剖析《科利奥兰纳斯》中诸神的地位,人们会意识到,这部戏剧描绘的并非一个现代意义上的国家,而是一个古典意义上的城市,一个城邦。① 这一事实最清晰的标志是存在于莎士比亚笔下的罗马的公民宗教,但在描述《科利奥兰纳斯》中的共同体时,还有其他不同于现代国家的重要方面。我们必须牢记这些,以免运用与主题无关的概念来分析本剧。例如,出于我们的代议制政府观念,我们会认为,统治者须反映被统治者的价值观或意见,更为普遍认同的是,一个政府的特征应来自它所产生的社会。但在对城邦的古典理解中,政制(politeia)具有塑型作用,它是塑造或给予它所统治的共同体以特征的首要因素。② 这些关于统治的观念对理解米尼涅斯的双重声明很重要,即元老院可以在关心平民的同时忽视他们的需求。米尼涅斯必然相信,贵族比平民自己更好地理解了平民的利益是什么,但他将这句话留给了那个缺少政治头脑又直言不讳的科利奥兰纳斯,科利奥兰纳斯对平民直陈了贵族的地位:

---

① 对城邦的定义,参考亚里士多德,《政治学》,1253a – b。关于现代国家与古代城邦的区别的更充分讨论,参考哈瑞·雅法撰"亚里士多德",见列奥·施特劳斯与约瑟夫·克罗波西,《政治哲学史》,(Chicago: Rand McNally, 1963),页 65 – 67。

② 亚里士多德,《政治学》,1276b, 1 – 12。

> 你们的欢心就像病人的口味,只爱吃那些足以加重他病症的食物。(Ⅰ.i.177－179)

[58]因为科利奥兰纳斯相信,平民完全不能理解罗马的政治现实(Ⅰ.i.156－157),他认为元老院应像对待孩童那样对待平民,以违背他们的意志来抑制他们的欲望:

> 让他们不要去舐那将要毒害他们的蜜糖。(Ⅲ.i.156－157)

显然,对科利奥兰纳斯而言,统治并不包含代表那些被统治者的意愿,而是反对它。我们可能会感到这种观点令人反感,但我们必须努力理解它,以避免用我们头脑中的现代国家的模式简单地评论莎士比亚笔下的罗马。或许在开始任何对《科利奥兰纳斯》的研讨时所最需要的,就是坦然承认本剧呈现的政治世界对我们而言是多么陌生。

从米尼涅斯与科利奥兰纳斯关于罗马统治的表述中,我们所能总结出的最重要一点是,有一种关于善的权威观念盛行在这城邦中,即对人而言,什么是好的生活这一观念,得到了政制的积极支持(亚里士多德:《政治学》,1252b,30－31)。考密涅斯为表彰科利奥兰纳斯而在聚集起来的罗马公民面前发表的精细繁复的演说清晰地表明了这一点,这一演说揭示了这城邦最为推崇的品质:

> 勇敢是世人公认的最大美德,有勇的人是最值得崇敬的;要是我们可以这么说,那么我现在要说起的这一个人,在全世界简直找不出一个可以和他抗衡的人物。(Ⅱ.ii.83－87)

这一演说措辞严谨地强调了,考密涅斯在表达一个城邦的观点

("公认的……""要是我们可以……")。举例来说,另一个城邦可能视正义或虔敬为"最大美德",在这样的城邦中,科利奥兰纳斯这样的人就不会被视为人的最崇高类型。但在罗马,他是人人景仰的人,并因此成为城邦中最具权威的一类人,是供人模仿的那个模范。[59]罗马赠予他的赞赏,是这城邦引导其公民(首先是其年轻人)培育战争美德的方式。正如考密涅斯指出的,在战况最激烈时,科利奥兰纳斯能"用他惊人的榜样,扫去懦夫心中的恐惧"(Ⅱ.ii. 104 – 105)。

当我们阅读考密涅斯的演说,并发现科利奥兰纳斯被称作"浑身染血的东西"(109)及"一颗星球"(114)时,我们可能会感到,考密涅斯担心"我的声音太微弱了,不够叙述科利奥兰纳斯的功绩"(82 – 83)时,他正在被自己的修辞冲昏头脑。无疑,考密涅斯的演说中存在着某些夸张的成分。但这正是要点所在:罗马对其战争英雄的赞美是片面而夸张的。这城邦没有,也不能平等地给予各种形式的人类美德以荣誉,却单单挑出了那位英勇的战士,让他受到公众的尊重。在直接颂扬科利奥兰纳斯的血气及他随后对身体需求的无动于衷时,考密涅斯的演说达到了高潮:

> 于是他过人的精力又使他忘却了身体的疲劳,他立刻再上战场,在那里奔走驰突,杀人如麻,好像这是一场永无休止的掠夺一样;直到我们把城郊全部占领以后,他不曾有一刻站定喘息。(Ⅱ.ii. 116 – 122)

考密涅斯的演说让我们大致了解到为什么血气会盛行于《科利奥兰纳斯》中的共和制罗马。罗马有意形成一种观念,即最好的生活方式是具有公共精神的战士的生活方式。当考密涅斯赞美科利奥兰纳斯时,他不只简单地代表自己,而是代表整个罗马共同体(Ⅱ.ii.

49—51）。他演说的风格——复杂的句法、庄严的措辞、史诗般的明喻以及自我表达的广度——使他的演说超越了单纯的私人言语的层次。① 他以高贵而稳重的语速讲话，正如一个知道[60]自己必须履行严肃的公共职责，并担心自己难以胜任这项任务的人那样（82、103）。当他应对自如的时候，我们不难想象这幅画面：他的听众们点头同意他对庄严主题的严肃陈述。这一场景具有仪式感，这是一个通过赞美人群中一位杰出典范来颂扬共同价值的典礼。

但罗马对公共精神的支持并不仅仅存在于言辞中。《科利奥兰纳斯》前两幕中堆积在军事胜利者面前的荣誉总和，揭示了共和国多么重视战争中的英勇。卡厄斯·马歇斯被给予战利品的十分之一（Ⅰ.ix.31—36），被授予"战争的荣冠"（60），得到了他执政官的"高贵的骏马"（61），最终还收获了科利奥兰纳斯之名（62—66），作为对他胜利的永久纪念。然而，科利奥兰纳斯在战场上收获的荣誉，只是他返回罗马后将会获得的更大荣誉的序幕。整个城邦都出来欢迎英雄归乡，好像他的胜利开始被视作罗马的胜利那样。随后，我们得知，元老院希望让他成为执政官——即便他从未得到这个官职，但依照罗马的惯例，一个有着他那样履历的人会得到执政官之位（Ⅱ.i.211—222）。对那些展示出公共精神的人，罗马以权威的立场为他提供奖赏——不仅仅通过言辞、荣冠、凯旋式，而且通过提供公职——来回报他们对荣誉的热情。正如我们所见，罗马共和国有能力为有雄心且有血气的人在顶端留出空间，这使得此政制能够将其公民吸纳入政治生活中。

---

① 关于这一演说的风格，参见 Reuben Brower, *Hero and Saint: Shakespeare and the Graeco Roman Heroic Tradition*, Oxford: Oxford University Press, 1971, pp. 354—369。

《科利奥兰纳斯》中的罗马会极其大方地尊崇那些服务于公共事业的人,但到目前为止,以我们所见,这城邦公认的唯一的服务形式是作战。这一情形对贵族们固然很有利,因他们几乎从出生起便在战争中受到训练(Ⅰ.iii.5–15),但这对于无法指望像科利奥兰纳斯那样在战争中创造奇迹的平民来说,又怎么样呢?[61]除非血气只为贵族所独有,否则罗马政制似乎需要以某种方式对付平民中野心勃勃的人,让他们也依附于这城邦的事业。在共和制的罗马,解决这一问题的答案便是护民官制度,护民官对平民多少发挥着像执政官对贵族那样的作用。《科利奥兰纳斯》以护民官制度的创立开始。如果我们考虑到,作为对起义的回应,这是多么怪异——剧中两次以"奇怪"(Ⅰ.i.210、221)提及它,有人便会开始怀疑这一制度的目的。平民要求谷物,结果却得到了选举五个官员的权利。显而易见,贵族更关心叛乱领导者的政治野心,而非整个平民阶层的渴求。不难发现,从开场起,就必须对叛乱中的平民进行主动的引导。被称作"市民甲"的人,对煽动暴民、引导他们的狂怒,并反对任何来自他自身阶层(市民乙)或来自对立阶级(米尼涅斯)的异议,都必不可少。他的进取性表明他是平民这一方中有血气的成员,贵族似乎意识到,要努力安抚这样的人。简单地给予平民谷物或许能暂时满足他们的渴求,但若不能满足这场叛乱的煽动者的个人野心,那就会提高他们的威望。换句话说,护民官制度的创立,虽然对满足大多数人的需求毫无用处,但它确实能通过给予起义真正的鼓动者所渴望的官职来吸引他们。或许莎士比亚记得诺斯译本的《希腊罗马名人传》中对新创立官职的当选者充满揶揄的评论:"所以裘涅斯·勃鲁托斯和西西涅斯·维鲁特斯是第一任被选举的人民护民官,他们仅仅成了暴动的制造者和皮条客。"①讽刺性的转折在于,一旦在现实中分得一杯羹,罗马人中的最革命者[62]就成了保守主义的主要代言人。护民官自己设法改变了现存秩序后不久,便开始坚持"旧有的特权"(Ⅲ.iii.17),并说支持罗马"相传已久的政制"(Ⅲ.iii.64),同时攻击科利奥兰纳斯是"叛变的革新者,公众幸福的敌人"(Ⅲ.i.174 – 175)。通过创立护民官制度,这城邦从它的死对头中为自己赢得了新的守护者。②

莎士比亚从普鲁塔克笔下仅有的暗示中,将两位护民官发展成了重要的角色,这揭示了他对平民在罗马政治中扮演的积极角色有着合理的理解。西西涅斯和勃鲁托斯沉浸在平民同胞对他们的喜爱和尊重中(Ⅳ.vi.20 – 25),他们显然对在共同体中新找到的位置感到骄傲。正如许多贵族那样,护民官们也想受到尊敬,并愿意通过公共服务获取殊荣。但他们远不如科利奥兰纳斯那样令人钦佩的原因,是他们的卑琐与缺乏高贵的目标。由于视野狭隘,他们对待城中发生的日常琐事认真过度,超过了米尼涅斯认为的适当程度。部分原因在于,他们关心的是让自己在那些同为平民的人眼里显得重要:

> 只要那些苦人们向你们脱帽屈膝,你们就觉得踌躇满志。你们费去整整一个大好下午,审判一个卖橘子的女人跟一个卖塞子的男人涉诉的案件,结果还是对这场三便士的官司宣布延期判决。(Ⅱ.i.68 – 72)

---

① T. J. B. Spencer, *Shakespeare's Plutarch*, Baltimore: Penguin Books, 1964, p.305.

② 在《裘利斯·凯撒》(Ⅰ.i.)中,"护民官们甚至为元老院阶层的传统角色辩护,以维持政体的完整"(布鲁姆,页82)。

米尼涅斯因护民官对他们在城邦中扮演的角色有着夸张的理解而取笑他们,这让他们戏仿了罗马更庄严的治安官的举止风度。从一个贵族——他关心作为整体的城邦命运——的观点来看,一个"三便士的官司"必然无关紧要,甚至有些可笑。但或许,罗马是幸运的,毕竟有人愿意对这些小事感兴趣,即便结果是让这些事"更混乱"了[63](77)。既然护民官的野心仅仅是"苦人们的脱帽致敬",他们便对这城邦中有限的官职感到满足。结果,罗马共和国为平民和贵族都提供了积极的政治生活,让它的公民都能参与到其公共精神能得到发展的活动中去。

这城邦为培育血气而努力的同时,也努力控制爱欲的力量,使它导向"合法的"方向。在《科利奥兰纳斯》中,爱情仅在婚姻的语境中出现,也就是说,在城邦可以控制的合法形式之内出现。科利奥兰纳斯和维吉利娅的婚姻证明了朴实无华的罗马式的理想爱情,此种伴侣关系包含着妻子利益服从丈夫利益的清晰的从属关系,这反映了更基本的从属关系,即爱情在总体上服从于城邦的善。当丈夫外出打仗时,维吉利娅必须满足于待在家中(Ⅰ.iii. 71—75):她的爱情不能以任何方式阻碍罗马的需求。而且,从本剧对婚姻忠诚的强调来看,共和制罗马对爱欲的抑制是显而易见的。维吉利娅被比作佩内洛普(Ⅰ.iii. 82)这一美德的典范,而她的丈夫对他的婚姻誓言也是一样忠诚:

> 善妒的天后可以为我证明,爱人,我这一个吻就是上次你给我的,我的忠心的嘴唇一直为它保持着贞操。(Ⅴ.iii. 46—48)

最后,《科利奥兰纳斯》中的两场戏展现了共同组成一个家庭的罗马三代人(Ⅰ.iii. 和Ⅴ.iii),它们指明了爱情与婚姻在罗马的目的。家庭是这样一个机构：凭借家庭，罗马甚至可以为了城邦的善运用爱欲的力量，引导爱欲朝向生育目标。在罗马共和国中，生育成了培育战士的事业（Ⅴ.iii.62-63），因此它延续了城邦鼓励血气的目标。《科利奥兰纳斯》中典型的母亲身份，似乎是哺育赫克托耳的赫卡柏（Ⅰ.iii.40-41），[64]而科利奥兰纳斯从他母亲的胸脯中得到的也是同样的"勇敢"（Ⅲ.ii.129）——它在罗马被视作"最大美德"。有人可能会设想，即便在罗马共和国，爱情、婚姻和家庭领域也应该是私人利益得以满足的源头，但至少这城邦给人的第一印象是，它能够让爱欲为血气服务，从而服务于共同的善。

## 二

罗马政制试图抑制爱欲，它不能允许它所唤起的血气不受控制。因一门心思地关心做高贵之事，血气总能导致人非理性的行动，使人不顾自己的幸福或安危。正如对科利奥兰纳斯的形容：

> 他的天性太高贵了，不适宜于这个世界……他的心就在他的口头，想到什么一定要说出来。他一动怒，就会忘记世上有一个死字。（Ⅲ.i.254、257-259）

特别是，因为科利奥兰纳斯无法想象，一个人怎能不像他那样严格地依据荣誉的规定生活，他一开始无法体会爱欲在人类生活中的重要性。他在第一场戏出场时询问"出了什么事？"，好像这暴动的动机是什么不可思议的东西。平民竟然可以仅仅忧心于填饱肚子并活下去，他似乎由衷地为此而感到困惑：

> 他们说他们肚子饿,叹息着说出一些陈腐的老话:饥饿可以摧毁石墙,狗也要吃东西,肉是供口腹享受的,天神降下五谷不单为富人,云云。用这一堆破烂,倾吐他们的不平。(Ⅰ.i. 205–209)

因为平民口中的这些的谚语都代表着自我保存的实践智慧,它们对[65]全身心关注着高贵生活的科利奥兰纳斯而言不过是"破烂"。我们从他的态度中可以看出,罗马的节欲生活可能会怎样走向失控:他宁愿看着平民挨饿,也不愿公开承认人需要吃饭,恐怕这样会助长他们去满足自己的食欲。显然,即使从一个高贵而好战的城邦的角度来看,爱欲的某些需求也是合法的。如果人们都停止进食,他们很快将虚弱得无法作战,而全面的禁欲将让罗马在这代人中找不到一个战士。对罗马而言,彻底抑制爱欲事实上是不可能的,但这城邦也并未要把所有公民都变成有血气的人,就连尝试也没有。正如莎士比亚在《科利奥兰纳斯》中描绘的那样,这城邦似乎满足于妥协,它是一个混合着有血气之人与贪食①之人的共同体。罗马在根本上支持人群中的有血气者,但同时它对爱欲做出了重要的让步,这实际上是运用爱欲的力量去中和血气的极端需求。这一妥协反映在罗马的政治组织中,即这一城邦被划分为贵族的和平民的两派。

有人在一开始可能会被诱导着做出这样一个简单的等式,即将罗

---

① 为了相互对照的目的,使用"爱欲"(erotic)描述那些被爱欲力量主导的人是有吸引力的,但这个词汇在英语中有着强烈的隐含意义,这使它可能具有误导性。最为谨慎的方式便是使用"贪食"(appetitive)一词来描绘像米尼涅斯和大多数平民那样的人,在他们身上爱欲总体上表现为贪食的形式。

马的平民视作爱欲一派,将贵族视作血气一派。虽然将城邦划分为贵族和平民,与将城邦划分为有血气之人和贪食之人并非毫不相关,但这两种划分并非完全一致。我们刚刚见证了,在罗马,护民官制度在迁就平民中的有血气之人方面很有必要。出于同样原因,对米尼涅斯的一瞥确证了,即便在罗马共和国的早期,贵族中也存在贪食之人。依据食物思考对米尼涅斯而言顺理成章(Ⅱ.i.55-57,V.iv.17-18),①当他开始定义自己的性格时,他立即提到了他的食欲:

> 谁都知道我是个喜欢说说笑话的贵族,也喜欢喝杯不掺水的热酒。(Ⅱ.i.47-49)

[66]似乎罗马的每个派别都包含贪食之人和有血气之人,尽管他们所占的比例不同。在《科利奥兰纳斯》的开场,两派的贪食天性得到了强调,因为莎士比亚将平民的反叛聚焦在食物问题上。在普鲁塔克的版本中,最初的反叛由元老院支持城邦的高利贷者引起,谷物缺乏的问题直到科利奥兰纳斯与沃尔西人交战后才出现。莎士比亚将高利贷的问题放置在背景中(Ⅰ.i.81-82),并将谷物的问题提到台前。当科利奥兰纳斯进场并开始谈论平民"病人的口味"(Ⅰ.i.178),且预测若放着他们不管他们就会"彼此相食"(Ⅰ.i.188)时,平民的贪食性得到了强调。从贵族派的首位发言人米尼涅斯的话中,我们看到的元老院的第一幅形象多少有些令人吃惊——一个肚子。可以确定的是,米尼涅斯有能力让他的类比服务于他的利益,但与此同时,可能在不知不觉间,他所选择的描绘贵族

---

① 参 Rabkin,p.138。

在城邦中扮演的角色的方式,①也揭示出有关他自己以及他的贵族同胞的更多信息。我们不要像天真的平民那样,被米尼涅斯的修辞弄得眼花缭乱,在我们将结束关于他的演说的讨论时,我们要记得他最初曾将元老院的特征描述为罗马的胃:"无所事事又消极怠惰/还满装着食物"(Ⅰ.i.99-100)。在初看《科利奥兰纳斯》时,贵族和平民之间除了满满的胃和空空的胃之外,我们看不到任何其他的区别。

但这一差别不应被看作是无关紧要或是琐碎的,因它表明了贵族和平民在城邦中为什么会沿着两条不同的线发展。平民的肚子迫切需要得到满足,他们发现,自己很难超越食欲这一高度;然而贵族"满装着食物",这让他们能嘲笑平民的肚子。这些区别立足于贵族富有而平民贫穷的事实,这一划分因城邦的立法而生效,因为法律在决定财产在人群中间如何分配时扮演了很重要的角色。[67]米尼涅斯声称元老院像"慈父一样"关心平民,但市民甲在回答米尼涅斯时提出了这样的问题:

> 爱护我们?真的!他们从来没有爱护过我们:让我们忍受饥寒,他们的仓库里却堆满了谷粒;颁布保护高利贷的法令;每天都在忙着取消那些不利于富人的正当的法律,重新制定束缚穷人的苛酷的条文。(Ⅰ.i.79-85)

法律或以牺牲富人为代价偏袒穷人,或以牺牲穷人为代价偏袒富人。莎士比亚依据普鲁塔克所著(*Shakespeare's Plutarch*, pp.

---

① 参见 Rabkin, p. 122;Traversi, pp. 208-212;Judah Stampfer, *The Tragic Engagement: A study of Shakespeare's Classical Tragedies*, New York: Funk & Wagnalls, 1968, p. 295; Roy Battenhouse, *Shakespearean Tragedy*, Bloomington: Indiana University Press, 1969, pp. 341-347。

300—301),展现了罗马法律助长的财富不平等,它让富人更富而穷人更穷。问题并非仅仅在于贵族是富人,还在于他们通过特权掌控财富,这一特权解释了为什么他们较平民更可能培育血气。

贵族的特权地位使他们不必担心金钱的问题。既然他们生来便富有,他们便无需通过工作来增加财产;而且,由于法律对他们的支持,他们可以安全地持有财产。做出蔑视金钱的高尚行为,显然对那些从未真正面临过贫困的人来说更为容易。以《裘利斯·凯撒》中的勃鲁托斯为例,我们能清晰地看到,只有当一个人无需关注这些财物时,他才能保持对财富无动于衷的高尚。勃鲁托斯在与凯歇斯争论时将金钱称作"污臭的锱铢"(Ⅳ.iii.74),但他同时表明,没有钱,他便无法对他的朋友表现出高贵的慷慨大方(79—82)。他落入了这样的矛盾中:他一边指责凯歇斯收取"卑污的贿赂"(Ⅳ.iii.24),一边向凯歇斯索要部分赃物,因他自己"不能用卑鄙的手段搜刮金钱"(Ⅳ.iii.71),但他需要负担军队的开销。在《裘利斯·凯撒》的第四幕第三场,我们得以窥见,当贵族失去了财富特权时,罗马的高贵会是什么样子:[68]它开始显得空洞,像空空如也的金库一样空洞。我们从勃鲁托斯的例子中可以得知,罗马的高贵取决于足够多的"手段"的供给,因为人如果致力于城邦关切的高贵事物,他们必须不再关注这些低级的事物。罗马的贵族得到了发展他们血气的机会,因此也有义务这样做。相反,罗马让平民处于贫困中,使他们有生存压力,让他们需求简单,目光短浅,只关注生活的基本层面。只要平民只为活着担忧,他们便会发现自己很难关注宏大的公共事件,或发展对政治生活的抱负。因此,他们的贫困不利于在本阶层中产生出有公共精神的人(Bloom,pp.79—80)。

不过,在罗马,生来便有财富并不能保证所有天生的贵族都能成为有血气的人,同样地,平民的贫困不能阻止在这一阶层中产生血气。我们只能说,在罗马,财富与特权的分配有利于血气在贵族中生长,不利于血气在平民中生长。有人可能会怀疑,为什么罗马不将自己划分成有血气之人构成的党派和贪食之人构成的党派。按说,这城邦应该以公民的天性,而非以出生的偶然情况划分他们;但如果罗马按照自然差异,而非与之反的习俗差异划分,它就会成为两个不同的城邦,这两者之间没有任何共同之处,也没有任何交流的途径。一个完全由科利奥兰纳斯那样的人构成的党派,将会全然漠不关心共同体中的贪食者所关切的事,或许他完全不能理解贪食者,而这个党派的人过于骄傲,甚至无论如何也不愿与那些不像他们那样一心一意关心高贵之事的人妥协。另一方面,[69]一个完全由贪食之人构成的党派,会缺乏为他们在这个城邦中的权利起身抗争的血气。《科利奥兰纳斯》中的平民不只需要饥饿来促成叛乱;他们需要一些只有血气才能给予他们的、赌上性命的非理性的意愿。他们必然因自己在贵族手中受到的待遇感到道德上的义愤,甚至于"下了决心,宁愿死,不愿挨饿"(Ⅰ.i.4-5)。在思考罗马未混合的党派的图景时,人们应该会记起柏拉图《理想国》中的规划,它将最好的城邦依照公民的天性划分为工匠和战士阶层,而这一规划需要作为第三阶层的智慧统治者的监管。但在莎士比亚笔下的罗马,没有凌驾于贵族与平民之上的这种权威,肚子的预言委婉但有效地表明了这一点。显然,至少在最初的印象中,元老院被比作肚子而非头或心①,这令人疑惑不解。米尼涅斯的寓言暗示,罗马

---

① 许多批评家似乎不认为肚子的寓言存在任何问题,但其中一位在不经意间证明了这一点。Philips(页155)将米尼涅斯视作莎士比亚直截了当的代言人,但当他试图陈述贵族的故事的道德内涵时,他不得不在米尼涅斯谈论

所缺乏的是城邦中的领导头脑。如果考察市民甲在试图以米尼涅斯的故事反驳米尼涅斯时所列举的城邦功能，人们就会发现，这城邦提供了充足的士兵、骏马和吹号人（Ⅰ.i.116-117），但为"那戴着王冠的头，那视察一切的眼睛，那运筹决策的心"（Ⅰ.i.115-116）精确定位则徒劳无益（参Goddard, pp.616-617）。因罗马缺乏一个独立阶层——这一阶层使这些功能具象化，以监督城邦的划分——它被迫让各党派的构成至少在一定程度上交由运气，并允许每个党派成为贪食之人与有血气之人的混合。

在评估罗马混合党派的效用时，人们会首先意识到，贵族中的贪食之人为调和其血气服务。他们能让其贵族同胞意识到爱欲的需求，而他们也是与平民交流的途径。虽然有时发挥不了作用，但米尼涅斯，这个贵族党派中的贪食之人，大体上是罗马争端之中最重要的调和因子。他可以既对[70]平民又对科利奥兰纳斯说话，因为他与其中一方共享着贪食的天性，又与另一方共享着贵族的地位。与之相似，平民需要其党派中的有血气之人为平民阶层在城邦中的权利大声疾呼。护民官的血气在为他们平民同胞的爱欲服务。即便护民官的头脑中或许首先是自身的目标，他们也作为"人民的唇舌"服务，为罗马的饥饿发声，并致力于让贵族将这一因素囊括在他们的考虑之中。值得注意的是，米尼涅斯常与护民官一道出现（Ⅱ.i.1-96, Ⅳ.vi.10-79, Ⅴ.iv.），发生在罗马两党派间的任何实质性交流，都是他们协商的结果（特别是考虑到Ⅲ.i.263-334）。

---

"肚子"的地方谈论"脑袋"："米尼涅斯的寓言以及他将一位公民称作'这一群人中间的大拇脚趾头'主要表明了，脚不能在管辖自然身体时替代脑袋，平民也不能在管辖政治身体时替代贵族。"

罗马党派的混合成分的最终结果在于，克制贵族潜在的极端血气。首先，贵族阶层中的贪食之人发挥着抑制他们党派中某些人的过度骄傲的作用。如果贵族不能控制他们中某个成员，护民官的权力便开始发挥作用，正如在拒绝科利奥兰纳斯成为执政官并最终放逐他的事件中所显示出的那样。我们必须理解，罗马的党派制起着分权与制衡的古典范例的作用。

莎士比亚在《科利奥兰纳斯》中描绘的罗马，基本上是元老院在统治着城邦。它权衡并决定着最重要的国外与国内事务，如宣告战争或分发谷物。元老院亦选举出两名执政官，他们是罗马共和国的最高官员以及军队的最高指挥官。但元老院的统治并非专制，因为通过护民官，平民在元老院提出的任何议题上都有投票权（Ⅲ.i.144 - 146）。因此，元老院被迫将平民的利益纳入其深思熟虑的考量中。它必须通过得到整个城邦接受而非仅被贵族阶层接受的法律。而且，元老院只能提名执政官的候选人，这一选择必须得到平民的认可。一个想要成为执政官的贵族[71]必须愿意对平民让步。正如科利奥兰纳斯的例子所显示的，一个对平民怀有彻底的蔑视之情的人无法成为执政官，或至少，想要公开展现他对平民的蔑视的人无法成为执政官。科利奥兰纳斯学到的是，成为执政官的"代价"，就是"恭恭敬敬地请求"（Ⅱ.iii.75）。平民的主要特征被描述为贪食，正是他们确保了即便最高贵的罗马人，也不能对身体的需求完全不予理会——那位没有顾及平民的爱欲的贵族，被逐出了这个城邦（Bloom，p.81）。

三

罗马共和国在试图平衡共同体中的政治力量时，有着从一个极端走向另一个极端的危险。那种给予平民以抑制贵族中过度血气的力量,自身便可能走向失控。如果平民愿意对元老院的所有提议都投反对票的话,他们可以阻止所有的法律,并架空执政官。有人或许难免担忧,是否有什么东西可以抑制平民使这个城邦陷入停滞的力量。莎士比亚实际上小心谨慎地描绘了平民的性格与其处境的方方面面,这些能防止他们滥用权力。首先,在《科利奥兰纳斯》中,平民只是刚刚获得了政治权利,还未牢固地保有它们;护民官也尚未习惯运用他们的权力,还在克制地使用它,正如在放逐了科利奥兰纳斯后,他们表现出的谨慎那样:

> 西西涅斯:叫他们大家回家去;他已经去了,我们也不必追他。贵族们很不高兴,他们都是袒护他的。
> 勃鲁托斯:现在我们已经表现出我们的力量,事情既已了结,我们不妨在言辞之间装得谦恭一点。(Ⅳ. ii. 1 – 5)

如果贵族们被护民官逼迫得太紧,他们可能[72]会废除新近授予平民的权力(Ⅳ. iii. 21 – 24),这一考虑阻止了西西涅斯与勃鲁托斯。

在共同体中维护自身的权利时,罗马的普通公民比护民官还更加慎重。至少他们中的一些人清醒地意识到,他们无法自我统治。当市民甲因科利奥兰纳斯称民众为"多头的群众"而指控他时,市民丙就为他的敌人辩护:

> 许多人都这样称呼我们,不是因为我们的头发有的是褐色的,有的是黑色的,有的是赭色的,有的是光秃秃的,而是因为我们的思想是这么分歧不一。我真的在想,要是我们所有人的思想都从一个脑壳里发表出来,它们一定会有的往东,有的往

西,有的往北,有的往南,四下里飞散开去。(Ⅱ.iii.16-24)

虽然奉承民众的人在《科利奥兰纳斯》中的罗马发挥了作用(Ⅱ.ii.7-8、24-27),但他们还未成功地让普通公民相信,他们在美德与智慧上可以与贵族比肩。相反,平民仍然尊重贵族,并赞美他们为城邦提供的服务(Ⅰ.i.30-31,Ⅱ.iii.132-133)。事实上,平民会因对罗马做出贡献者表现出忘恩负义而感到羞愧,这是他们犹豫着使用投票权反对科利奥兰纳斯的最大顾虑:

> 我们有权力拒绝他,可是我们没有权力运用这种权力;因为要是他把他的伤痕给我们看,把他的功绩告诉我们,我们的舌头就应当替他的伤痕说话,告诉他他伟大的功绩已经得到我们慷慨的嘉纳。忘恩负义是一种极大的罪恶,忘恩负义的民众是一个可怕的妖魔;我们都是民众中的一分子,都要变成这妖魔身上的器官肢体了。(Ⅱ.iii.4-13)

平民因为在意在更优越的人眼中显得高贵,所以他们几乎应允了让公开的宿敌——科利奥兰纳斯——成为执政官。

甚至共和制罗马的选举程序[73]也设法让平民的羞耻感发挥作用,以有利于贵族。《科利奥兰纳斯》中没有秘密投票:人们须得公开"表达他们的观点",而用选票直接对抗执政官的候选人,这令人尴尬。为了让选举对那些容易遭到恐吓的平民而言更加困难,他们须得"或者一个人,或者两个人三个人"地接近候选人(Ⅱ.iii.41-43)。就像斯威夫特笔下的小人国国民,他们唯一的力量就是数量(Ⅱ.i.34-38);如果要一对一,他们就无法与巨人科利奥兰纳斯相比。科利奥兰纳斯称,只要当贵族起身"谈到战争或和平的问题",平民就会"傻站着,莫名其妙"(Ⅲ.ii. 11 – 13)。科利奥兰纳斯确实夸大其词了,但他甚至能在平民处于集体愤怒的顶点时让他们呆立不动,他只需提醒他们:"你们中间有的人曾经瞧见我怎样跟敌人争战"(Ⅲ.i. 233)。因为平民曾在战斗中效力,所以他们有充分的理由认为科利奥兰纳斯的夸口——"要是堂堂正正地交锋起来,我一个人可以打败他们四十个人"(Ⅲ.i. 241 – 242)——并不是一句空话,所以他们不会在与他面对面时,去冒激怒他的风险。

最后,为了尽力稳住平民,贵族们还很善于召唤罗马诸神来站在自己一方。开场时,科利奥兰纳斯对叛乱者的轻蔑的询问包含着某种含混:

> 究竟是怎么一回事?你们在城里到处鼓噪,攻击尊贵的元老院,他们(在众神之下)使你们有一点畏惧,否则你们早就彼此相食了。(Ⅰ.i. 179 – 183)

有人很可能会问,这里"在众神之下"指的是谁,是元老院还是平民?而让平民"畏惧"的又是谁,是诸神还是元老院?无疑,科利奥兰纳斯想表达的是,元老院服从诸神的旨意,让平民保持虔敬。但无需过度曲解,这几行台词可以暗示,借助诸神,元老院可以让平民[74]心生敬畏。我们已经注意到,米尼涅斯操纵着平民的虔诚,以确保他们对罗马的忠诚。平民的特点被刻画为有着宗教敬畏心,这种敬畏可以轻易地被引向城邦的诸神,或做出类似神的行为的贵族,比如科利奥兰纳斯:

> 我看见聋子围拢过来瞧他,瞎子围拢去听他讲话。(Ⅱ.i. 262 – 263)

如果一个贵族就能唤起平民的这种崇拜的话,那么整个党派就应该可以维持对城邦的控制。事实上,对罗马共和国的枝干而言,真正的威胁并非源自平民对贵族阶层的不敬,而是源自平民如此轻易地就愿意拜倒在城邦的战争英雄脚下。一个愿意迎合平民利益的指挥官,可以将平民的支持作为反对他的贵族同胞的手段,并使自己成为罗马的独裁者,那么这将终结贵族在城邦中的平等。科利奥兰纳斯并未利用战争胜利给他在平民中带来的威望,但他的故事表明,罗马正像一个"烂熟的果子"(Ⅳ. vi. 100),等待着掉入第一个愿意不择手段取得这个城邦统治权的将军手中。

这个将军就是裘利斯·凯撒,他没有像科利奥兰纳斯那样,受到对荣誉的诸多考量的束缚,这些考量阻止了科利奥兰纳斯以他的声望来利用平民。凯撒愿意在平民面前演戏,这一事实表明了二者的不同:

> 那些下流的群众有的拍手,有的发出嘘嘘的声音,就像在戏院里一样;要是我编造了一句谣言,我就是个骗人的混蛋。(Ⅰ. ii. 258 – 261)

凯撒能赢得平民的支持,击败他在贵族中的所有对手,并让罗马共和制的时代走向终结,这显然是因为他不像科利奥兰纳斯那样(《科利奥兰纳斯》,Ⅱ. ii. 144 – 145)将装腔作势视作耻辱。思考什么最终摧毁了《裘利斯·凯撒》中的共和制度时,有人会意识到[75]《科利奥兰纳斯》中在最深层的意义上发挥着作用的东西。罗马的共和制依赖于城邦中两党派微妙的(虽然不寻常的持久)平衡。贵族与平民必须理解,他们确实有一定程度的共同利益,但与此同时,他们必须远离彼此。在谈论科利奥兰纳斯时,米尼涅斯准

确地揭示了共和政制所需求的东西:

> 他喜爱你们的人民;可是不要硬叫他们睡在一个床上。(Ⅱ.ii.64-65)

罗马的两个敌对政党需要一定程度的相互尊重与关心,但这必须止步于与敌人真诚的友好往来,因为贵族与平民的任何联盟都会打乱权力的平衡,而这正是罗马共和国的基础所在。只有当罗马公民不打破他们曾按党派界限划分的阶级,最重要的是,只有当贵族保持其阶层的团结一致时,罗马共和国才得以存在。共和国似乎最终依靠其公民的阶层偏见,也就是说,平民不信任贵族,贵族完全无法忍受平民的气味。一旦平民开始跟随一位强有力的贵族,反对他们自己的护民官的意见时(《裘利斯·凯撒》,Ⅰ.i.),或者更严重的,一旦贵族停止内部争执,将他们的争端置诸平民裁决时(《裘利斯·凯撒》,Ⅲ.ii.),罗马共和国就终结了。

《裘利斯·凯撒》中平民的腐败①证明了这一点:只有在民众意识到他们不适合统治,并愿意遵从元老院的管理时——即便并非驯服地听从元老院,共和制才能发挥作用。这是罗马共和政制的矛盾之处:即便平民激烈地争论贵族的统治方式——正如他们在《科利奥兰纳斯》开场所做的那样,他们也必须接受元老院的统治权。科利奥兰纳斯对平民特征的刻画——[76]"既没有能力统治、又不愿被人统治的人们"(Ⅲ.i.40-41)——揭示出,在罗马政制语境中,这并非如他所想,是平民的缺陷,而是他们的美德。由于罗马处于两党派的持续紧张中,没有哪个人能控制整个城邦。只有当贵族不

---

① 关于"民众的腐败"是"掌握罗马的关键",参考布鲁姆,页80-83。

能利用平民党派来追求其个人目的时,才能把诸多宪法权力安全地交付于民众之手,如在共和国中那样。在适当的条件下,平民参与政制有助于防止城邦战士的血气违背日常生活的基本需求,同时又不至于使罗马从军事荣耀的高贵目标转向仅仅是身体食欲的满足。

为了理解罗马共和国的持久性所依赖的党派忠诚的持久性,人们需参考这一古老城邦的独特特征,即一个视野狭隘且受制于传统的共同体拥有着塑造其公民的巨大力量。例如,如果科利奥兰纳斯要把他的党派忠诚贯彻到底,他就必须明白,比起米尼涅斯,他实际上与西西涅斯有更多共同点,因为他与其中一个共享着有血气的天性,与另一个共享着党派标签,而在某种程度上,前者比后者更为重要。意识到这一点,科利奥兰纳斯需要克服他对所有关于平民事务在生理上的厌恶,并且抛弃他的教养与训练所教给他的,关于什么是值得赞美的所有事。他不得不理解,什么是在自然意义上而非在习俗意义上值得尊重的东西。但这个城邦有一种使习俗之物看起来像自然之物的方法,正如第二幕第一场明白可见的——米尼涅斯与两位护民官为了理解彼此的观点,徒劳无益地试图打破他们的党派观念。

据西西涅斯所言,民众憎恨科利奥兰纳斯,因为"自然教会野兽知道谁是他们的友人"(Ⅱ.i.6)。当然,平民对科利奥兰纳斯的憎恨部分源自自然,但平民对他的反应也部分是[77]他们所属阶层对城邦中任意一个来自对立阶层的人的习俗性反应。这正是问题所在:平民的观点部分被自然塑造,部分被习俗塑造,但他们无法在头脑中分清楚这两部分。① 西西涅斯陈述的他对科利奥兰纳斯的态

---

① 自然与习俗的不一致或许在《裘利斯·凯撒》(Ⅱ.i.101-111)中的神秘时刻中得到暗示,此时反叛者试图决定哪里是太阳升起的地方,只是为了确定那个一整年都持续变换的准确地点,并且,它与罗马建设圣殿的正东方不

度,并非作为个人观点,甚至也并非作为一个党派的口号,而是作为一个关于自然的普遍真理。显然,罗马希望其公民相信,它所教导他们的正是自然所教给他们的,因为这会让他们信念更加坚定。根据米尼涅斯与护民官的交谈,可以判断(Ⅱ.i.7-12),罗马的每个党派都认为自己的立场可以通过诉诸自然的类比得到辩护;而当我们听到贵族与平民来来回回且显然十分严肃地争论时——关于科利奥兰纳斯最应该被视作"羔羊"的典型还是"熊"的典型——我们意识到罗马的党派性可以变得怎样孩子气地固执。或许莎士比亚在暗示,在罗马,党派观念最终处在动物寓言的水平上,也就是说,道德上的教诲通过甚至小孩子都能理解并记住的形式讲出来。在研习罗马共和国的政制时,我们最终回到了我们开始的地方,即这城邦中存在关于善的权威观点,而罗马像父母试图教育孩子那样试图教育它的公民,什么是生活中应珍视的东西。只有此刻,我们才看到罗马教授着两种不同的教诲,它们在某种意义上相反,又在另一种意义上相互补充,一种教诲是给时时关切自我保存的平民的(Ⅰ.i.206-208),另一种是给鄙视仅仅关心性命而看重高贵品质的贵族的(Ⅳ.i.4-11)。靠着这两种教诲及其所关联的两党派,罗马共和国设法为城邦内人类自然天性中的不同方面寻找一个平衡的表达。

---

一致。城邦试图稳固不变,但自然变化万千。有关这一场景的重要性,参考 Goddard, pp. 316-317。

# 第二章　没有统治者的城邦

## 一

[78]罗马共和国政制在制造它所需要的战士方面取得了令人钦佩的成功;更重要的是,它设法控制战士们的血气,并使之服务于城邦。但有一个明显的例外不符合这个规则——转变为罗马之敌的科利奥兰纳斯。矛盾的是,正是这个设计用以使人忠于罗马的政制,最终让城邦最伟大的战士变成了叛徒。罗马政制自身成了科利奥兰纳斯愤怒的对象,让他最终转而攻击自己的母邦。对科利奥兰纳斯而言,罗马共和国的划分规则,并非让爱欲与血气相互冲突的诉求变得和谐一致的方法,而是迫使贵族降至平民层次的手段:

> 要是他们做了元老,你们便要变成平民;当他们的声音和你们的声音混合在一起的时候,因为他们人数众多,你们将要完全为他们所掩盖,被他们支配。他们可以选择他们自己的官长,就像这家伙一样,凭着他的"必须"、他的迎合民心的"必须"两字,就可以和最尊严的元老们对抗。凭着乔武[译按:Jore,指主神朱庇特]本身起誓,执政官们将会因此失去他们的身份;当两种权力彼此对峙的时候,混乱就会乘机而起,我一想到这种危机,心里就感到极大的痛苦。(Ⅲ.i.101–102)

科利奥兰纳斯拒绝接受罗马的划分原则,而转变[79]为这个似乎已经成功维系着公民忠诚心的城邦的叛徒。显然,人们只有解释了科利奥兰纳斯这一失败的例子,才能声称理解了罗马政制。

从科利奥兰纳斯在罗马表达愤怒的过激方式来看,我们很容易将这一失败完全归咎于他,并从心理层面甚至精神层面解释他与母邦的决裂。许多现代批评家将科利奥兰纳斯视作"失调"的例子,他们刻画出一个不成熟的、笨拙的男孩,他需要扮演男人的角色,但他在心理上依赖他的母亲且不能与他人友好相处。① 任何持有这一观点的评论家当然都可以自由地寻找莎士比亚作品中的精神病学的案例来研究,并且,对科利奥兰纳斯的完整解释,无论如何都要将他与家庭的关系和教育的缺陷考虑在内。然而,如果单单关注科利奥兰纳斯无法适应罗马共同体,这种解释方式其实是不加批判地采用了这个城邦的标准——好像不存在反对其政制的正当理由,且好像在罗马获得承认是衡量人类价值的尺度。但事实上,无论科利奥兰纳斯在第三幕第一场的台词中的论辩多么激昂,它都对罗马的划分规则提出了严肃的质疑。在深挖剧作的表层之下以寻找科利奥兰纳斯行为的深层心理动机之前,人们应该研究他为自己的行为

---

① 有关科利奥兰纳斯的精神分析学观点,参考 Otto Rank, *Das Ⅰnzest-Motiv in Dichtung und Sage*, Vienna: Franz Deuticke, 1926, pp. 214–217。Rank 设想科利奥兰纳斯有俄狄浦斯情结,他称科利奥兰纳斯从"他父亲的憎恨者"变为"他祖国的憎恨者"(页 216)。关于科利奥兰纳斯与他母亲的关系,参见 R. Browning, "Coriolanus, Boy of Tears", *Essays in Criticis*, Ⅳ (1954), pp. 18–31; Michael McCanles, "The Dialectic of Transcendence in Shakespeare's Coriolanus", *PMLA*, LXXXⅡ, 1967, pp. 51–53; Katherine Stockholder, "The Other Coriolanus", *PMLA*, LXXXⅤ, 1970, pp. 232–233; Lawrence Danson, *Tragic Alphabet: Shakespeare's Drama of Language*, New Haven: Yale University Press, 1974, pp. 152–155。

给出的理由。以狭隘的心理学研究科利奥兰纳斯的视角,因为拒绝认真对待他与罗马的冲突,并忽视了他为自己的立场辩护时所说的话,十分典型地让科利奥兰纳斯的故事的意义变得琐碎平庸。相反,如果人们认真地检视科利奥兰纳斯的争辩,人们便能发现,由他与城邦的决裂引发的关于罗马的问题,与关于他自己的问题一样多,这让我们更深刻地理解了科利奥兰纳斯悲剧的政治根源。

科利奥兰纳斯反对罗马共和制的首要理由[80]与其潜在的不稳定性有关。他认为,一切都取决于平民的自我克制,并且,他不相信元老院的政策适于防止平民滥用权力。相反,他认为,任何对平民的让步都只能让他们渴望更多的权力:

> 这些多头怪物会感激元老院的好意吗?他们的行动就可以代替他们的言语:"我们提出要求;我们是大多数,他们畏惧我们,所以答应了我们的要求。"这样我们贬抑了我们自己的地位,让那些乌合之众把我们的谨慎称为恐惧;他们的胆子愈来愈大,总有一天会打开元老院的锁,让一群乌鸦飞进来向鹰隼乱啄。(Ⅲ.i.131–139)

科利奥兰纳斯眼中的罗马并非贵族制与民主制的混合,而是一个在逐渐转变为民主制的贵族制。《裘利斯·凯撒》表明,他对平民在城邦中所扮演角色的担心有着充分的依据,[1]但他低估了平民腐败将需要的时间。人们是否能将一个持续了数个世纪的政制仅仅视作过渡性的政制,这是有争议的。然而,科利奥兰纳斯并非只

---

[1] 参见 J. L. Simmons, *Shakespeare's Pagan World: The Roman Tragedies*, Charlottesville:The University Press of Virginia,1973,pp. 51–52。

是预见了罗马未来的麻烦,而是对已经在他的时代中得到应用的混合政制提出了更为重要的批评。他认为,与平民妥协的需求,常常阻止贵族做真正的有德之事:

> 这一种双重的崇拜,一部分因为确有原因而轻视着另一部分,那一部分却毫无理由地侮辱着这一部分;身份、名位和智慧不能决定可否,却必须取决于无知的大众的一句是非,这样的结果必至于忽略了实际的需要,让轻率的狂妄操纵着一切;正当的目的受到阻碍,一切事情都是无目的地胡作非为……你们要是受到侮辱,[81]是非也要从此不明,政府将要失去它所应有的完整,因为它被恶势力所统治,没有能力去做它本该做的善行。(Ⅲ. i. 142 – 149、157 – 161)

据科利奥兰纳斯所言,混合政体不能完全致力于它的"目的",或者充分地"做它本该做的善行"。因为与平民的妥协,罗马不能够全身心地致力于制造战士的目标。科利奥兰纳斯台词中的关键词是"完整"(integrity):在他看来,罗马的缺陷在于它不能同心协力。虽然罗马声称要投身于对军事荣耀的追逐,但它有时奖励懦夫而非惩罚他们(Ⅲ. i. 122 – 127)。罗马的优柔寡断甚至反映在共和国中罗马人一词的含混性上,它是指一种需要得到培养的特殊类型的人群(高贵的战士),还是仅仅指任何碰巧来自罗马城的人呢?

关于做一名罗马人——这共和国的公民[①]——意味着什么,这两种不同观念在《科利奥兰纳斯》中均有表达。据西西涅斯与平民所言,任何生活在罗马的人都是罗马的公民:

---

① 关于公民定义的重要性,参见亚里士多德《政治学》,1274b – 1275b。

西西涅斯：没有人民，还有什么城市？

众市民：对了，人民才是城市。（Ⅲ.i.197－198）

另一方面，对科利奥兰纳斯而言，罗马人是一项殊荣，只有战士才配得上被称作罗马的公民。平民可能在习惯上被视作罗马人，但让科利奥兰纳斯视一个人为公民同胞，这不仅仅需要出生在城邦的界限之内：

> 我希望他们是一群野蛮人，而他们就是；虽然这些畜类生（litter'd）在罗马，产（calved）在朱庇特神庙的宇下，可是他们却跟野蛮人没有分别。（Ⅲ.i.237－239）①

科利奥兰纳斯对动物生育语词的使用——"生仔"与"产犊"——道出了关键：平民不比[82]那些每年都恰巧出生在城墙之内的顺从的牲畜更配被称作罗马人。科利奥兰纳斯不能接受懦弱者可以是真正的罗马之子的观点，并感到与平民们共享罗马人的名字让自己受到贬低（Ⅲ.i.108、135－136）。他想让罗马旗帜鲜明地支持他所代表的战士类型，并且正如西西涅斯所理解的，除非仅有的罗马人都是像他那样的人，否则他便不会满意（Ⅲ.i.262－264）。他想让一个政党一劳永逸地征服另一个，并结束这城邦的分裂政制。对科利奥兰纳斯而言，贵族与平民的差别与两种动物的差别相似，②

---

① 在第一对开本，这些台词被归于米尼涅斯。但是鉴于前一行被明显错误地归因于科利奥兰纳斯，特别是伏伦妮娅在剧作前部分就将这种感情准确地归于科利奥兰纳斯（Ⅰ.iii.30－31），将这一台词归于他是合理的。所有的编辑都遵循这一惯例。

② 参考Ⅰ.i.171－172，Ⅰ.iv.34－36，Ⅱ.i.246－253，Ⅲ.i.137－139。参考亚里士多德对天生的奴隶的探讨，《政治学》1254b。

因此,他将平民视作奴隶(Ⅰ.i.199,Ⅰ.v.7,Ⅳ.v.77)。按照罗马与斯巴达类比的传统观点,①有人可能以这种方式表述科利奥兰纳斯对罗马的希望:贵族与平民的关系应该类似斯巴达人与希洛人的关系,即征服者与被征服者,或主人与奴隶的关系。在抑制爱欲方面,斯巴达比罗马更为成功,其结果是,斯巴达人成了简朴节欲的同义词,而罗马人却没有。斯巴达比罗马更充分地致力于鼓励战争英勇的目标,它与它的生活方式必然会对科利奥兰纳斯更有吸引力。如果科利奥兰纳斯能在罗马随心所欲的话,他将会减少公民的数量(将公民身份限制在贵族中,并将平民视作奴隶),并专注于让每个公民完全成为他意义上的罗马人,即具有公共精神的战士。

但将罗马转变为斯巴达,这需要城邦做出重大改变。首先是抑制贵族的占有欲。斯巴达政制的基础是公民之间土地所有权的平等,并轻视赚钱牟利(珀律比俄斯,《罗马兴志》Ⅵ.45.3-5)。但正如我们所见,罗马的法律支持财富与供给的不平等,且高利贷实际上是合法的。若想为罗马带来科利奥兰纳斯想要的变化,那么他就不得不改变罗马的法律,即成为城邦的立法者。的确,斯巴达与罗马的主要差异是,[83]一个在起源时就有一位立法者,而另一个没有。或许正是为了表明这一点,莎士比亚才在没有明显的理由以及没有任何来源依据的情况下,在《科利奥兰纳斯》中引入了斯巴达立法者的名字。米尼涅斯告诉护民官:"我不能称你们为莱克古斯"(Ⅱ.i.55),不无批评地将他们与这位著名的斯巴达政制的创建者、城邦立法与制度的制定者相比(Huffman,p.70)。既然有人设计

―――――――

① 参见珀律比俄斯,《罗马兴志》Ⅵ.48-50 及马基雅维利《论李维〈罗马史〉》Ⅰ.ⅱ.v-ⅵ。斯巴达是古典时代混合政治的另一个重要例证。参见 Huffman,p.34。Battenhouse 在页365 指出科利奥兰纳斯有着"斯巴达人对社会的看法"。

了斯巴达政制,它便可视作是理性的产物。但正如莎士比亚谨慎地暗示,在罗马不存在莱克古斯,罗马的政制是偶然形成的。① 罗马制度的制定经历了尝试与错误的过程,如果一条法律恰巧生效,那便采用它。罗马政制以持续改变作为对城邦遭遇困难的回应,直到它达到某种平衡。因此,罗马的伟大在根本上依靠在正确时间找到正确法律的好运气,一个人对这个城邦的评价必须以理解运气在其成功中扮演的角色为前提。②

护民官制度的创立是对这一点的良好例证。罗马政体的全面改革是一时冲动,这典型地表现了这城邦的运转是多么随意。贵族的兴趣仅仅在于镇压叛乱,而非罗马共和政制的完善。正如科利奥兰纳斯所察觉到的,护民官制度的创立,并非以任何人关于什么对作为整体的罗马长久有利的观点为基础,而是因为它似乎在此时此刻对贵族有必要:

> 在叛乱的时候,一切不合理的事实都可以武断地成为法律,那时候他们才是应该受人拥戴的人物;可是在正常时期,让一切按照着正理而行,把他们的权力推到尘土里去吧。(Ⅲ.i.166-170)

平民从未使贵族相信,护民官制度符合罗马的公共利益。这制度反而制造了一种境况,[84]即让另一方在政权中占有一席之地,

---

① 参见珀律比俄斯《罗马兴志》Ⅵ.10.13-14,及马基雅维利《论李维〈罗马史〉》Ⅰ.ii。珀律比俄斯,《罗马兴志》Ⅵ.10 中讨论了莱克古斯,但这不妨碍他在探讨罗马政制时提及罗马传说中的创建者罗慕路斯。马基雅维利在《论李维〈罗马史〉》Ⅰ.ii.中在谈论了莱克古斯之后提及罗慕路斯,但同时指出了罗慕路斯给予其民众的法律适合君主制,它不能为共和制提供基础。

② 剧中的数个人物都理解罗马依赖于其公民的好运气。参见Ⅰ.iv.44,Ⅰ.v.20-22,Ⅴ.iii.119-120,Ⅴ.vi.117。

似乎对每个贵族的私人利益有利。在罗马,政党纷争的体系代替了那位像莱克古斯那样睿智而有先见之明的立法者——他在制定法律时头脑中有一个目标,并理解法律将具有的效果。相反,贵族盲目地授予了护民官权利:科利奥兰纳斯称他们为"不智的"和"莽撞的"(III. i. 91-92)。他们给平民中的野心家投掷了一根骨头,而未考虑护民官制度的存在将为罗马的未来带来怎样深远的影响。

科利奥兰纳斯对罗马共和政制的批评,揭示了这一政体可能存在的缺陷:并非仅仅在共和政制建立之初,而是贯穿在其历史之中的,立法者的缺席。罗马缺乏真正明智的立法者,即对共同体的善有着全面理解的人,而在这个伟大的城邦中,没有人真正明白它为什么伟大。意识到罗马缺乏立法者反过来引出了一个关于科利奥兰纳斯的重要问题。如果他想让他的城邦拥有斯巴达的政制,他将不得不成为其立法者。对他而言,幸运的是,他似乎在某些方面可以胜任这一角色。他至少像城邦中的其他人那样理解现存的罗马秩序,他鄙弃混合政制,并提出了关于如何重塑罗马的明确想法,并且最重要的是,他似乎有能力成为新政制的创立者。贵族对他忠心耿耿,而在他获得对沃尔西人的胜利后,平民也倾向于尊重他的权威:

> 贵族们见了他,像对着乔武的神像似的鞠躬致敬;平民们见了他,都纷纷掷帽,欢声雷动;我从来没有见过这样的景象。(II. i. 265-268)

这是罗马历史上的罕见时刻,一个人高踞在城邦的党派之争之上,像一位同时得到双方崇拜的神祇,[85]他似乎能对罗马做任何想做的事。但科利奥兰纳斯让这机会从眼前溜走,并很快遭到了贵族与平民两方的拒绝。然而放逐并未终结他的历史,他再一次作为

征服的英雄兵临母邦,只有这一次,他才试图征服罗马。他再一次将两党派控制在自己手中:

> 他还没有坐下,他的威力就已经压倒一切。罗马的元老和贵族们都是他的朋友;护民官不是军人;他们的人民会卤莽地把他放逐,也会卤莽地收回成命。我想他对于罗马,就像白鹭对于鱼类一样,天性中自有一种无上的权威。(Ⅳ. vii. 28 – 35)

科利奥兰纳斯的天性中有一种"无上的权威"(sovereignty):他给人们留下像神一般的印象,并且,人们习惯于相信他们的制度有神圣的起源,而非仅仅来自人。如果罗马共和国一旦能拥有一个统一的政制,科利奥兰纳斯似乎就是能做成这件事的人,但他对罗马的构想从未付诸实践。关于科利奥兰纳斯最令人困惑的问题是,为什么在一切似乎都对他有利的情况下,他还是没能统治并重塑他的母邦?

## 二

关于科利奥兰纳斯作为统治者的任何考虑都必须从这一事实开始:他在战争时期作为领导者取得了卓越的成功,但在和平时期是个彻底失败的领导者。当他带领罗马人对抗沃尔西人时,罗马人获得了胜利;当他带领沃尔西人对抗罗马人时,沃尔西人获得了胜利。他的个人领导能力似乎决定着战争的成败。[①] 他并非在任何

---

[①] 普鲁塔克在对比科利奥兰纳斯与阿尔喀比亚德的开头就指出了这一点。参见《希腊罗马名人传》,Ⅱ. 299。亦可参见李维《罗马史》,Ⅱ. 38;马基雅维利《论李维〈罗马史〉》,Ⅲ. xiii。

通常意义上都不适于成为领袖,特别是,他甚至能够说服他曾经的敌人接受他[86]做将军。科利奥兰纳斯无法统治罗马的其他原因,必定同战争时期与和平时期的差异有关。从我们已知的来看,他可以唤起人们的血气和他们对共同利益的关心,但他公开蔑视人们的食欲以及他们对私人利益的关切。出于这一原因,人们会赞成科利奥兰纳斯在战争期间统治,此时他们的血气被唤起,且他们清楚地意识到共同利益面临威胁;但在和平时期则相反,此时人们更有兴趣追随好的供养者,而非好的保护人。科利奥兰纳斯的错误在于,他没有意识到人们在战争与和平时期期待着领导人的不同品质,正如奥菲狄乌斯在批评他的对手缺乏能力时的理解:

> 也许因为他本性难移,只适宜于顶盔披甲,不适宜于雍容揖让,刚毅严肃本来是治军的正道,他却用来对待和平时期的民众。(Ⅳ. vii. 42 – 45)

伏伦妮娅试图向她的儿子展示如何适应和平时期的权谋,并赢得执政官之位。与奥菲狄乌斯相反,她的劝说以类比战争与和平为基础:

> 我听你说过,在战争中间,荣誉与权谋就像亲密的朋友一样不可分离;假定这句话是真的,那么请你告诉我,在和平的时候,它们倘若不能交相为用,是不是能够独立存在? ……要是你们在战争中间,为了达到你们的目的起见,不妨采用权谋,示人以诈,而这样的行为对于荣誉并无损害,那么在和平的时候,万一也像战时一样需要权谋,为什么它就不能和荣誉并行不悖呢? ……为了避免被抛给命运,为了避免流许多的血,你用温和的词句招抚一个城市,向人民说这样的话,对于你的荣誉又

有什么损害呢?(Ⅲ.ii. 41 – 45、46 – 51、58 – 61)

[87]即便科利奥兰纳斯面对母亲的这一番讲理无话可答,我们仍需考虑:和平时期的欺骗是否与战争时期的欺骗真的没有区别。奥菲狄乌斯劝告沃尔西人在战争中要"看似如此其实并非如此"时,为我们提供了线索:

你们也并不以此为愚蠢:把你们伟大的计划遮掩一下,到不得已时再让它们必然暴露出来。(Ⅰ.ii. 19 – 21)

奥菲狄乌斯揭示了军事欺骗的特殊方面,即最终"它们必然暴露出来"。战争的计谋之所以在最后被揭露出来,是因为它以一方或另一方的胜利为结局,所有的欺骗都会真相大白。如果策略性的细节已经变得极度显而易见的话,胜利者就可以告诉被征服者:"我的撤退仅仅是为了引诱你进入埋伏。"然而,这些对和平时期的政治计谋而言并不现实,因为这些欺骗必须永远存在。一个人不能在求得执政官之位后昭告民众:"我说过我想为你们服务,但现在我已经就职,我承认那是为了得到这个位置说的谎言:事实上,我不能忍受你们的目光或气味。"伏伦妮娅的话仿佛意味着,一旦科利奥兰纳斯成为执政官,他就可以毫无保留地展示出他对平民的蔑视(Ⅲ.ii. 20 – 23)。但只要护民官有权否决执政官在和平时期采取的任何行动,执政官就仍要避免与护民官作对。而且,正如护民官的理解,执政官的候选人应该遵守对民众做出的任何承诺(Ⅱ.iii. 192 – 194),因此他不能公然违背他公开授予民众的友谊的诺言。

那么,对科利奥兰纳斯而言,问题在于,他一旦开始奉承平民就永远不能停下,为了获得他们的同意,他将授予他们评判他的权利,在这个意义上,他认可了他们的优越性。正如伏伦妮娅无意中吐露出的,为了在罗马赢得权力,科利奥兰纳斯[88]必须让自己"离开,并被统治"(Ⅲ.ii.90)。一个将军使用计谋,并不表示他就屈服于他的对手,因为他的目标是让他的征服得到公开认可。相比之下,选举中的胜利并不意味着选民的失败,而是正好相反,这被视作他们的意愿获得胜利:"这是人民的声音。"接受这个职位并不表示科利奥兰纳斯会征服罗马,而是如他所见,这意味着他得向平民投降。伏伦妮娅告诉她的儿子,要像对待外邦的敌人那样对待平民,这当然是他确实想做的事。① 他或许不介意为了击败平民而欺骗他们,也就是说,如果他能笑到最后,并公然展现他优于他们的话。可这正是罗马不可能让他做的事。罗马所给予的欺骗并非暂时的策略,而是永恒的生活方式。如果科利奥兰纳斯竞选这一职务,他就必须视平民为同胞,而非像对待外邦人那样对待他们,但这与他内心深处的政治信仰背道而驰。

科利奥兰纳斯感觉到,罗马的整个混合政制是一个巨大的谎言,但这个和平时期的策略并未如贵族们设想的那么有效。贵族们试图给予平民缺乏实质意义的表面上的权力,他们希望护民官制度会让平民相信他们分享着对罗马的统治权,同时又不在实质上干扰元老院想要做出的决定。罗马的选举程序类似于元老院的障眼法。元老院希望能选举出他们认为合适的执政官人选,同时让民众觉得,这一最终决策是他们的真实意见。罗马的元老院认为,这解决了政治问题,同时也制定了明智的律法,并取得了民众的同意。贵族相信,民众的宪法权力是假象,因为他们有着绝对的信心能够操

---

① 参考 Ⅰ.i.199-200,Ⅰ.iv.28-29、38-40,Ⅲ.i.223-224、241-242。

控政治天真的平民,并让平民走向他们选定的任何方向[89](Ⅲ.i. 72-89)。贵族们犯下的决定性错误是,他们低估了在政治上相当老谋深算的护民官的才能,忘记了像西西涅斯和勃鲁托斯这样的人,至少像他们那样擅长操纵平民。护民官自己就能够使用骗术;他们也能在烟幕背后隐藏自己的真实力量,例如,能让对科利奥兰纳斯的攻击看起来像民众的主意,而非他们自己的主意(Ⅱ.iii.213-263)。当护民官能动员民众时,他们就能使元老院的意志无效,并将他们自己的官职从空头衔转化为罗马的真实力量。要平民同意元老院对科利奥兰纳斯的提名,这个要求导致罗马放逐了它真正的守卫者,并使罗马成了其敌人的猎物(Ⅲ.iii.127-133)。对同意的需要此时将明智变为愚蠢。贵族们相信,罗马的真实情况是元老院在统治,民众似乎只是分享权力。但科利奥兰纳斯的故事展示出,在政治中,表象有时是唯一的真实。如果有野心的人被授予了名义上的权力,他们就会找到运用权力的途径。

表象与真实的问题在莎士比亚的大多数剧作中都有这样或那样的体现,但在《科利奥兰纳斯》中,它采用了一种特殊的形式。政治被展现为表象的领域,这就是科利奥兰纳斯拒绝它的原因。他并非伪君子(Ⅲ.i.255-257,Ⅲ.iii.27-29),也不能装腔作势(Ⅱ.ii. 144-145,Ⅲ.ii.14-16、105-123,Ⅴ.iii.40-41)。虽然科利奥兰纳斯与那位丹麦王子不同,但他也能与哈姆雷特一道说出:"我不知道什么'好像'"。他担心,如果他真的扮演了这个角色,表象将会成为现实:

> 不,我不愿意;我怕我会失去对我自己的尊敬,我的身体干了这样的事,也许会使我的精神沾上一重无法摆脱的卑鄙。

(Ⅲ.ii.120 – 123)

科利奥兰纳斯因为不屑于让自己关注表象,[90]所以他表现出对修辞的必要性毫不理解。在战争时期,他能够用鼓动人心的演说激起手下人的行动(Ⅰ.vi.66 – 85),但他完全相信自己在演说中所讲的东西:它恰好完全适宜于这特殊的情况。他在不再适宜的场合中再一次发表了本质相同的演说,这展示出,他不理解不同的情况需要不同的方式(Ⅲ.i.149 – 157)。① 总而言之,他显然对公共场合与私人场合的差别毫不敏感。他两次在公共场合讨论了本该只在私人场合中讨论的问题:在他试图与贵族讨论限制平民的权利时(Ⅲ.i),以及他在沃尔西人之间接见母亲、妻子和孩子时(Ⅴ.iii)。在前一个例子中,正如他的贵族同胞试图告诉他的,他所说的本该仅仅给自己的党派听,而非给平民听(Ⅲ.i.63、74 – 75、115、139)。在后一个例子中,当科利奥兰纳斯身处沃尔西人当中时,他着重强调自己将不接受任何与罗马人的私人会面(Ⅴ.iii.6 – 8、92 – 93),这一决定让他在不得不应付他的家庭时处于不利境地。因为这一场景发生在公共场合,而且沃尔西人见证了科利奥兰纳斯对母亲所说的一切,所以他没有什么回旋的余地。假如他那时在私下与伏伦妮娅谈话,那么当他向自己的新主人汇报结果时,他还能为他的行动戴上一个看似更加公正的面具。科利奥兰纳斯在公开场合接见伏伦妮娅的行为,还让伏伦妮娅得以利用羞耻感来对付他——"跪下来,让我们用屈膝羞辱他"(Ⅴ.iii.169)。他对母亲的妥协部分由于他不愿在众人面前表现得像个忘恩负义的孩子。正如他自己承

---

① Brower, p. 377.

认的,他感到,他需要表现得比"普通的儿子们"更好(V. iii. 52)。

简言之,科利奥兰纳斯不愿或不能承认,有些事不应在公共场合谈论。有迹象表明,他想让他的生活像一本公开的书,这本书可以被所有人阅读,这样就没有人会认为,他因[91]向世界有所隐瞒而感到拘束。可是,尽管他似乎很在意在别人眼中总是清白无辜(V. ii. 92 – 93、V. iii. 2 – 4),但他仍有一些想隐瞒的事。事实上,他想要保密的,正是从政治角度来看需要公开的东西。他不会对平民袒露他的伤口,即便这会有助于他的政治事业。① 莎士比亚为科利奥兰纳斯增添的性格之一,是他严重的个人羞耻感:赤裸地站在平民面前的恐惧让他拘谨(Ⅱ. ii. 137)。那么在某种意义上,他必然关注外表,至少关注他自己如何展现在公众面前。他想以自己认为合适的方式出现,且不必为了满足任何人的期待而调整他的外表。对他而言,关键的问题是对他的外表保持控制力,这就能解释,为什么他声称只能在私下场合展现伤口(Ⅱ. iii. 76 – 77、108 – 109)。"他说他有许多伤痕,可以在隐蔽一点的地方给我们看"(Ⅱ. iii. 166),这就是说,如果他愿意就可以展示。在公共场合,科利奥兰纳斯不会为了公众的期待而调整他的外表,这当然与政治人的所作所为截然相反。我们再三强调,在《科利奥兰纳斯》中,某个场景是当众发生还是私下发生非常重要,也就是说,是发生在有理由相互隐瞒的人中间,还是发生在彼此可以坦诚相对且毫无保留的人中间,这非常重要。科利奥兰纳斯不能察觉到公共场合所要求的言行与私下场合相反,这是他在共和制罗马治下、在和平时期的政治生活中的主要

---

① 普鲁塔克笔下的科利奥兰纳斯毫不犹豫地展示伤口一事。参见 *Shakespeare's Plutarch*, p. 319。

不合格之处。

## 三

科利奥兰纳斯出于本能回避政治的最后一个理由引出了该剧的核心问题。政治上的实际需要迫使他思考他本来宁愿忘记的东西。伏伦妮娅在小型的政治盘诘中告诉科利奥兰纳斯,有时他的"荣誉"会要求他去做通常被视作不光彩的事:

> [92]要是我的财产和我的亲友处于生死存亡的关头,需要我用欺诈的手段保全他们,我就会毅然去干那样的事,并不以为有什么可耻。(Ⅲ.ii.62–64)

至少,这建议让科利奥兰纳斯感到困窘。他想要在生活中以一个简单标准为人处世——"做光荣的事",但母亲和米尼涅斯向他展示了,光荣之事随不同情形而变化。国家利益(reasons of state)可以迫使高贵的人做卑鄙的事,这让科利奥兰纳斯觉得难以接受:

> 我必须用我的无耻的舌头,把一句谎言加在我的高贵的心上吗?好,我愿意。可是这一个计划倘若失败,他们就要把这个马歇斯的体肤磨成齑粉,迎风抛散了。(Ⅲ.ii.99–104)

科利奥兰纳斯希望他的价值是绝对的(absolute),这样他就能毫不怀疑或无需质疑地遵循它们(Traversi, pp.249–251)。然而,他的母亲声称,他不能不假思索地听从由罗马定义的、荣誉的命令,因为在某些极端情况下,一个人不再拥有成为高贵者的奢侈:

你太绝对了;在危急的时候,一个人是不能如此高贵的。
(Ⅲ.ii.39-41)

科利奥兰纳斯得知,他的荣誉准则不能在任何情况下都明白无误且毫无争议地回答这个问题——"我必须做什么?",因为他将不得不为自己决定,做高尚行为的命令适于何时何地。而且,光荣之事似乎取决于变化莫测的政治条件,这为荣誉自身的地位投上了怀疑的阴影。科利奥兰纳斯希望,荣誉的法则就像自然法那样,在任何时间任何地点都同样有效。但伏伦妮娅向他揭示了荣誉的习俗的一面。政制定义着何为光荣之事,因此荣誉与政制一荣俱荣、一损俱损。①

[93]政治的要求让科利奥兰纳斯意识到他依赖罗马城邦,而只要他仍以自给自足为傲,这一念头必然会让他难以忍受。他这么担心因为任何事受到任何人的恩惠,以至于发现,自己轻易地忘记了一度为他提供帮助之人的名字(Ⅰ.ix.82-91),②同时,他从不忘记

---

① 第三幕第二场向科利奥兰纳斯表明的内容实际上是亚里士多德的观点,即自然正当是政治正当的一部分。见《尼各马可伦理学》1135b。
② 莎士比亚与普鲁塔克在这一微小事件上的不同,展示了莎士比亚多么仔细地重新考虑过科利奥兰纳斯的性格。在普鲁塔克的撰述中,这个沃尔西人只是一位"老友",他曾"招待"过科利奥兰纳斯,且他并不穷,是一位"诚实且富裕的人"(*Shakespeare's Plutarch*, p.312)。文中没提及他为科利奥兰纳斯所做的服务,科利奥兰纳斯也没有忘记他的名字。莎士比亚所做出的所有改动,都用于凸显科利奥兰纳斯不愿依赖其他人的性格,特别是不像他那样地位尊贵的人。莎士比亚的这一想法可能直接或间接来自亚里士多德《尼各马可伦理学》1124b 中对大度之人的描述:"他们似乎也记得任何他们提供的服务,而非他们接受的服务(因为接受服务者低于提供服务者,而大度之人希望成为更优越者)"(引自 W. D. Ross 的译本)。完整阅读《尼各马可伦理学》中关于 megalopsychia 即"大度的灵魂"一章对研究《科利奥兰纳斯》十分有益,因为亚里士多德的许多观点都能用来描述莎士比亚笔下的英雄(例如:"他因蔑

指出,他在何时曾独自完成什么事(Ⅰ. vi. 76,Ⅰ. viii. 7 – 9,Ⅳ. i. 29,V. vi. 113 – 116)。科利奥兰纳斯似乎独自一人赢得了战争的胜利,但执政官之位需要平民的同意,而这是他单凭一己之力无法完成的目标。抽象地考虑,科利奥兰纳斯觉得为罗马服务是个高贵的目标。但当科利奥兰纳斯成为执政官的候选人,他就被迫以具体的人的视角看待这座城邦,逐一审视那些他一直以来为之作战的人们。从罗马的一条条街道看过去,在阳光的照耀下,罗马似乎不再是那个他为之奉献的,熠熠生辉的目标。科利奥兰纳斯在罗马参加竞选时遇到了令他不安的事实,即他为这座城邦服务的同时,也至少部分是在为平民服务:

> 你们的同意?为了你们的同意,我和敌人作战;当心你们的同意;为了你们的同意,我经历了十八次战争,受到二十多处创伤;为了你们的同意,我干了许多大大小小的事情。你们的同意?是的,我要做执政官。(Ⅱ. iii. 126 – 131)

这些台词充斥着反讽,但这反讽可以反过来用在这位讽刺家身上。仅此一次,科利奥兰纳斯愿意应罗马政制的要求说谎,声称,他,一位贵族,不过是平民的仆人。但此时,他可能开始怀疑,罗马贵族说得如此流畅的谎言包含着一个基本事实,即实际上,他所有的作战,他所经受的所有痛苦,不过是为了保护他所鄙视的平民(McCanles,p. 46;Simmons,pp. 45 – 46)。如果确实如此,那么这对

---

视而远离言辞,他热衷讲实话,除非当他讽刺平民时",1124b)。亦可参见 Rodey Posion,"Coriolanus as Aristotle's Magnanimous Man",*Pacific Coast Studies in Shakespeare*,Eugene:University of Oregon,1966,pp. 210 – 224,及 Battenhouse,pp. 365 – 369。

高贵的科利奥兰纳斯而言,将是他要吞下的苦涩药片。在肚子的寓言中,米尼涅斯[94]声称,贵族想要为平民服务,而非统治他们。他理所当然地将这寓言视作符合他当前目标的动听故事,但这揭示出的东西可能远比他意识到的多。在某种意义上,贵族背负着罗马真正的负担——统治的负担,也就是保护整个城邦——主要是平民——的负担。实际上,仅仅这一事实——无论贵族如何认为自己是在撒谎,他们仍旧感到需要被迫声称是平民的仆人——就说明了,平民在这个城邦中必然有一定的真实力量,即便只是由于他们的数量。一个真正的主人无需向他的奴隶做出交代(Ⅰ.i.144)。科利奥兰纳斯意识到,只要罗马盛行混合政制,只要一个政党没有公开地统治另一个,这城邦存在的真正的目的是为了谁,是为了贵族还是平民,就会留有疑问。既然战士的优劣取决于他所为之作战的目标的优劣,绝对的科利奥兰纳斯就不能容忍罗马城邦的目的有任何含混之处。

面对着作为罗马混合政制基础的表里不一,科利奥兰纳斯必会怀疑,他荣誉的核心是否毫无价值。在剧作中,他的首段台词告诉平民,他们不能为人的高贵品质提供可靠的基础。依赖他们就像把房子建在泥里:

> 你们不是可靠者,不是,你们比冰上的炭火、阳光中的雹点更不可靠……谁要是依靠你们的帮忙,就等于用铅造的鳍游泳,用灯心草去斩伐橡树。该死的东西!相信你们?你们每一分钟都要变换一个心,你们会称颂你们刚才所痛恨的人,唾骂你们刚才所赞美的人。(Ⅰ.i.172–174、179–184)

科利奥兰纳斯像那些坚硬的、固态的、边界清晰的物体,而非柔软的、液态的、分散的东西。在他看来,称一位女人为"冰柱"(V. iii. 65)是种赞美,但融化的冰会遭到他的蔑视。他所选择的比喻在较低的层面上反映出,他偏爱不变胜过变化。因此,他在[95]寻找一些绝对确定的东西,那些他可以无条件依靠的东西。他责备平民的理由是,他们变化无常。他认为,他可以确信自己的高贵,但平民在什么是高贵之事的问题上不断变换想法。科利奥兰纳斯希望,他的荣誉可以纯粹地建立在他"自己的荒原"(Ⅱ. iii. 65)上,但竞选执政官让他被迫意识到,他在罗马受到的尊崇很大程度上依赖于平民的突发奇想。

科利奥兰纳斯性格的核心存在着矛盾。他寻求荣誉,但不喜欢别人授予他荣誉的必要条件。科利奥兰纳斯认为,他可以凭借荣誉自立,但他发觉,对荣誉的追求让他更加紧密地与城邦结合在一起。莎士比亚为科利奥兰纳斯增添的另一特征,是他不愿听到自己被称赞(Ⅰ. ix. 13 – 15, Ⅱ. i. 168)。在某种程度上,这是个性谦逊的标志(Ⅰ. ix. 53、69 – 70),但很难想象科利奥兰纳斯真的很谦逊。有人可能会怀疑,他对公共场合得到称赞的反感源自他的骄傲。听到他因英勇受到称赞,人们可能会认为,他英雄式的表现是为了寻求赞美(Ⅰ. i. 30 – 40)。他需要赞美,因此需要别人赞美他这一暗示将对他英雄式的自足带来非难(McCanles, p. 47; Stockholder, pp. 231 – 232)。科利奥兰纳斯只会接受对他固有美德无需代价的认可,而不接受提供服务的报酬。正如考密涅斯所言,科利奥兰纳斯希望以"为了表扬你本身,不是酬答你的辛劳"(Ⅰ. ix. 26 – 27)的方式得到他的荣誉。而且,科利奥兰纳斯希望,他的行为能自我证明(Ⅱ. ii. 127 – 128),因为只有行为才不会弄虚作假。只要这世界还充斥着阿谀奉承者,任何人都能仅凭言辞制造荣誉。科利奥兰纳

斯听到自己被言辞赞美时的愤怒,是由于他对罗马混淆了表象与真实感到普遍厌恶:

> 当战地上的鼓角变成谄媚的工具的时候,让宫廷和城市里都充斥着口是心非的阿谀奉承吧!……[96]你们就这样把我过分吹捧,好像我喜欢让我这一点儿微功薄能,用掺和着谎言的赞美大加渲染似的。(Ⅰ.ix. 42 – 44、50 – 53)

在科利奥兰纳斯眼中,罗马,特别是平民阶层,总是不能充分地区分真实与表面上的美德,因此,他蔑视罗马的赞美。

科利奥兰纳斯蔑视唯利是图的赞美,但这并不意味着他全然漠视别人对他的看法。相反,他希望在罗马得到敬重,但只是因他真实的样子,而非因他人言辞中的他。科利奥兰纳斯反感人们将他与那些通过奉承民众而非通过自己建立功业才跻身高位的人混为一谈:

> 他的跻登高位,绝不像那些毫无尺寸之功、单凭着向人民曲意逢迎的手段滥邀爵禄的人们那样容易。(Ⅱ.ii. 25 – 28)

只有当科利奥兰纳斯可以不依靠奉承民众成为执政官的时候,他才能感到,接受荣誉不会让他依赖他人。如此一来,科利奥兰纳斯便尤为痛恨罗马的民众,这恰恰是因为他们没能恰当地敬重他,对他而言就是,无需对平民做出任何让步。这一点在元老院的一位官吏声称科利奥兰纳斯不关心民众如何看待他时清晰地展现出来:

> 老实说一句,有许多大人物尽管口头上拼命讨好平民,心里却一点儿也不喜欢他们;也有许多人喜欢了一个人,却不知道为什么要喜欢他,他们既然会莫名其妙地爱他,也就会莫名

其妙地恨他。所以科利奥兰纳斯对于他们的爱憎漠不关心,正可以表示他真正了解他们的性格;他也由着他们去看得一清二楚,满不在意。(Ⅱ.ii.6-15)

[97]这个观点立刻遭到另一位官吏的反驳:

> 要是他对于他们的爱憎漠不关心,那么他既不会有心讨好他们,也不会故意冒犯他们;可是他对他们寻衅的心理,却比他们对他仇恨的心理更强,凡是可以表明他是他们的敌人的事实,他总是不加讳饰地表现出来。像这样有意装出敌视人民的态度,比起他所唾弃的那种谄媚人民以求得他们欢心的手段来,同样是不足为法的。(Ⅱ.ii.16-23)①

这一对科利奥兰纳斯的评论在戏剧的后半部分被他的表现证实。如果他不关心平民是否敬重他,他就不会因为平民没有这样做而惩罚他们,正如普鲁塔克直言:

> 因为他不屑于为民众服务并享受他们的恩惠,当他被拒绝的时候,他应该更加不屑去寻求报复。从内心深处这样憎恶并拒绝荣誉,这并非有其他原因,而是因为他们过于急切地渴望它。②

---

① 这一段落直接基于普鲁塔克《希腊罗马名人传》(Ⅱ,299-300)中关于科利奥兰纳斯与阿尔喀比亚德的比较:"那种轻视并鄙弃民众,且因为不愿表现得似乎是通过奉承民众获得了更多权力,所以错待并伤害民众的人,比那些讨好并满足民众的人更应受到责备。一个人用奉承民众的方式赢得声望固然有害,但一个人使用错误与暴力让自己对民众而言面目可怖,这除了有害,还是不诚实且毫无正义的。"

② 《希腊罗马名人传》Ⅱ,305。普鲁塔克的评论或许可以追溯到亚里士多德关于大度灵魂的讨论,见《尼各马可伦理学》,1124a。

科利奥兰纳斯对民众的憎恨,基于他希望得到他们崇拜的隐秘渴望,所以他对罗马的愤怒最好理解为,一位神祇报复那些背叛了对他的信仰的渺小凡人:

> 您讲起人民的时候,好像您是一位膺惩罪恶的天神,忘记了您也是跟他们一样具有同样弱点的凡人。(Ⅲ. i. 80 - 82)

因为平民反对科利奥兰纳斯这一亵渎行为,科利奥兰纳斯斥责罗马,并离开了这个城邦:

> 对于你们,对于这个城邦,我只有蔑视;我这样离开你们,这世上还有别的地方。(Ⅲ. iii. 134 - 136)

最终,科利奥兰纳斯不满意罗马授予他的荣誉,因为它们为他带来了平民的气味(Ⅲ. iii. 120 - 123)。对他而言,罗马共和国的荣誉因其来源遭到污染。但当他离开罗马时,他没能考虑到这个[98]问题:在这城邦之外,他还能得到其他来源的荣誉吗?(Bloom,pp. 83 - 85)

科利奥兰纳斯对参与城邦内部政治的犹豫揭示出,罗马的混合政制是贵族对隐藏其统治的尝试。但护民官也能将其力量隐藏在共和制度背后。因为元老们与护民官都以迂回的方式操纵民众,以满足隐秘的目的,因此似乎没人愿意在罗马挺身而出,并声称有权统治这个城邦。① 科利奥兰纳斯对罗马政治的反对都指向了同一个方向:这个城邦缺乏一个完全意义上的统治者。罗马在和平时期的政治是个从来没人能声称获得完全胜利的战场,因此,也从未有

---

① 关于罗马共和国隐秘的或间接统治的重要性,参见 Harvey C. Mansfield,Jr,"Machiavelli's New Regime", Italian Quarterly, XIII (1970), 63 - 95。

人承认他被彻底击败。科利奥兰纳斯作为城邦中蔑视欺骗和局部胜利的人（Ⅰ.vi.47-48），他似乎命中注定要成为罗马真正的支配者。但他对罗马政治的参与使他对自己生活方式的价值产生了怀疑，特别是因为，他看到了高贵生活的目标让他依赖于那些他所厌恶的平民对他高贵的承认。科利奥兰纳斯转而厌恶这城邦，因为它要求他的美德作出妥协，同时阻止他变得自足。因此，他的目标便成了不依赖城邦而生活，正如他迫使这个城邦不依赖他而生活那样。在第三幕结束，科利奥兰纳斯与罗马走到了一个十字路口，并试图各走各的路。城邦放逐了科利奥兰纳斯，他也放逐了这个城邦，因为他们都认为自己是自足的（Ⅲ.iii.135，Ⅳ.vi.12-15、36-37）。他们的主张将在剧作的第四幕与第五幕得到检验。

## 第三章　没有城邦的人

一

[99]科利奥兰纳斯被英雄的自足想法迷住,动身离开了罗马,他希望此举不仅能证明他可以无需城邦生活,而且能证明城邦不能没有他而存在。罗马一旦意识到它多么需要他,它就终将恰当地尊重他,或如他所言:"当我离开他们以后,他们将会爱戴我"(Ⅳ.i.15)。因为科利奥兰纳斯将放逐视作对自足的真正检验(Ⅳ.i.3-11),他坚持独自离开罗马——"独自一人"对抗"茫茫世界"(Ⅳ.i.42)。① 通过放逐科利奥兰纳斯,罗马似乎切断了他与他人连接的纽带,并因此给予了他一种自由。遭到了母邦的排斥后,科利奥兰纳斯开始意识到一直以来深藏于心的愿望:"一切自然的纽带与特权,都给我毁灭了吧!"(V.iii.25),他明白,他将实现独立,只要他能够:

    无动于衷,就像我是我自己的创造者,不知道还有什么亲族一样。(V.iii.35-37)

当科利奥兰纳斯成了沃尔西军队的领袖,同时他的士兵自愿认

---

① 在普鲁塔克笔下,科利奥兰纳斯"与他的三四个朋友一道上路"(*Shakespeare's Plutarch*, p.334)。

可他的优越性时,他似乎最终实现了目标:

> 他就是他们的神。他领导着他们的那副气概,好像凭着造化的本领,也造不出他这样一个顶天立地的男儿一样。(Ⅳ. vi. 90-92)

[100]这就是科利奥兰纳斯自始至终奋斗的目标——神一般的自足。

诸神位居人类之上,人们不会认为诸神依赖崇拜者,因为诸神无需为了得到城邦的敬重就被迫对它让步。科利奥兰纳斯认为,诸神从他们的高度俯视人类,并嘲笑人类的多谬与软弱(Ⅰ. ix. 79, V. iii. 183-185)。显然,对他而言,神应该泰然自若,对人类的奇观及人类的吁求无动于衷。他想要通过对罗马的乞求充耳不闻(V. ii. 88-89, V. iii. 5-6、17-19)来模仿诸神(V. iii. 150),展现出自己不像普通人那样易被动摇:"他是岩石,是风吹不折的橡树"(V. ii. 110-111)。米尼涅斯也用这个比喻描述科利奥兰纳斯(V. iv. 1-6),并进一步对他的神性给予了更充分的描述:

> 他脸上那股凶相,可以使熟葡萄变酸;他走起路来,就像一辆战车开过,把土地都震陷了;他的目光可以穿透甲胄;他的说话有如丧钟,哼一声也像大炮的轰鸣。他坐在尊严的宝座上,好像只有亚历山大才可以和他对抗。他的命令一发出,事情就已经办好。他全然是一个天神,只缺少永生和一个可以雄踞的天庭。(V. iv. 17-24)

如果科利奥兰纳斯是神,那么他的神性是冷酷而机械的,就是那种雕像般或机器般的自足。米尼涅斯的描述与更早的描述相符

（Ⅰ. iii. 34 - 37，Ⅱ. ii. 105 - 113），特别与之前多次把科利奥兰纳斯与雷联系在一起相符（Ⅰ. iv. 58 - 61，Ⅰ. vi. 25 - 27，V. iii. 151）。他在沃尔西人中被神化的地位源自他原初的天性：

> 西西涅斯：难道在这样短短的时间里，一个人会改变得这样厉害吗？
>
> 米尼涅斯：毛虫和蝴蝶是大不相同的，可是蝴蝶就是从毛虫变化而成的。这马歇斯已经从一个人变成一条龙了；他已经生了翅膀，不再是一个爬行的东西了。（V. iv. 9 - 14）

[101] 此处，米尼涅斯用了另一个重要的意象来形容被放逐的科利奥兰纳斯：他不仅是一位神，还是一条龙（Ⅳ. vii. 23）。在科利奥兰纳斯离开罗马时，这个象征作为另一个他独立于其余人类的标志，由他自己引入：

> 虽然我像一条孤独的龙一样离此而去，可是我将要使人们一谈起我的沼泽，就矍然变色。（Ⅳ. i. 29 - 31）

科利奥兰纳斯对罗马的进军包含一些类似动物的成分，一些捕食者围攻无助的猎物时的深思熟虑（Ⅳ. vii. 34）。虽然怜悯并非必然是神的本质属性，但有人可能会怀疑，科利奥兰纳斯全然缺乏怜悯这一点是否像神。米尼涅斯用动物的语词谈论他的泰然自若："他要是会发慈悲，那么雄虎身上也会有乳汁了"（V. iv. 27 - 28）。显然，在第四幕与第五幕中，科利奥兰纳斯试图去除自己的人性，但这样做是否就能成为超人，或者只是非人，这个问题依旧存在。

在被放逐的科利奥兰纳斯的故事中，莎士比亚探索了一个没有城邦之人是野兽还是神的可能性。许多批评家已经注意到了《科利奥兰纳斯》与亚里士多德思想的关联,①这一思想在《政治学》第一卷对城邦的定义中得到阐述(《政治学》,1252b28 - 1253a5)。据亚里士多德说,人是政治的动物,也就是说,这一存在物的天性是在城邦中生活——因为他只能在与他人的伙伴关系中实现自足。正如亚里士多德所言,一旦城邦提供了基本的生活必需品(人也如其他动物那样受其支配),其公民就能发展他们作为人的独特潜能以生活得更好,而非仅仅生存。健全人性的成长需要城邦,因为它取决于言辞,而言辞仅在人类的社群中发展出来(《政治学》,1252a8 - 18)。因此,只有当人不能成长为完全的人类,或[102]超越了人性最初的普遍限度时,人才不需要城邦。这句话的意思就是,天生而非只是偶然地生活在城邦之外者,或低于人或高于人,换言之,或是野兽或是神(《政治学》,1253a25 - 29)。如果城邦真的是完备的人类共同体,那么任何生活在城邦之外的人,都在某种意义上超越了人类的正常范围。

面对放逐,科利奥兰纳斯将其英雄主义推向新的极端。就像他穿过了城邦的大门那样,他也穿过了一种英雄类型,到达了另一种类型。在戏剧的开始,他被比作赫克托耳(Ⅰ. iii. 41 - 42, Ⅰ. viii. 11),一位虔诚地生活并为其城邦而死的英雄。但从科利奥兰纳斯离开罗马这刻起,他开始与赫拉克勒斯相连(Ⅳ. i. 15 - 19, Ⅳ. vi. 99 - 100),②这位英雄过着永恒的放逐生活,为多位主人效忠,但他知道自己是宙斯之子,因此,他凭借自身的能力几近成为神。科利奥兰纳斯在

---

① 可参见 Bloom, pp. 85 - 86; Charney, p. 187; F. N. Lees, "Coriolanus, Aristotle, and Bacon", *Review of English Studies*, Ⅰ (1950), 114 - 125。

② 关于《科利奥兰纳斯》中赫拉克勒斯的重要性问题,参见 Eugene M. Waith, *The Herculean Hero*, New York: Columbia University Press, 1962, pp. 121 - 143。

安提奥最初的经历似乎证实了他类神的地位:他的伟大看起来那么显而易见,以至于他可以直接走进敌人的城镇,并立即成为总指挥官。他的卓越受到了无需代价的承认,而这正是他感觉罗马拒绝给予他的。事实上,获得无条件的认可只是诸神的特质:

> 他在里边受到这样的敬礼,好像他就是战神的儿子一样;坐在餐桌的上首;那些元老问他问题的时候,总是脱下帽子站在他面前。(Ⅳ. v. 191–194)

科利奥兰纳斯让自己在自足性方面成为罗马的对手的过程中,事实上反抗了城邦的诸神,并试图让自己成为神。从一开始,护民官就感知到了他灵魂中不虔敬的萌芽:"碰到他动怒的时候,天神也免不了挨他一顿骂"(Ⅰ. i. 256)。科利奥兰纳斯试图无需罗马城而生活,这种具有某种无比伟大的高贵的尝试,是种人为了在诸神之间占据一席之地而翻江倒海的壮丽。科利奥兰纳斯表现出的宏伟的影响力大多[103]是由于他被"谈论而非看见"(Ⅳ. i. 31)。从第四幕第五场147行到第五幕第二场59行,他从未出现在舞台上,虽然他是所有对话的主要话题。科利奥兰纳斯意识到,为了保持自己神的光环,他必须看起来远离人群,并用"无言的手"统治他们(Ⅴ. i. 67)。他只在公开场合会客,或许是因为他想要尽他所能地留下显赫的印象,他要出现在庆典中("他坐在黄金的椅上",Ⅴ. i. 63),并用君王那种庄重的和颇为做作的言辞讲话(Ⅴ. ii. 82–92)。

但科利奥兰纳斯离开罗马后想要投射出的神一样的形象,在第五幕第三场崩溃了。他的决心以某种形式受到了决定性的考验,让他的自足看起来不像英雄主义,而是某种残忍的行为。正如我们所见,科利奥兰纳斯十分关心他的行为在公共场合如何"展现"(Ⅴ.

iii. 51 – 52、191 – 193）。有人可能会将他拒绝听从母亲、妻子和孩子的请求视作对超人力量的展示,但更有可能的反应是,将这视作缺乏感情的非人的表现。在这个场景中,科利奥兰纳斯神一样的自足原则退化成了一句孩子气的话:"让倔强成为一种美德"（V. iii. 26）。科利奥兰纳斯盯着跪下的家人,他发觉,他真的没有成为野兽或神的选择:他的命运是以扮演野兽的方式成神。而他对自己人性的简单的再度声明瓦解了他的意志:

> 我要是被温情所溶解,那么我就要变得和别人同样软弱了。（V. iii. 28 – 29）

这些台词为意象带来了重要逆转,科利奥兰纳斯这块岩石变成了水。在另一个彻底的转向中,他唯一一次放下了对食欲的蔑视:"但我们先在一起喝杯酒"（V. iii. 203）。酒将成为新建立的和谐的誓言,正如之前拒绝[104]"一起吃晚饭"是愤怒与纷争的标志一样（Ⅳ. ii. 49 – 50）。无论科利奥兰纳斯身上存在着什么样的爱欲,这种爱欲都在这个场景中得到释放（V. iii. 44 – 45）,而他对罗马的恨开始消融在他对家人的爱中。反讽的是,血气的城邦最终只能通过爱欲的力量得到拯救。罗马,战士的培育者,最终必须依赖女人的力量赢得战斗（V. i. 70 – 73, V. iii. 206 – 209, V. iv. 52 – 54）。女人从被要求在男人为城邦而战时待在家中（Ⅰ. iii.）,上升到了得到全罗马尊重的地位（V. v.）。

爱欲的力量阻止了科利奥兰纳斯获得神性,这绝非偶然,因为欲望是人不完善的标志。既然正如科利奥兰纳斯本人所说,爱意味着缺乏（Ⅳ. i. 15）,那么他对家人的思念便证明了,他不能真的像神一样自足。母亲的存在是他不能自我创造的鲜活证明,特别是,他记起她

"就是我这躯体的高贵的模型"（V. iii. 22 - 23）。伏伦妮娅知道，她应该在试图劝说儿子放弃与他出生的城邦对抗时利用这个事实：

你是我的战士；你这雄伟的躯体上一部分是我的心血。（V. iii. 62 - 63）

我绝不让你侵犯你的国家，除非你从你生身母亲的身上践踏过去。（V. iii. 122 - 125）

母亲、妻子和孩子的出现让科利奥兰纳斯直接面对这一事实，即他不能像一个自足的整体那样超然物外。他自身就是更大整体——家族——的一部分，他的家族一端连接着他的祖先，一端连接着他的后代（Danson, pp. 154 - 155）。即便他只关心自己的荣誉，他也被告知，他仍需要家人来传承他的血脉，并保存他的美名：

[105] 伏伦妮娅：这是你自己的一个小小缩影，等他长大成人以后，他就会完全像你一样。（V. iii. 68 - 70）

维吉利娅：我替您生下这个孩子，延续您的英名。（V. iii. 126 - 127）

伏伦妮娅将这一点拓展到了整个城邦，并向科利奥兰纳斯表明，他需要罗马，以使他高贵的记忆不朽。如果毁灭了城邦，就毁灭了他曾为之做过的一切，并得到一个永恒的诅咒（V. iii. 140 - 148）。最终，阻挡科利奥兰纳斯征服罗马的是，他在意别人谈论他时会说什么，特别是那些将记载在他的"编年史"（V. iii. 145）或者"史册"（V. vi. 113）里的话。

在对历史审判的担忧中，科利奥兰纳斯展现了他最根本的罗马性，这再一次证明了罗马政制加之于其公民的观念或者说偏见的持久性。罗马最终依赖于它给科利奥兰纳斯关于孝道的谆谆教导。无论他多么激烈地反叛城邦的习俗(Ⅱ.ii.136),他还是把家庭的权威视为自然(V.iii.31-33、58-62、83-94、184),结果是,即便罗马失去了对他的直接控制,仍然能通过其母亲对他施加影响。当科利奥兰纳斯的决定要求他颠覆父母对孩子的习俗性权威时,他才开始相信,他的全部决定有违自然(V.iii.29-31、54-56)。正如我们所见,罗马通过引导家庭以生育战士为目标,用家庭来限制城邦中作为私人利益之源的爱欲,从而试图使家庭服从公共的善。但是最终,罗马是幸运的,因为它从未成功地彻底压制私人的领域:惟有科利奥兰纳斯对其家庭的特殊依赖才能动摇他最初的决心。这城邦无法自我拯救,它被迫向个体公民求助以避免灾难。在这层意义上,罗马最终显示出它并不比科利奥兰纳斯更加自足。

[106]回过头来,人们可以看到,科利奥兰纳斯试图生活在城邦之外,这从一开始就注定会失败。他不是能实现自足的人,因为战士与将军的特殊美德需要得到其他人的认识。奥菲狄乌斯明白,一个士兵要依赖于他为之战斗的城邦:

> 我希望我是个罗马人;因为我不能,因此我就做一个沃尔西人,做我自己。(Ⅰ.x.4-5)

当科利奥兰纳斯遭到罗马放逐时,他耀武扬威地宣称:"还有别的世界"(Ⅲ.iii.135),但他去往的世界与他离开的那一个并无不同。在抛弃了自己的城邦后,他迫不及待地寻找一个新城邦去为之效劳。我们听到他离开罗马后所说的第一句话是:"这安提奥倒是一个很好的城邦"(Ⅳ.iv.1),好似在流浪中,他的思想一步也未离开城邦的问题。科利奥兰纳斯从罗马出发,踏上了一条他本期望会成为探索之旅的路,但在这条路上,他没有发现任何新东西,只在安提奥发现了他母邦的镜像。他在沃尔西人中的经历以浓缩的形式表现了他在罗马人中的经历,因为他在安提奥发现了同样的由政治表象构成的谎言世界,而那本是他想要摆脱的罗马的东西。科利奥兰纳斯虽然像一个胜利的英雄那样受到了沃尔西人的欢迎(V. vi. 50 – 51),但很快他便成为政敌阴谋的牺牲品,并被迫再次回答关于叛国的指控(V. vi. 84 – 86)。他在安提奥被杀死,就像他本该在罗马被杀死一样,但这发生在他无意间恢复了罗马人的身份之后。他死亡的直接原因是他试图恢复罗马授予他的名字,科利奥兰纳斯(V. vi. 86 – 89)。在危急关头,他无法抗拒名声对他的吸引力,而他的荣誉是作罗马人而非作一个沃尔西人:

> 要是你们的历史上记载的是实事,那么你们可以翻开来看一看,我曾经怎样像一头鸽棚里的鹰似的,[107]在科利奥里城里凭一己之力,把你们这些沃尔西人打得落花流水。(V. vi. 113 – 115)

科利奥兰纳斯此处忆起他在第一幕中获得的功勋,暗示他的死亡只不过从他"独自一人应付全城敌人"(Ⅰ. iv. 51 – 52)的那一刻起被推迟了,而忠实的志同道合者过早地宣告了他的悼词(Ⅰ. iv. 56 – 61)。他最终像个真正的罗马战士那样死去,在敌人的城镇中被杀死。①

---

① 有关科利奥兰纳斯之死,参见 Danson, pp. 159 – 162。有关科利奥兰纳斯没能超越罗马的问题,参见 McCanles, pp. 50 – 51。

## 二

科利奥兰纳斯没能找到他所说的"其他的世界",但这并不意味着城邦的城墙以外一无所有。无论走到哪里,科利奥兰纳斯身上都带着城邦,并且直到最后都忠于他本质中的罗马性。为了发现将科利奥兰纳斯与罗马紧紧结合在一起的东西(尽管科利奥兰纳斯试图离开这东西),人们可以从第二幕第一场开篇时米尼涅斯与护民官的简短对话开始看起:

> 米尼涅斯:马歇斯究竟有些什么了不得的缺点,是你们两个没有的呢?
>
> 勃鲁托斯:任何缺点他都不缺少,所有的缺点他都齐备。
>
> 西西涅斯:尤其是骄傲。
>
> 勃鲁托斯:他的自负更可以凌越一切。
>
> 米尼涅斯:这可奇了。你们两位知道我们这城里的人——我的意思是说我们在军中有地位的人——怎样批评你们吗?
>
> 西西涅斯、勃鲁托斯:为什么?他们怎么批评我们?
>
> 米尼涅斯:……你们说起骄傲;啊!要是你们能够转过眼睛来看看你们自己的背后,反省一下你们自己!啊,要是你们能够!
>
> 勃鲁托斯:那便怎样呢?
>
> 米尼涅斯:那时候你们就可以看到一对全罗马最骄傲狂妄、无功受禄的官儿,换句话说,全罗马一对最大的傻瓜。(Ⅱ.i. 16 – 24、38 – 45)

米尼涅斯告诉护民官,他们缺乏自知之明,因为他们控告科利奥兰纳斯高傲,却没意识到他们自己至少也像科利奥兰纳斯那样犯了高傲之罪,他们用以谴责[108]科利奥兰纳斯的说法正好适合自己(Ⅳ. vi. 30 – 32)。他们没能认识自己与他们没能注意到贵族对他们的看法有关(西西涅斯与勃鲁托斯必然会问:"为什么?他们怎么批评我们?")。既然他们不能转过眼睛看着自己,那么,他们获得自知之明的唯一方法就是"像别人看他们那样看自己"。

《裘利斯·凯撒》几乎用同样的方式提出同样的问题:

凯歇斯:告诉我,好勃鲁托斯,您能够瞧见自己的脸吗?

勃鲁托斯:不,凯歇斯;因为眼睛不能瞧见它自己,必须借着反射,借着外物的力量。

凯歇斯:不错,勃鲁托斯,可惜您却没有这样的镜子,可以把您隐藏着的贤德照到您的眼里,让您可以看见自己的影子……您既然知道您不能瞧见您自己,像在镜子里照得那样清楚,我就可以做您的镜子,并不夸大地把您自己所不知道的自己揭露给您看。①(Ⅰ. ii. 51 – 58、67 – 70)

既然观察者对他人的错误与美德的看法更客观,那么人就可以通过考虑他人对自己的观点来了解自己。当人们被划分为对立的党派,而他们的自我观念很大程度上成了党派路线的问题时,他们就亟需考虑彼此的观点。一位贵族可能没有一位平民的那些偏见,但那只是因为他自己有一套不同的偏见。这一原则的作用是双向的,

---

① 参见《特洛伊罗斯与克瑞西达》,Ⅲ. iii. 103 – 111。参见柏拉图《阿尔喀比亚德》(上篇),132d – 133d,及 Simmons, pp. 95 – 98。

米尼涅斯给西西涅斯与勃鲁托斯的教导也必须用来教导他自己:

> 西西涅斯:米尼涅斯,谁都知道你是个怎样的人。
>
> 米尼涅斯:谁都知道我是个喜欢说说笑话的贵族……就算你们了解了我,以你们昏聩的眼光,又能从我的这种品性里看出什么缺点来呢?
>
> [109]勃鲁托斯:算了,算了,我们了解你是个怎样的人。
>
> 米尼涅斯:你们既不了解我,也不了解你们自己。(Ⅱ.i. 46-47、64-68)

正如我们所见,如果罗马有任何对立党派的成员在相互交流,那么他们就是米尼涅斯与两位护民官。但在此处,我们意识到,他们的交流大致也就只是彼此表达要求与命令。米尼涅斯断然否认护民官可以教给他关于自己的任何事。双方拒绝考虑对方的观点,这最终导致罗马公民始终陷在自己的自我概念中。①

在莎士比亚的描绘中,罗马人缺乏思想的深度(inwardness):他们不能"向内审视"(interior survey)自身,因为他们的视野总是受到城邦的限制,这一视野受到的限制如此严格,考密涅斯甚至表明罗马有一个屋顶,这说法或许很正确(Ⅲ.i.204)。罗马人采用来自城邦的现成观点,以避免思考自身。在危机时刻,罗马人本可以重新检查他们的设想,但他们退回到总被认为是正确的东西即他们的传

---

① 参见 D. J. Enright, *The Apothecary's Shop* (London: Secker & Warburg, 1957),他从这部戏剧中看到了"'政治的'一词总是隐含着危险——对立两方都相互理解对方(科利奥兰纳斯对平民的看法与平民对科利奥兰纳斯的看法都是正确的),但两方都不理解自己的危险处境"(p. 51)。另见 Traversi, pp. 227-228, L. C. Knights, *Public Voices*, London: Chatto & Windus, 1971, pp. 42-43。

统信仰那里。罗马的智慧有着清楚明白的、谚语式的模式,正如科利奥兰纳斯注意到的平民的例子:

> 他们说他们肚子饿,叹息着说出一些陈腐的老话:饥饿可以摧毁石墙,狗也要吃东西,肉是供口腹享受的,天神降下五谷不单为富人,云云。(Ⅰ.i.205 - 208)

但贵族也有他们的陈词滥调,正如科利奥兰纳斯提醒他母亲:

> 您常常说,患难可以试验一个人的品格;普通的命运普通人便能承受;风平浪静的海面,所有的船只都可以并驱竞胜;命运的铁拳击中要害的时候,只有大勇大智的人才能够处之泰然。[110]您常常用那些格言教训我,锻炼我坚强不屈的志气。(Ⅳ.i.3 - 11)

莎士比亚笔下的罗马人显然被谚语压得喘不过气来,这些谚语因便利的押头韵形式和简明的措辞方式被记诵,儿童也能轻易记住它们:"肉是供口腹享受的""普通的命运普通人便能承受"。罗马倾向于以谚语和格言代替真实的思考,这对解释两部共和国罗马剧的特殊风格与诗性文本大有裨益。①

时常有人注意到,相比于莎士比亚的其他悲剧,《科利奥兰纳斯》与《裘利斯·凯撒》的风格基本上是修辞性的而非抒情性的。②在这两部剧作中,戏剧语境严格地控制着诗句,其结果是,两者都缺

---

① 关于罗马剧中的风格与意义之间的联系,参见 Charney,第二章。
② 参见 Harry Levin," Introduction to Coriolanus", *The Complete Pelican Shakespeare*, Baltimore:Penguin Books,1969, p. 1213,及 Brower, pp. 217 - 218。

乏莎士比亚大多数作品——包括《安东尼与克莉奥佩特拉》在内——那种出色的抒情。如果有人试图从这两部共和国罗马剧中的某部引用几句令人印象深刻的诗行，那么这些诗行几乎必然来自公共演说，例如，安东尼的"朋友们，罗马人们，同胞们"，也就是说，这些更适合演说术而非抒情诗。《裘利斯·凯撒》和《科利奥兰纳斯》中都没有歌声。《裘利斯·凯撒》中的舞台指导确实需要一首歌（Ⅳ.iii.266），但莎士比亚似乎无需费心为这部剧作写一首歌——毕竟，勃鲁托斯的男孩儿刚开始唱歌就昏昏入睡。在《科利奥兰纳斯》中，伏伦妮娅请她的儿媳唱一首歌（Ⅰ.iii.1），但还未待回答，她便假定儿媳不会唱，并开始以散文的形式作关于偏爱荣誉胜于爱欲的演说。这演说或许能解释，为什么罗马并非歌唱的城邦，特别是考虑到伏伦妮娅在关于儿子们的话题中所下的最终判断："我宁愿十一个儿子为了他们的国家而光荣战死，也不愿一个儿子骄奢淫逸、无所事事。"（Ⅰ.iii.24–25）。既然诗人们正是那种通常想着[111]"骄奢淫逸、无所事事"的人，他们就不会在罗马共和国受到欢迎。毕竟，歌曲的主要题材是爱，而抒情诗歌可能会威胁罗马的简朴节欲，它会以牺牲血气为代价激起爱欲。在罗马，被视作诗歌的似乎是伏伦妮娅在儿子从战场归来时即兴创作的短小的凯歌：

> 死亡，那幽暗的灵魂，在他的健壮的臂腕里躲藏；那臂腕，在一抬一落间，人们就丧失了生命。（Ⅱ.i.160–161）

这一对句，即复仇的"英雄史诗"，就是我们在共和制罗马中得到的歌曲的替代品。唯一一种不会在城邦引起不悦的诗歌就是赞美战士的诗句，因为赞美战争中的勇气可以强化罗马占支配地位或统治地位的观念。类似其他的私人活动，在罗马，诗歌受到政治标准的评判。对这座城邦而言,重要的不是诗歌的美,而是它对其公民的影响。

《裘利斯·凯撒》中的罗马对诗人充满强烈的敌意。① 出现在剧作中的两名诗人,第一个诗人因为与叛乱者有着相同的名字而被暴民混淆,后被撕成碎片。在最超现实的场景中,这个做了梦的诗人——他本不愿意外出走到市场中,但有一股难以解释的力量引导着他向前走(Ⅲ.iii.1-4)——遭到了罗马公民的模拟审判。面对不可能的修辞任务,即"直接地""简短地""明智地""真实地"(Ⅲ.iii.9-12)回答控告者,诗人西拿发现,即便他的反讽策略也不足以把他从死刑中解救。在平民仔细审查下,西拿确实"直接地"给出了一个回答(23),"简短地"给出了一个回答(24-25),"真实地"给出了一个回答(26-27),但他永远无法"明智地"给出一个回答,因为在他的处境下,就明智在"审慎"的意义上而言,直接地、简短地及真实地回答问题并不"明智"。② 他试图给出的明智回答被平民们理解为一句俏皮话,并使他的听众变成了反对他的法官:

[112]西拿:明智地说,我是一个单身汉。

平民乙:那简直就是说,那些结婚的人都是稀里糊涂的家伙;我怕你免不了要挨我一顿打。(Ⅲ.iii.16-18)

平民最初攻击西拿的(5-8)总之是一个问题:你是与我们合作还是与我们作对,你是不是我们城邦的一部分? 在平民的眼中,西

---

① Charney, pp.65-66; Danson, pp.62-63.
② 对比前面一场勃鲁托斯与安东尼的演说就会证明这一点,即向民众直接地、简短地、真实地演说并不明智。

拿单一的回答似乎宣布了他是他们的敌人,因为平民认为,他声称做单身汉是明智的,这质疑了所有结了婚的人的智慧。西拿的独立对城邦的共同生活方式构成了挑战。在随后的场景中,勃鲁托斯似乎也感到了一种相似的对其权威的挑战———一位"拙劣的"韵律诗人闯入了罗马的政治会议,声称有权为将军们建议如何讲和(Ⅳ. iii. 132)。勃鲁托斯展现了对他而言程度不同寻常的怒气,他实质上用"战争与这些嘻嘻哈哈的傻瓜诗人有什么关系?"(Ⅳ. iii. 137)这句话将诗人了逐出去。如果诗歌与战争无关,如果它不为公共利益服务,勃鲁托斯就不愿意听它,他憎恶一个仅仅过私人生活的人告诉他该怎么做。总而言之,罗马对诗歌的敌意反映了罗马对任何私人利益更深的敌意,特别是思想的独立和不受城邦观念影响的自由。值得注意的是,勃鲁托斯想驱逐的诗人是一个"犬儒主义者"(Ⅳ. iii. 133),是那些公开鄙弃政治生活与城邦荣誉的人中的一员。①

《科利奥兰纳斯》与《裘利斯·凯撒》中缺乏连续的抒情段落,这与它们关注共和制罗马的政治问题有关。共和制下的罗马人的思想集中在公共生活上,他们听起来也好像总是站在演说台上说话,即便每次只有两个人在谈话,他们也会相互做出夸张的演说姿态(例如《裘利斯·凯撒》Ⅰ. iii. 89 – 100)。在《裘利斯·凯撒》和《科利奥兰纳斯》中,衡量一个人[113]权力的标准是他作为演说者的技巧,而两部剧作的转折点,都包含修辞的成或败——这些修辞试图劝说罗马同胞朝着这个或那个方向行动(Levin, p. 1213)。只举几个例子:《裘利斯·凯撒》的开场是弗莱维斯与马鲁勒斯试图

---

① 在诺斯翻译的普鲁塔克作品中,那个闯入勃鲁托斯与凯歇斯会议的人物"不关心他们中的任何一位元老"。见 *Shakespeare's Plutarch*, p. 146, 以及 Bloom, p. 101, p. 110。

劝说平民记住庞贝的功业,并抛弃凯撒的功业;随后,我们看到,凯歇斯试图劝说勃鲁托斯加入反对凯撒的阴谋;之后是勃鲁托斯必须说服他的反叛者同谋,在刺杀凯撒时采用他的方式;在第二幕第二场,凯尔弗妮娅试图劝说凯撒待在家里,然而狄歇斯·勃鲁托斯必须说服他按计划前往元老院;当然,整部剧作构建了勃鲁托斯与安东尼为了联合罗马的公民而展开的伟大的修辞战争。《科利奥兰纳斯》围绕着运用辩论展开的结构更为清晰,它以米尼涅斯的肚子寓言开始,以伏伦妮娅劝阻儿子结束,其核心行动的核心场景是,伏伦妮娅与米尼涅斯共同劝说科利奥兰纳斯去讨得民众的欢心。

《裘利斯·凯撒》与《科利奥兰纳斯》广泛运用修辞的结果是,我们虽然不断看到人物试图说服罗马同胞接受他们的观点,但是很少看到他们自己如何得到这些意见。修辞的使用预设了某人认为他知道真相:修辞在根本上是一种劝说人们相信真相的技艺——某人认为他已经找到了这真相,而非从一开始就寻找真实的技艺。因此,共和制罗马剧的修辞特征是又一个迹象,表明在莎士比亚笔下的罗马,人们的意见是多么固化。城邦中的每个人都认为自己知道什么是对的,唯一的问题是赢得他人对自己观点的认同。这一点可以由《裘利斯·凯撒》和《科利奥兰纳斯》中的部分独白证明。我们本可能会期待在此处找到剧中人处于怀疑、自我审察以及无偏见地寻找真相的过程,然而,我们将看到,共和制下的罗马人[114]即使在自言自语时也使用修辞,他们的思考很大程度上受到了城邦的支配。

在《裘利斯·凯撒》中,独白大多数作为舞台设计发挥作用,例如,为剧中人向观众解释他的计划提供一种便利的方式(Ⅰ.ii. 308-322)。安东尼的个人独白(Ⅲ.i. 252-275)实际上是一个对话,是对死去的凯撒所做的演说,它有着庄重承诺的誓言的特征。

这一独白并未用来揭开实际的思考过程，没有展现人物对抉择的探索。勃鲁托斯最重要的独白以一个结论开始："只有叫他死这一个办法"（Ⅱ.i.10），然后勃鲁托斯继续证明这一点，好像他正在向民众演说。他在已经得出结论后，要寻找理由来说服这个世界，他决定去做的事是正当的；他诉诸"普遍的证明"（21），考虑如何为了修辞效果而操纵他的论证（28－30），并以动物寓言形式的箴言结束了他的独白（32－34）。这个独白可以视作勃鲁托斯在第三幕第二场的演说的试验，它们非常相似（Brower, pp.224－226）。当然，勃鲁托斯的独白与麦克白的"如果完了就是完了"或哈姆雷特的"生存还是毁灭"并不属于同一类型。因为勃鲁托斯总是将视线放到在罗马被视作高贵的事物上，所以他认为，他有一个直截了当的原则来解决他是要忠诚于这个还是那个的问题，而且无需经历那种支配着麦克白或哈姆雷特的复杂的道德困境。正像伏伦妮娅那样，勃鲁托斯自动地将公共利益放在私人利益之前（Ⅱ.i.10－12），这个态度反映在就连他最私密的言辞也具有某种公共特征上（Bloom, p.95）。

科利奥兰纳斯的独白更不像哈姆雷特或麦克白的独白。在第二幕第三场中，他走到了人生的转折点，他必须决定是否要欺骗平民。下面是他对自身处境的反思：

宁可死，宁可挨饿，也不要向别人求讨我们应得的酬报。[115]为什么我要穿起这身毡布的外衣站在这儿，向每一个路过的人乞讨不必要的同意？习俗逼着我这样做；习俗怎样命令我们，我们就该怎样做，经年累月的灰尘让它堆在那儿不加扫拭，堆积如山的错误把公道正义完全障蔽。与其扮演这样的把戏，还不如索性把国家尊贵的名位赏给愿意干这种事的人。我

已经演了半本,待我憋着这口气,演完那下半本吧。(Ⅱ.iii. 113-124)

因为这是整部剧作中唯一一处连续不断的押韵诗段落,所以我们应该暂停评论一下。一部莎士比亚的晚期作品中出现如此多的韵律,这本身就令人诧异,而这些韵脚竟然出现在一个独白中就是双重的诧异了(与出现在《安东尼与克莉奥佩特拉》中的没有可比性)。作者甚至没有任何掩盖这韵律的意图:大部分台词都是句末停顿的,而这诗行的语气罕见地矫揉造作。有人可能会将这个问题理解为"莎士比亚在打盹",但最保险的假定是,剧作家故意让科利奥兰纳斯的独白听起来尽可能呆板僵硬。言辞的诗性特质是一种刻画性格的方法:呆板的诗句揭示了呆板的思想。科利奥兰纳斯并不是在试着反省,他只是在滔滔不绝地以韵律复述说教性的行为准则,大声地迫使自己回想起那些通过死记硬背学到的教条。① 他在独白中一条又一条笨拙地堆积谚语,似乎在构思解决方案,但他的论证得出来的反而是一个令人难以置信的站不住脚的结论,是一个完全背离其推理方向的结论。正如他的罗马同胞那样,在个人危机中他退回到自己已有的观念,而非寻求重新检审自身以及自己的动机,或重新评估他的处境。

当然,莎士比亚诗句中的所有独白在某种意义上都是"人造的",但其最著名独白的特征是,诗歌得到仔细地塑造,以适应[116]思想的持续发展。其反面恰恰出现在科利奥兰纳斯的独白

---

① 因此 W.Ⅰ.Carr 倾向于将科利奥兰纳斯的性格刻画为"一堆穿着盔甲的断言",见"'Gracious Silence'—Aselective Reading of *Coriolanus*", *English Studies*, XLⅥ(1965),p. 234。

中:他让自己的思想适应押韵诗行的限制模式。① 这反映出,他试图强迫自己的头脑得出一个结论,好像他正在与某人争论那样。如往常一样,科利奥兰纳斯混淆了公共领域与私人领域,在对自己说话时也使用修辞——虽然他不能在对别人说话时使用修辞。因此,他在独白中始终受缚于传统观念,而他在对话中做出最具原创性的思考。只有在与平民争论时,他才能形成自己对罗马政制最富洞察力的批评,并开始独立于罗马。他的错误在于,让所有人听到他关于这座城邦最具革命性的观点,因为他的坦率为他打上了"民众的敌人"的烙印(Ⅲ.iii.118)。科利奥兰纳斯因他的自由思考而遭到驱逐,而这终结了他对罗马的重新审视。他离开城邦时说出了一连串谚语(Ⅳ.i.3-11),但他再也没有获得在第三幕第一场中获得的洞见。

矛盾的是,实际上正是科利奥兰纳斯的被放逐让他再也没有脱离罗马。他的思想已经引领他看到了将自己奉献给这座城邦而带来的问题,但在放逐之时,罗马的观念成了一种执念。在身体远离罗马后,他以一种当他能环顾四周亲眼看到罗马时不可能发生的方式全身心贯注于罗马。在第四幕中,他不能让自己直接离开罗马并将它弃之不顾;相反,他希望,他的放逐成为赢得城邦认同的方式,这种方式是城邦一直拒绝给予他的。科利奥兰纳斯让自己永远无法摆脱罗马,因为他最终仍受缚于罗马的观念,特别是关于罗马建立所基于的最主要的观念,即城邦是人们献身的最恰当对象,也是对人价值的唯一真实判断。人们最有可能这样谈论科利奥兰纳

---

① 科利奥兰纳斯的第二段独白(Ⅳ.iv.12-26),虽然并非用韵写成,但它基本像第一个那样造作且陈腐,它以老套的感叹开头:"啊,变幻无常的世事!"参见 Sailendra Kuman Sen,"What Happens in *Coriolanus*",*Shakespeare Quarterly*,Ⅸ(1958),p.338。

斯——即使这个说法也不可靠:他变得对为哪个城邦做贡献感到漠不关心;或许存在独立于城邦的生活方式,但这种方式显然超出了他的理解。

[117]科利奥兰纳斯对罗马有两个基本的批评。他所见到的罗马的第一个缺陷是,贵族放弃了他们的德性,这可以在另一个城邦如斯巴达得到纠正。可是第二个缺陷,即在罗马他必须依赖那些他所认为的位居其下者对他的尊崇,这个缺陷无法在任何城邦中得到纠正,因为城邦按其定义就是由各种类型的人构成的混合体,因此它包含了高高低低的人。如果科利奥兰纳斯反感罗马的这个方面,他应该重新考虑,他是否想得到任何城邦的尊重。不幸的是,对他而言,这样的重新考虑正是最不适合他做的事,因为他总是试图避免自己思考。剧中有多处表明了科利奥兰纳斯的教育有缺陷(Ⅰ.iii.55-57)——他因为"在血雨腥风中长大"(Ⅲ.ii.81),所以"厌恶上学"(Ⅲ.i.319)。① 作为士兵,他受训作战,而非思考,因此,只有思考对他而言是一种战斗的方式时,他才能享受它。这就是为什么他在论战中获得了最出色的见解:只有面临相反观念的反对时,他才能受到刺激而开始脑力劳动,并被迫独立思考。科利奥兰纳斯的愤怒通常有违他的理性(Ⅰ.ix.55-58,Ⅲ.ii.29-31,Ⅴ.iii.84-86),但如果它能成为对错误观点的蔑视,它就可能成为将他的思想从罗马的束缚中解放出来的方法。科利奥兰纳斯从罗马所能获得的真正独立,是独立于城邦的意见。这至少会给予他一种形式的自足,因为一个对城邦的意见漠不

---

① 科利奥兰纳斯的"缺乏教育",是普鲁塔克在他传记中评论罗马人的第一个观点(*Shakespeare's Plutarch*,p.297)。通过普鲁塔克对阿尔喀比亚德生活的相应对比,我们得知希腊人多么乐于从事教育。而且,他有着不亚于苏格拉底的老师。

关心的人,首先是一个对城邦是否尊重自己漠不关心的人。

如果一个人准备留在城邦内,但因思想独立而并非完全是城邦的一部分,那么他必须要找到某些方式以隐藏他的独立。正如我们从诗人西拿的例子中已看到的,城邦可以变得对某个公开质疑其设想的人充满敌意,这种人类似科利奥兰纳斯(Ⅲ.iii.28-30),他简短地、直接地、真实地但不明智地讲出自己的观点。① 依据这个问题,我们或许可以解释可能是《科利奥兰纳斯》中最神秘莫测的一场戏,即第四幕第三场。在一部结构如此严谨的戏剧中,存在这样一场对推进情节发展完全没有任何作用的戏多少有些令人意外——这场戏不包括任何主要人物,而且在普鲁塔克的"科利奥兰纳斯的生平"中也没有任何依据。这场戏甚至连多余也算不上:它发生的地方,遮蔽了我们去看真正想看的东西。这场戏穿插在科利奥兰纳斯离开罗马与到达安提奥之间,也就是说,正处于我们可能期待看一眼这个没有城邦者的地方。在从罗马到安提奥的路上,科利奥兰纳斯应该暂时脱离了任何一个城邦,即便他只是在两者间旅行,但无论如何,我们本想见证他从一个城邦走向另一个城邦时的心路历程。② 然而与之相反,第三场给了我们一场"一个罗马人和一个沃尔西人"之间的谈话,我们在此前从未见过两者,以后也不会再见到。他们与科利奥兰纳斯行进在同一条路上,但有着不同的理由。或许,需要把这场戏理解为对科利奥兰纳斯不可见也不可闻

---

① 普鲁塔克将闯入勃鲁托斯与凯歇斯大帐的犬儒主义者描述为"一个并非以智慧与审慎,而是只凭借混乱和疯狂的行为假冒的哲学家的面目出场的人","一个轻率的人,一切的作为都突如其来",他有着"冒失的说话方式"。见 Shakespeare's Plutarch, p.146。

② 关于"缺失场景"的重要性,见 Stockholder, p.231。

的旅程的某种对照，它有助于我们以相反的方式定义没有城邦的生活是什么，或者更确切地说，做罗马的叛徒意味着什么。

就在见证了罗马放逐其最忠心的守护者之后，我们发现，罗马在其行列中留下了一个真正的叛徒，间谍尼凯诺。① 进一步展开这个悖论就是，恰恰因为科利奥兰纳斯那么毫不妥协地投身于这个城邦，以至于他似乎对它不忠；他引起公民同胞的怀疑与愤怒，因为他足够关心罗马，甚至因民众的错误——即民众辜负了他关于做罗马人意味着什么的想法——而公开责备他们。显然，这间谍关心城邦之外的其他事，但为了完成他的任务，他必须在表面上忠于罗马。间谍尼凯诺与科利奥兰纳斯的不同在于，[119]一个愿意做表面工作而另一个不愿意，这展现在他们对伪装的不同态度上。沃尔西人评论尼凯诺："我上次看见您的时候，您的胡子比现在多一点"（Ⅳ. iii. 8），这似乎指明，间谍刚刚戴上了一张新的假面，或褪下了老的假面。无论如何，尼凯诺已经充分地改换了他的外表，因此他的老

---

① 关于莎士比亚在哪里发现尼凯诺这个名字，或者他为什么在此处使用这个名字，已很难查明，但普鲁塔克在"菲西昂传"中确实提到了一个尼凯诺，与莎士比亚剧中作为间谍同时也作为科利奥兰纳斯的衬托的同名人有诸多相应之处。参见 T. J. Spencer, *William Shakespeare: The Roman Plays*, p. 40。普鲁塔克的尼凯诺以欺骗实现了对雅典的掌控，他使用"秘密的手段"并以贿赂保住自己的权力，他可以接受迎合雅典人利益的劝说，甚至"给予民众普通戏剧的娱乐"（参见《希腊罗马名人传》，Ⅵ, 41、39）。普鲁塔克笔下变节而未受惩罚的尼凯诺与他笔下忠诚却受到惩罚的菲西昂的对比，和莎士比亚笔下变节而未受惩罚的尼凯诺与忠诚却受到惩罚的科利奥兰纳斯的对比有诸多相似之处。菲西昂的故事与科利奥兰纳斯的故事大致在轮廓上相似，在Ⅳ. iii. 提及尼凯诺的这一事实可能是为了引起我们的注意，从而将普鲁塔克在传记末尾把菲西昂和另一个被雅典不公正地判处死刑的人所做的对比延伸到科利奥兰纳斯身上（《希腊罗马名人传》，Ⅵ. 48）。亦参考 Jean Bodin, *The Six Bookes of a Commonweale*, tr. Richard Knolles, London: 1606, 532g, 704i。

朋友最初没有认出他(3-6)。另一方面,在第四幕第五场,一旦科利奥兰纳斯到达了安提奥,他就几乎迫不及待地撕下他的伪装,并揭示自己的真面目(Ⅳ.v.54-57),即便他知道,在沃尔西人中间被认出来可能会对他造成多大的危险(Ⅳ.iv.4-6,Ⅳ.v.80-82)。这一行为与科利奥兰纳斯对表象的蔑视一致,但现在我们意识到,除了理解这种蔑视,一个人想要摆脱城邦还必须学习如何利用表象。尼凯诺得以待在罗马,冷眼旁观这个城邦,因为他不夸耀自己的不忠。他的特征似乎是冷静、客观、不动感情地理解人性,他可以用最冷酷的乏味的话谈及愤怒的"烈火"和"火焰"(Ⅳ.iii.20-21)。他像一个远离罗马党派之争的人那样说话,对城中"惊人的叛变"给出了全剧中最无党派偏见的评论(Ⅳ.iii.13-26)。大概,他甚至觉得自己超越了罗马人和沃尔西人的纷争,而事实上,这是全剧中除了科利奥兰纳斯以外唯一一个与一位沃尔西人友好交谈的人。尼凯诺的不忠,是他免受普遍偏见影响的部分原因,这让他得以了解朋友与敌人的相似,并对城邦的阶层划分强加给人们的观念置身事外。理解了文本给出的双关语,人们或许会联想到,尼凯诺的间谍活动与他的"智慧"之前的关联(29)。或许,第四幕第三场还是给予了我们想要的东西,即便在一个较低的层次上——一个真正的没有城邦之人的形象。正是因为他蔑视城邦的意见,他才变得更能意识到意见的自然本性,以便摆脱意见。

## 三

[120]科利奥兰纳斯的故事确实离开了罗马,离开了这个城邦,沿着一条主人公没能走到底的路继续发展。罗马最终被发现存在

缺陷，但对缺陷的评判标准在任何通常意义上都不是政治的标准。罗马实现了它的目标，即让它的公民政治化，但这一成功也揭示出这个城邦本身的限度。罗马在得到其公民最大限度的忠诚与奉献过程中，限制了他们对智慧，特别是对自知的获得。因城邦的政制最终建立在谎言之上，罗马很难担负起因不受阻碍地追求真相而引发的后果。例如，科利奥兰纳斯被驱逐的理由表面上是他想要夺走平民的权利，但贵族接受这一放逐的真实理由，正如他们所见，是他威胁到了平民拥有权利的幻觉。科利奥兰纳斯几乎揭露了包含在罗马划分规则中的谎言，而这是很危险的。如果城邦允许他继续下去，他可能会"把事情弄糟"（Ⅱ. iii. 58）。如果独立意味着人们将看穿政治必要的谎言，那么这个城邦就不能允许人独立思考。因为如果没有人认出这些谎言是什么，那么它们就能更好地发挥作用。罗马的谚语——古怪的小野兽寓言和贵族的高尚准则——都是政制的一部分，或许是其基础部分。《科利奥兰纳斯》中的罗马人是坚定不移的，或者说，他们只是顽固地坚持着罗马教导他们的东西，在观念的不可动摇这一特点上，他们接近于岩石或雕像般刻板的科利奥兰纳斯。这种刻板，就是许多评论家在谈及《科利奥兰纳斯》中缺乏性格发展时所指涉的东西（如 Rabkin, p. 143）。剧本中出现过转折，[1]但缺乏真正的认识。

正如科利奥兰纳斯本可能意识到的，作为英雄，他无法没有城邦而生活，而罗马人也本可能意识到，作为城邦之民，他们无法没有英雄而生活[121]（V. ii. 38 - 47）。一开始，罗马声称，没有人是不

---

[1] 参见 Kenneth Burke, "*Coriolanus and the Delights of Faction*," *Hudson Review*, XIX (1996), 191 - 192.

可或缺的,甚至连伟大的将军也一样:

> 您那科利奥兰纳斯除了他的几个朋友以外,没有什么人因为他的不在而惋惜。我们的共和政府依然存在,即使他对它再不高兴,也会继续存在下去的。(Ⅳ. vi. 12 – 15)

当相反的证据出现时,护民官的反应是鞭打使者(Ⅳ. vi. 48、61),好像处理令人不快的真相的最好方式是把它们压下来。信使可能因鞭打而沉默,但当护民官旧日的敌人无情地进军罗马的消息在增多时,就连护民官也不得不承认,同样的手法对科利奥兰纳斯不起作用。有人可能认为,罗马人一定能从城邦与灾难擦肩而过的经历中得出正确的教训:罗马不比科利奥兰纳斯更自足。如果这个城邦最终得到拯救,那么它的获救必定不能归功于自身的力量(Ⅳ. vi. 109 – 114, V. i. 18 – 21),而更像个奇迹(V. iv. 1 – 8)。但在戏剧结尾,罗马表现的仿佛没有什么不寻常的事情发生那样,它像对待标准的战争胜利那样对待一次事实上的失败,最后以新的英雄——或在这次的情景中,是女英雄(V. v)——的胜利归来收场。

科利奥兰纳斯想要撼动的罗马政制,反倒被他所煽动的危机以一种奇特的方式加固。正如我们所见,贵族需要一种让平民安于其位的方式,结果科利奥兰纳斯在不经意间提供了这种方式。只有共同的敌人,或是国外的(沃尔西人),或是国内的(塔昆)敌人①可以联合贵族与平民。随着塔昆暴政的记忆逐渐消失,贵族必须找到一个新的国内威胁以控制平民。正如科利奥兰纳斯的故事所暗示的,

---

① 放逐塔昆王的重要性,参见马基雅维利《论李维〈罗马史〉》,Ⅰ. iii.。科利奥兰纳斯与塔昆的联系,见 V. iv. 42 – 43。

对贵族而言最好的解决方案是,声称从他们中更不善妥协的人手中保护罗马。[122]如果民众的怨恨可以集中在一个像科利奥兰纳斯那样出色的贵族身上(Ⅰ.i.7-11),那么这就可以转移对作为整体的贵族阶层的怨恨。① 讽刺的是,科利奥兰纳斯确实为他的国家放弃了生命,走向他的死亡,以此使他鄙视的政制可以继续存在。他向罗马的进军不仅让平民的心中充满恐惧,而且让他们再次意识到自己依赖贵族的保护(Ⅳ.vii.31,Ⅴ.i.35-38),还进一步让护民官在他们的眼中丢脸(Ⅴ.iv.35-36)。科利奥兰纳斯的整个事件强化了平民的确信,即他们无法管理自己(Ⅳ.vi.140-155),从而加强了贵族对他们的控制。简言之,科利奥兰纳斯的故事为作为整体的罗马发挥了警示经历或惩戒经历的作用,它教给公民共同生活在城邦中必要的中庸,而非超越它所需的胆量。从罗马的角度来讲,这个故事的道德意义由米尼涅斯讲出:"两边都尊重一点"(Ⅲ.i.80)。贵族必须学着更慎重地对待平民,平民以后在主张自己的权利时要更加谨慎。罗马发现,很轻松地就能掩盖这个故事中对城邦提出质疑的方面。这个故事成了一个爱国寓言,在罗马,它同样意味着关于公民虔诚的教训。那个变成城邦反叛者并反叛其诸神的人被毁灭了,而共同祈祷的城邦则团结在一起(Ⅴ.iv.55,Ⅴ.v)。

在剧本结尾,人们可能遗漏的最重要一点是,罗马一方对失去科利奥兰纳斯造成了何种损失没有任何认识。我们从未见到罗马的任何人悼念他的死亡,甚至他的母亲也没有,因为罗马人的一个

---

① 据李维和马基雅维利所言,罗马元老院的计谋是让一个人承受民众愤怒的攻击,随后牺牲他以平息平民的怒火。参见李维,《罗马史》Ⅱ.xxxv.3-4 及马基雅维利《论李维〈罗马史〉》,Ⅰ.iii,viii,xxxiv-v。亦参考 Mansfield, pp. 76-77。

古怪的声明表明,城邦不大理解究竟发生了什么,罗马认为,它能通过欢迎伏伦妮娅而撤销对科利奥兰纳斯的放逐(V.v.4-5)。科利奥兰纳斯的故事突出强调了伟大的人与他试图服务的共同体之间张力的缓解,但没有任何罗马人意识到任何问题,[123]即,当对城邦所倡导的那些美德的追求走向极端时,那些美德可能会变得令人难以接受且无法忍受。显而易见,科利奥兰纳斯没能融入罗马,而没有他的城邦最终变得更幸福。但我们必须猜想,他之所以不能融入罗马,是否只是因为他对于罗马而言太大了,也许他真的是小人国中的格列佛,最终在"琐小的战争中"(Ⅳ.iv.6)被那些在高度上远低于他的人杀死。如果罗马实现国内稳定只能以驱逐罗马人中最具伟大灵魂之人为代价,驱逐那个在某种意义上是城邦自身完满理想化身的人,我们会说罗马什么呢?(Carr, p. 223, Simmons, pp. 7, 16-17)罗马发现它需要驱逐科利奥兰纳斯,这表明,政治卓越与人类卓越之间在根本上存在着不协调。或许正如亚里士多德阐述的问题,科利奥兰纳斯的放逐对如下设想提出质疑:成为好公民与成为好人是同一的(《政治学》,1276b-1277b,1294a-b)。这一假说构成了科利奥兰纳斯与罗马原初纽带的基础。

总之,正如莎士比亚描绘的共和国,罗马试图利用科利奥兰纳斯,同时科利奥兰纳斯也试图利用罗马。城邦需要一位英雄,正如英雄需要一个城邦,因此这两者的确拥有一定的共同利益。但一旦城邦感到——无论多么错误地感到——它不再需要英雄,或者英雄开始因他服务于城邦而要求太多回报时,城邦就宁愿驱逐英雄。罗马人的感恩之情并非"记录在乔武的册籍里"(Ⅲ.i.290-291),而是只有城邦认为有值得感激的事情时,感恩之情才能存续:

勃鲁托斯：当他爱他的国家的时候，他的国家也尊重他。

西西涅斯：一旦腿脚腐烂，它就不会因之前所做出的贡献得到尊重。（Ⅲ.i.303-306）

出于同样的原因，当英雄感觉到——无论是正确地还是错误地感觉到——他不再需要城邦，或者一旦城邦开始[124]过多地要求他妥协，他就宁愿反叛城邦并投身于城邦的敌人。城邦与其英雄的利益可能有时确实存在分歧，这引出了有关罗马未来的严肃问题。使共和国最终毁灭的种种缺陷，已经在《科利奥兰纳斯》中的罗马十分清晰且相当瞩目地展现出来。尤其是，城邦很大程度上依赖其战争英雄，因此它很容易被其中一位掌控。但《科利奥兰纳斯》中没有一个罗马人考虑过，剧作中的那些事件可能揭示出了城邦政体的某些缺陷；因此，罗马在根本上并未因这些事件而改变分毫。事实上，我们对剧中罗马的最后一瞥（Ⅴ.iv.49-62）似乎重回到我们最初所见的，护民官终于准备考虑米尼涅斯的建议（Ⅰ.i.73-74），用他们的"膝盖"侍奉诸神，并最终因虔敬——米尼涅斯起初称这是他们缺乏的东西——获得了米尼涅斯的赞赏（Ⅴ.iv.55）。护民官同贵族一道感谢诸神拯救了这个城邦。这些最初引领叛乱、反抗贵族统治的护民官，最后却甘愿接受米尼涅斯最初对罗马政制的声明，即这个城邦有神的支持。最后发生在罗马的场景甚至表明，这城邦有宇宙秩序的支持，城邦的存续与安全植根于包罗万象的自然秩序中。罗马人的信念始于那句城邦中的党派标语"自然教会野兽知道谁是他们的朋友"（Ⅱ.i.6）他们继续发展出了一种信念，即从敌人手中保护这座城邦，正像"太阳是一团火那样准确"（Ⅴ.iv.45），他们忘记了罗马差点毁于火焰的时刻。这就像李尔准备穿越荒原上的景色，但仍旧认为风暴会按照他的命令停歇那样。

# 第二部分
## 《安东尼与克莉奥佩特拉》

[125]最终,那一天会到来,彼时生活会更幸福,剧烈的紧张也会缓解;或许邻人中不再有任何敌人,他们的生活方式,甚至是对生活的享受,都会极其丰富。古老纪律的约束与束缚顷刻间被扯得粉碎:它似乎不再必不可少,不再是生存的条件。……在这些历史的转折点上,我们看到一种壮丽多彩的、多种多样的,如雨林一般的生长与向上的努力,一种以热带的速度生长的竞争,和一种惊人的毁灭与自我毁灭,彼此总是相互混杂并纠缠在一起。由于各种野蛮的利己主义几乎要爆发般地为"太阳和光亮"相互搏斗,他们便无法从过去的道德中获取任何限制、约束或任何需考虑的因素。正是道德自身抑制了那种巨大的力量,以一种带有杀伤力的方式拉满了弓;现在它"过时"了。危险而离奇的节点到来了,此处更伟大的、更多样的、更为全面的生活超过并远远超越旧道德;"个体"出现了,他被迫为自己立法,并为了自我保存、自我提升、自我拯救,发展出自己的技艺与诡计。各种各样的新目的与新手段;没有一定之规;误会与无礼结盟;衰朽、败坏与最高等的欲望可怕地缠绕在一起;……春天与秋天灾难般地一同出现,充满了新的魅力与掩饰。

——尼采,《善与恶的彼岸》,262①

---

　　① 引自 Walter Kaufmann 的译文(New York:Vintage Books,1966),pp.211-212。亦见尼采,《快乐的科学》,23。

# 第四章　帝国的政治

## 一

[127]许多评论家在解读《安东尼与克莉奥佩特拉》时，都认为这部戏剧是处理公共生活与私人生活的对立，认为它包含着抽象的政治与抽象的爱的直接对抗。如果这一观点像它通常设想的那样有效，那么，奥克泰维斯就应该代表所有的政治人，而安东尼与克莉奥佩特拉代表所有爱侣。像这样把故事作半寓意化解释的做法或许适合例如德莱顿的《一切为了爱情》，但并不适合莎士比亚复杂的剧作《安东尼与克莉奥佩特拉》。奥克泰维斯不能代表一般意义上的政治，因为他至多只是众多罗马皇帝的一个原型，并且，剧中的几个人物（包括安东尼）不无批评地把他与罗马共和国造就的统治者相比。对他的评判绝非对政治本身的评判，而至多是对罗马帝国政治的评判。与之相似，安东尼与克莉奥佩特拉并非一般意义上爱侣的典型，他们要求因他们的激情而享有特殊地位。事实上，他们坚持认为，他们在整个世界的眼中是"卓立无匹的"（Ⅰ.i.40），这表明，他们找到了帝国式的爱情，以此回应盛行于他们的时代中的帝国式的政治。

与其简单地研究《安东尼与克莉奥佩特拉》中政治与爱情的对立，不如研究两个主题间的相互联系，这可能更有益，也就是说，研究政治故事与爱情故事相互结合的方式。[128]将《安东尼与克莉奥佩特拉》与关于这一主题的其他戏剧,如德莱顿的戏剧做比较,我们就能看出,莎士比亚煞费苦心地将他的爱情故事放置在一个十分特殊的政治与历史背景中,这一背景给予了爱情特殊的品质与重要性。① 正如特拉维尔西(Derek Traversi)所写:"无论要如何进一步评价安东尼与克莉奥佩特拉的激情,它们都分享并表达了它生长于其中的世界的弱点与败坏。"(Traversi, p. 101)用一种更加诗意而更少道德意味的表达,那就是,早期的罗马帝国为安东尼与克莉奥佩特拉帝国式的爱情这朵奇异之花的成长提供了必要的温床。在评估政治与爱情的优缺点时,安东尼面对着一种特殊的政治形式,这种政治形式鼓励十分特别的爱情类型。显然,如果他生活在《科利奥兰纳斯》中的罗马,那么他所面临的选项就会大为不同。如果我们拒绝考虑这一推测的理由,是在这种情况下安东尼永远没机会遇到一位克莉奥佩特拉,那么这就已经在早期共和制罗马的狭窄视野与罗马帝国中国际化的世界所提供的"无限的多样性"之间,做出了区分。

为了理解为什么安东尼似乎更偏爱爱情生活而非政治生活,人们必须考虑,他的选项自从共和国时代起发生了怎样的变化。在帝国时代,公共生活所得的回报开始看起来空洞无物,然而私人生活似乎为满足提供了新的来源。或许可以用如下方式便利地总结自共和制时代所起的变化:罗马帝国的政制不再鼓励血气,而是鼓励爱欲。或者更准确的表达是,罗马帝国通过取消罗马共和国所珍视的血气,以一种新的力量释放了爱欲。正如我们所见,僵化的帝国

---

① 见 Lord David Ceci, *Poets and Story - Tellers*, (New York: Macmillan, 1949), pp. 8 - 9:在《安东尼与克莉奥佩特拉》中,"私人生活好像是公共生活的结果"。

等级制度限制了有抱负的人进入政治生活。但是,即便在帝国政治中获得胜利的机会可能变少了,如果对成功的奖励相应变得[129]更大,有血气的人可能仍然能受到来自公共生活的同样的诱惑力。从统治的范围、任期的长度、职位的特权和权威的程度来看,对雄心勃勃的人而言,乍看之下,罗马帝国的王座似乎是一个远比罗马共和国所能提供的任何政治职位都更远大的目标。然而,虽然克莉奥佩特拉最终宣称:"做凯撒是一件微不足道的事"(V.ii.2),但《科利奥兰纳斯》中没有任何一个人声称"做执政官是一件微不足道的事",甚至连科利奥兰纳斯也没有说——而他显然有理由这样声明。相反,他只是质疑自己成为罗马最高长官的资质(II.i.203-204),却没有质疑这一官职的本质价值。既然关心荣誉在有血气者心中是最重要的事,那么被授予的官职的价值或许更多地体现在被统治者的质量而非数量上。对一个人来说,公共生活的吸引力显然取决于他如何评估民众的价值。而《安东尼与克莉奥佩特拉》描绘的罗马帝国中,政治荣誉恰恰由于这些提供荣誉之人的天性而变得缺乏意义。似乎每一位重要人物现在都和科利奥兰纳斯一样蔑视罗马的普通人。① 例如,克莉奥佩特拉就以科利奥兰纳斯喜欢使用的语词描绘他们:

> 那些操着百工贱役的奴才们,披着油腻的围裙,拿着木尺斧锤,将要把我们高举起来,让大家都能看见;他们浓重腥臭的呼吸将要包围着我们,使我们不得不咽下他们那股难闻的气

---

① 见 A. P. Riemer, *A Reading of Shakespeare's Antony and Cleopatra*, (Sidney: Sidney University Press, 1968), p. 34; MacCalllum, p. 344; Simmons, p. 43。

息。(V. ii. 209 – 213)

安东尼和奥克泰维斯都确信,罗马人的意见变化无常(Ⅰ. ii. 185 – 189,Ⅰ. iv. 44 – 47),他们必然会怀疑这些"模棱两可的民众"能为人的荣誉提供怎样的基础。

总之,罗马共和国给予的东西,也是罗马帝国拒绝给予的东西,这就是一种被同类人尊重的感觉。罗马皇帝没有对手,他没有受到公民同胞对他价值的自由认可,他感受的[130]只是类似奴隶对他意志的服从。科利奥兰纳斯需要旗鼓相当的对手使他的生活看起来有价值(Ⅰ. i. 228 – 232),而莎士比亚非常重视描写盛行于共和国罗马贵族中的友爱宽厚的竞争精神(Ⅰ. iv. 1 – 7,Ⅰ. vi. 55 – 66)。相反,帝国的政治要求消除对手,正如奥克泰维斯在安东尼之死的挽歌中所表达的透彻理解:

> 今天倘不是我看见你的没落,就得让你看见我的死亡;在这个世界上,我们是无法并立的。(V. i. 37 – 40)

共和国时期的罗马人相互比着抵抗城邦的敌人,并得到官职,以此作为对外征服的回报。由此,内战标志着罗马政治的转折点,因为罗马人开始为了城邦自身的统治权而相互搏斗。在《裘利斯·凯撒》中,马鲁勒斯愤怒的根源在于凯撒是第一个为击败罗马公民同胞而庆祝胜利的人:

> 为什么要庆祝呢?他带了些什么胜利回来?他的战车后面缚着几个纳士称臣的俘囚君长?你们这些木头石块,冥顽不灵的东西!……现在你们却把鲜花散布在踏着庞贝的血迹凯旋的那人的路上吗?(Ⅰ. i. 32 – 35、50 – 51)

自裘利斯·凯撒的时代开始,罗马的历史就成了罗马人与罗马人相互斗争的记录。首先是勃鲁托斯与凯歇斯对抗后三巨头,随后是后三巨头的成员自相残杀。在内斗中,追求光荣的政治事业的可能性在迅速减少,罗马"值得尊敬者"的头衔以惊人的速度耗尽(《裘利斯·凯撒》,Ⅳ. iii. 173 – 180)。凯歇斯愤愤不平地预见到(Ⅰ. ii. 151 – 157),随着裘利斯·凯撒超越并征服他的所有对手,[131]帝国中将会缺乏可以与之竞争的真正的罗马人(Bloom, p. 90)。弥漫在《裘利斯·凯撒》最后一场的氛围——真正的罗马人种在逐渐灭绝(V. iii. 60 – 64、98 – 101, V. v. 68)——昭示了《安东尼与克莉奥佩特拉》的基调。这预示着彰显人之高贵的竞争精神在帝国的政治中已经丧失,在安东尼徒劳地以单打独斗的方式挑战奥克泰维斯时,这一点得到了强调。帝王再也不能获得荣誉,因为别人都在为他而战,正如安东尼说到奥克泰维斯时指出的:

他却只会让人代劳,从来不曾亲临战阵。(Ⅲ. xi. 38 – 40)
也许他的货币、船只、军队,都只属于一个懦夫所有;也许他的臣僚辅佐凯撒,正像辅佐一个无知的孺子一样。(Ⅲ. xiii. 22 – 25)

总之,如果得到荣誉意味着得到自己尊重之人的尊重,那么罗马共和国中的执政官之位,确比罗马帝国中的王位拥有更大的荣耀。

在帝国中,公共服务作为一种职业不仅不再那么吸引人或那么令人满足,而且也不再那么必要。帝国时期的罗马人比共和国时期的罗马人有更大的自由去沉溺于他们的私人利益或食欲。在仔细考虑了共和国试图抑制爱欲的力量所使用的多种方法后,人们不禁为它依赖持续不断的战争而感到震惊:共和国罗马的简朴节欲根本就是军营式的。奥菲狄乌斯的仆役们欢迎与罗马即将到来的新战争,这揭示出战争激发人们的血气,而和平激发人们的爱欲:

> 仆乙:啊,那么我们就可以热闹起来啦!这种和平不过锈了铁,增加了许多裁缝,让那些没事做的人编些歌曲唱唱。
> 
> 仆甲:还是战争好,我说;它胜过和平就像白昼胜过黑夜一样。战争是活泼的、清醒的、热闹的、兴奋的;[132]和平是麻木不仁的、平淡无味的、寂无声息的、昏睡的、没有感觉的。和平所产生的私生子,比战争所杀死的人更多。(Ⅳ. v. 218 – 226)

和平让人有机会放纵他们的欲望,特别是他们的性欲望,但在战争的压力下,他们不得不暂时放下他们的私人利益,并投身于公共的善。通常与爱相连的和平,反常地成为人们彼此憎恨的缘由:

> 仆乙:战争可以说是一个强奸妇女的狂徒,因而和平就无疑是专事培植乌龟的能手了。
> 
> 仆甲:是啊,它使人们彼此仇恨。
> 
> 仆乙:理由是有了和平,人们就不那么需要彼此照顾了。

(Ⅳ. v. 225 – 232)

这些台词暗示了《安东尼与克莉奥佩特拉》中的罗马所发生的事。只要城邦处于持续不断的战争威胁下,共同的善就是显明的,至少其最基本的形式是显明的:罗马人意识到他们彼此需要,即便仅仅出于保全自己的缘故。但一旦战争的威胁解除,私人利益与欲望就有机会得到伸张,联合共同体对抗共同敌人的需求不再阻碍它们。事实上,有人或许会将《安东尼与克莉奥佩特拉》中的罗马没有提及共同善的原因,追溯到罗马人缺乏的共同敌人方面。①

《安东尼与克莉奥佩特拉》中仅有的一处暗中指向共同善的陈述,在这里,共同善与政治需要的意图以及战争的可能性相连。莱必多斯暗示,安东尼与奥克泰维斯必须在庞贝的威胁面前搁置他们的分歧:

> 莱必多斯:现在不是闹私人意气的时候。
> 爱诺巴勃斯:要是别人有意寻事,那就随时都可以闹起来。
> 莱必多斯:可是我们现在有更重大的问题,应该抛弃小小的争执。(Ⅱ.ii.8 – 11)

但莱必多斯的声明暗示,一旦眼前这危机的压力解除,[133]安东尼与奥克泰维斯就可能重提他们的私人恩怨,或许正如爱诺巴勃斯嘲讽地提到的:

> 或者你们可以暂时借来彼此的爱,等到庞贝的名字不再被人提起以后,你们没有别的事情可做,那时候你们不妨旧事重提,去争吵好了。(Ⅱ.ii.103 – 106)

这一评论引起了安东尼的严厉指责,或许是因为它提到了关于罗马现状令人不快的真相,这个真相甚至连小庞贝都理解(Ⅱ.i.42 – 49)。一旦击败了所有敌人,罗马人除了沉浸在他们的私人欲

---

① 剧中对政治原则的唯一吁求(虽然可能很不真诚),就是对罗马共和制原则的吁求(Ⅱ.vi.10 – 19),它有一种古老的特征。共同善的缺乏预示着士兵与强盗之间的区别会消除。茂那斯声称,他们的区别不过是"陆上的强盗"和"海上的强盗"的区别(Ⅱ.vi.83 – 96)。参考 Bradley 对三巨头的评价:"他们并非像亨利五世那样,是其国家的捍卫者……他们的目标……是私人性质的,好像他们是匪徒的头领;他们仅仅听从于个人利益或私人喜好。"("Antony and Cleopatra,"p. 291)。亦参见 MacCllum,p. 345。

望与私人恩怨外,将"没有别的事情可做"。这一思维方式为第三幕第一场增加了新的意义。在这一场中,文提狄斯击败了罗马最后的重要敌人——帕提亚人,因此也消除了可以迫使罗马为共同善联合起来的最后一个严峻的外部威胁。简言之,对一个生活方式与战争事业紧密相关的国家而言,奥克泰维斯似乎充满希望的评价——"全面和平的时候已经不远了"——更像是不详的预警。罗马自身也快速趋近了罗马皇帝的处境,不再有对手与它战斗,不再有沃尔西人或帕提亚人来测试或者证明它的美德。或许罗马的事业已经在凡勒利娅对科利奥兰纳斯之子的刻画中预示出来:

> 不瞒你们说,星期三那天我曾经瞧了他足足半个钟头;他有这么一副坚决的面孔。我见他追赶着一只金翅的蝴蝶,捉到了又把它放走,放走了又去追它;这么奔来奔去,捉了放、放了捉,也不知道是因为跌了一跤呢,还是因为别的缘故,他发起脾气来,咬紧了牙关,把那蝴蝶撕碎了;啊! 瞧他撕的时候那股劲儿!(Ⅰ.iii.58-65)

正如小马歇斯所知的那样,一旦人们毁掉了他的猎物,游戏就结束了。罗马起初一抓到猎物就把它放了,正如《科利奥兰纳斯》中,罗马对待沃尔西人时就显然如此,①但最终,罗马像小马歇斯那样,一劳永逸地征服了它的"玩物",让自己形单影只,[134]没有任何目标地留在这个世界上。② 在除去了它所有的对手后,罗马创造

---

① 在《科利奥兰纳斯》中,罗马似乎有意保留作为敌人的沃尔西人,或许运用对外战争的方式转移国内冲突,就是贵族计谋的一部分。我们注意到,沃尔西人多么肯定,只要"条件讲得足够好",他们的城镇就能"拿回来"(Ⅰ.x.2)。

② 关于战争与"追逐夏日蝴蝶的男孩"之间的对比,见《科利奥兰纳斯》Ⅳ.vi.94。

了这样一种局势,在其中,它可以不再保留它的军事纪律。特别是,对世界的征服让罗马人从最基本也最急迫的生活困境——饥饿——中解放出来。与《科利奥兰纳斯》中的罗马对比明显的是,《安东尼与克莉奥佩特拉》中的罗马从未受到饥荒的威胁。征服了一些值得夸耀的地区例如埃及之后,罗马似乎深信不疑自己的"丰收",而不是"饥馑"(Ⅱ.vii.17-23),宴会成了日常风气——在安东尼的军队中当然如此,在奥克泰维斯的军队中有时也是如此(Ⅳ.i.15-16)。正是罗马在征服世界过程中取得的成功,破坏了让成功可能实现的传统的战争美德。无可匹敌的帝国公民比起小城邦中那些挣扎在生存线上的公民,更有在奢侈中放纵自己的自由。

出于这些原因,《安东尼与克莉奥佩特拉》中的世界是一个所有新的渴望都有可能在罗马人中产生的世界,但这个世界是否能满足它唤起的欲望,这仍然留有疑问。一种不满足与沮丧的情绪渗透在《安东尼与克莉奥佩特拉》中,关于这一点,有人可能会挑选麦克白夫人在剧中的苦涩台词作为箴言:

> 费尽了一切,结果还是一无所得,我们的目的虽然达到,却一点儿不感觉满足。(Ⅲ.ii.4-5)

一个人实现了他渴望已久的目标,却发现它不值得努力,或者发现,他的成就在实现过程中已经变质,这一模式在《安东尼与克莉奥佩特拉》中得到了一再重复。① 在谈及安东尼最终实现的对勃鲁托斯的复仇时,爱诺巴勃斯指出,"他弄混了想要做的事,他恸哭起

---

① Maynard Mack,"Introduction to Antony and Cleopatra," *The Complete Pelican Shakespeare*, p. 1170; Ann Slater, *Notes on Antony and Cleopatra*, (London: Ginn,1971), pp. 22-23.

来"(Ⅲ.ii.58),而奥克泰维斯对安东尼之死的反应引起了阿格立巴的评论:

> 真是不可思议,我们的天性使我们不能不悔恨我们抱着最坚定的决心所进行的行动。(Ⅴ.i.28–30)

[135]当安东尼听到妻子富尔维娅死去时,他这样总结在他所处的世界,人的价值观念是多么令人困惑地易变:

> 一个伟大的灵魂去了!我曾经盼望她死;我们一时间的憎嫌,往往引起过后的追悔;眼前的欢愉冷淡了下来,便会变成悲哀;因为她死了,我才感念她生前的好处;喜怒爱恶,都只在一转手之间。(Ⅰ.ii.122–126)

显然,在一个善总是转变为恶,而恶总是转变为善,以至于人们不能确定其自身价值的世界中,持守任何行动步骤都很难。在这种氛围中,精神上的不安感染了《安东尼与克莉奥佩特拉》中的人物,而在《科利奥兰纳斯》中的人物身上所明显体现出的罗马人强烈的目标感以及不屈不挠的意志,在《安东尼与克莉奥佩特拉》的场景中逐渐消失。整个罗马无所事事,欢迎任何能当作消遣的东西:

> 蠢蠢思乱的人心,只要一旦起了什么剧烈的变化,就会造成不可收拾的混乱。(Ⅰ.iii.53–54)

奥克泰维斯指出,罗马的民众已经到了彻底停滞不前的地步:

> 民众就像漂浮在水上的菖蒲,随着潮流的方向而进退,在盲目的行动之中湮灭腐烂。(Ⅰ.iv.44–47)

或许这一幅腐化的图景,最为准确地捕捉到了罗马在《安东尼与克莉奥佩特拉》的时代所到达的阶段。

精神空虚的危险——"高居于为众人所仰望的地位而毫无作为"(Ⅱ. vii. 14 – 15)——在这部剧中的世界里广为盛行,而作为特例的安东尼则尤为严重。安东尼意识到,他的个人危机是"懒惰"(Ⅰ. ii. 129),正如他的评论:

> 当我们的疾风静止时,我们才能拔除内心的莠草。(Ⅰ. ii. 109 – 110)

[136]安东尼作为士兵的懒惰,既是他持续寻找新乐趣以减轻他生活中潜藏的单调乏味的原因,也是其结果(Ⅰ. i. 46 – 47)。在《裘利斯·凯撒》中,安东尼错失了与他的主公一起被杀的机会,一个他能获得殊荣的机会(Ⅲ. i. 151 – 163),他必须寻找另一个将会"适于死亡"的时刻,这需要他找到另一个值得为之而死的理由。但安东尼的悲剧在于,当他需要填满空虚的灵魂时,他被精神的空虚所包围。为了更充分地理解为什么他很难为自己的忠诚找到合适的对象,人们必须进一步探索,在《安东尼与克莉奥佩特拉》的世界里,古代城邦究竟发生了什么。

## 二

仅仅是确定《安东尼与克莉奥佩特拉》中罗马城的范围都变得困难,因为罗马似乎已经在它所征服的广阔疆域中被吞没了。罗马对帝国的热情让它伸出手拥抱了整个世界,这座在《科利奥兰纳斯》中"界限分明"的城市,变得"像水中的水那样界限模糊",或者,像罗马中的罗马那样界限模糊。因为,到安东尼的时代,这个名称既可指代特定的城市,也可以指代作为整体的帝国这一十分模糊的概念。在《科利奥兰纳斯》中,人们可以轻易辨别出一个独立的罗马城,一个独立的科利奥里城,一个独立的安提奥城,因为在这个世界中,城市有着包围着它们的围墙。但《安东尼与克莉奥佩特拉》中,流动的世界里没有分明的界限,而罗马也不再展现为简单而确切的地理上的一个点。在《科利奥兰纳斯》与《裘利斯·凯撒》中,莎士比亚创造了特有的城市环境,让我们意识到其独特的建筑与古迹,甚至还有城市的实际方位。正如奈特(G. Wilson Knight)指出的,在《科利奥兰纳斯》的语境中,语句"它就在磨坊的南面"(Ⅰ. x. 31)听起来十分自然。① 另一方面,在《安东尼与克莉奥佩特拉》中,我们没有感觉到罗马作为一个独立城市的实际存在。[137]一些"罗马的"场景无疑发生在罗马城的旧边界之内,但没有提及罗马的传统地标,如广场或大帕岩,而其他的场景则分散在整个意大利,例如,港口城市密西嫩(Ⅱ. ii. 160,Ⅱ. iv. 5 - 7)。显然,在《安东尼与克莉奥佩特拉》中,"罗马"的含义比在《科利奥兰纳斯》与《裘利斯·凯撒》中更不确定且更抽象。

显而易见,《安东尼与克莉奥佩特拉》中的罗马城,并非共和国罗马剧中那样的角色。没有民众的场景来展现罗马平民在他们自身的命运中扮演的角色(MacCallum,p. 344)。我们的确听到了一些关于民众仍可能影响帝国政治的讨论(Ⅰ. ii. 185 - 192,Ⅱ. i. 8 - 10),但没人费心直接去取悦他们,他们对庞贝的支持最终并没有什么价

---

① G. Wilson Knight, *The Imperial Theme* (London: Oxford University Press, 1931), p. 156.

值。值得注意的是，贵族与平民两派在《安东尼与克莉奥佩特拉》的情节中没起什么作用。事实上，"贵族"一词甚至没出现在这出剧作中；"平民"一词只出现了一次（Ⅳ.xii.34），这一语境暗示，罗马民众已经成了旁观者而不再是演员。有关帝国制罗马人们能说的一切，就是围绕着几位王位竞争者发展起来的私人的小派别（Ⅰ.iii.46-47）。罗马政党以及像护民官那样的相关官职的缺席，意味着罗马人的政治参与度普遍下降。人们在这出戏剧中听不到有关传统罗马政治制度的任何事——虽然在历史上，许多制度在进入帝国时代之际依旧保留了下来。比如，在阅读莎士比亚的剧作时，人们绝不会知晓元老院仍存在于帝国时期的罗马，因为莎士比亚略过了普鲁塔克作品中所有提及元老院的内容。① 实际上人们能注意到剧作家刻意要将元老院从帝国制罗马删除；诺斯版本的普鲁塔克在一处写道，"奥克泰维斯·凯撒向元老院报告了一切，他时常向全体民众并在罗马的集会上控告[安东尼]"，②莎士比亚[138]将这一行动限定在更模糊的命令下："让全罗马都知道这种事情吧"（Ⅲ.vi.19-20）。正如莎士比亚对这一情形的重塑，一切只是皇帝站在一边，整个罗马站在另一边。所有位于中间的团体，如元老院与民众集会，这些本可以在统治者与被统治者之间搭建桥梁的团体，都消失不见了。

在《安东尼与克莉奥佩特拉》中，帝国政治的主要特点之一，就是统治者与被统治者的遥远距离。即便只是由于罗马帝国的地理疆域，人们也很难从统治他们的当权者那里获得清晰的指令。在帝

---

① 参见，如 *Shakespeare's Plutarch*, p.247. "元老院"一词在剧作中仅出现一次（Ⅱ.iv.9），而且还是误用。

② *Shakespeare's Plutarch*, p.243; Barroll, "Octavius," p.264.

国的遥远边疆,文提狄斯必须试图搞清楚,他的统帅实际上想让他做什么,这阐明了"当我们侍奉的人不在场的时候"的服从问题(Ⅲ.i.15)。他似乎没有得到一套清晰的指示,也不能遵循任何简单明了的客观标准,因为他"本来还可以替安东尼多出一些力,可是那反而会使他恼怒"(Ⅲ.i.25-26)。在通常情况下,下属会得到清晰的指令,正如奥克泰维斯对陶勒斯所下的命令:"遵照这一密令上所规定的计策实行,不可妄动"(Ⅲ.viii.4-5),但文提狄斯处于一个不得不猜测其统帅意图的古怪处境中。茂那斯也有着相似的两难处境。茂那斯向主帅庞贝提议,让自己去为庞贝谋杀三巨头,以让庞贝拥有整个世界,但茂那斯收到了最奇怪的回答:

> 唉,这件事你应该自己去干,不该先来告诉我。我干了这事,人家要说我不顾信义;你去干了,却是为主尽忠。你必须知道,我不能把利益放在荣誉的前面,我的荣誉是比利益更重要的。你应该懊悔让你的舌头说出了你的计谋;要是趁我不知道的时候干了,我以后会觉得你这件事情干得很好,可是现在我必须斥责这样的行为。(Ⅱ.vii.73-80)

茂那斯正在努力做一个下属该做的事——请求主帅给他直接的命令,但他被告知,不会有这样[139]清晰的指示给他。他必须能够相当准确地理解庞贝的心思,而他只有在事后才能知道,他所做的是否正确。这相当于完全没有指示,特别是,庞贝强烈地暗示,茂那斯应该直接去做与他的主帅公然展现的原则相反的事情(Ⅱ.74-75)。服从主人未表达出的命令实际上就是拥有一个遥远的指挥官,即使指挥官此刻就站在你的身边。

但在《安东尼与克莉奥佩特拉》的世界中,最遥远的指挥官是诸神自身。许多评论家认为,在罗马剧中提及诸神的目的,仅仅是给予对话一些异教风情(如 Charney, p. 214)。但经过仔细分析,我们将会发现,《科利奥兰纳斯》中的罗马共和国的宗教信仰,与《安东尼与克莉奥佩特拉》中的罗马帝国的宗教信仰有着显著的差异。这一差异最为清晰地展现在庞贝与海盗茂尼克拉提斯的对话中:

> 庞贝:伟大的天神们假如是公平正直的,他们一定会帮助理直辞正的人。
> 茂尼克拉提斯:尊贵的庞贝,天神会有所延迟,但不会拒绝。
> 庞贝:当我们还在他们神座之前祈求的时候,也许我们的希望已经毁灭了。(II. i. 1 – 8)

在考虑人类正义是否拥有任何神意的支持时,庞贝将自己相对于神的关系,与随后茂那斯相对于他的关系,放置在相同的位置上。也就是说,庞贝并不是在谈论服从诸神关于正义所传达的命令;相反,他似乎在说,一个人应该着手做他认为正义的事情,然后看看诸神是否会支持他。在他公然挑起对三巨头的战争时,[140]这一过程无疑已在他脑中了。换言之,诉诸神就是诉诸武力,这一理解仍与罗马共和国的信仰相协调:

> 考密涅斯:罗马的神明啊! 愿你们护佑他们获得胜利,正像我们自己希望自己获得胜利一样;当我们含笑相遇的时候,我们一定会向你们呈现感谢的祭礼。(《科利奥兰纳斯》,I. vi. 6 – 9)

然而，罗马共和国的执政官考密涅斯则认为诸神理应给出直接且几乎是即时的答案，因为战斗的结果就会显示神明支持哪一方。但茂尼克拉提斯可不认为神的指示能那么轻易地获得，他声称，诸神可能会"延迟"他们的判决，因此，庞贝并不能从诸神当前有没有支持他的事业中分辨出，诸神从长远来看不是真的偏爱他。庞贝的反驳因而是可以理解的：当他在等待来自天上的圣言时，他或许会失去他原先正在争取的东西。

此时，茂尼克拉提斯的一番话让神的指示显得距离人更加遥远，遥远到人不得不怀疑，从人的立场来看，诸神是否为人类正义提供了任何有效的支持。他告诉庞贝，他不能凭借自身的标准判断什么是好什么是坏，因为神的价值观念可能与人类的不符。也就是说，虽然庞贝或许认为诸神伤害了他，并在展现他们的不满，但实际上，诸神可能在对他施以恩惠，并在展现他们的偏爱。共和国中的罗马人对诸神有着简单的甚至有些粗糙的态度：你投身战斗，如果你胜利，诸神就支持你；如果你失败，他们就不支持你。庞贝第一次十分微妙地展现出了更复杂的情景：即便你战败了，诸神可能仍然会在往后的日子里展现他们的支持。但在茂尼克拉提斯最终描绘的图景中，神给予指导的方式模糊得几乎超出了认知水平：你投身战斗，如果你赢了，诸神可能为你准备了隐藏的灾难（胜利可能就是灾难）；如果你输了，[141]诸神可能为你准备好了隐秘的安慰（失败或许在一定程度上对你有利）。对共和国中的罗马人而言，诸神有效地证实了人们对好与坏的判断。在罗马帝国，正如茂尼克拉提斯描绘的场景，诸神声称，他们比人自身更懂得人类的利益是什么，其结果是，诸神将这些判断置于含混中。

以这种方式思考的并非茂尼克拉提斯一人。爱诺巴勃斯告诉安东尼,他必须因诸神带走他的妻子而向诸神举行"感谢的献祭"(Ⅰ.ii.161);克莉奥佩特拉暗示,人在天神似乎偏爱他时必须要谨慎,因为诸神可能突然对他发怒:

> 我听见他在嘲笑凯撒的幸运,这是诸神在愤怒之后给予人们原谅他们的借口。(Ⅴ.ii.285–287)

不得不怀疑神的行为意味着什么,这已经够糟糕了,但安东尼以一种全剧作中关于神最令人不安的观点声称,诸神让人无法判断他们的意图:

> 可是,不幸啊!当我们沉溺在我们的罪恶中的时候,聪明的天神就封住了我们的眼睛,把我们明白的理智丢弃在我们自己的污泥里,使我们崇拜自己的错误,看着我们一步步陷入迷途而暗笑。(Ⅲ.xiii.111–115)

显然,对诸神持有这种看法的人,很难对自己选择的任何行动路线保有信心。不像《科利奥兰纳斯》中支撑着罗马人的使命感的诸神那样,《安东尼与克莉奥佩特拉》中的诸神破坏了这种使命感。但这种理解或许混淆了因与果。共和国对诸神的信心表达了城邦对自身的信心,米尼涅斯的确信概括起来就是,罗马的行为"记录在天神乔武的册籍里"(Ⅲ.i.290–291)。出于同样的原因,《安东尼与克莉奥佩特拉》中的罗马人失去了[142]知晓诸神意愿的信心,这是因为他们失去了对自身的信心。

通过探寻超自然现象逐渐入侵到莎士比亚笔下的罗马的轨迹,人们可以研究罗马公民宗教的衰落。评论家极少重视《科利奥兰纳斯》中超自然的缺席,①这或许是因为,他们看不到莎士比亚有任何理由要将超自然元素纳入他的剧作。但普鲁塔克的"科利奥兰纳斯的生平"包含了几个超自然的事件,乍看之下,它们像《裘利斯·凯撒》与《安东尼与克莉奥佩特拉》中的超自然事件一样,值得纳入一部剧作。科利奥兰纳斯参与的第一场战斗以双子星座的神秘出现为标志,但莎士比亚笔下的考密涅斯在详述这一事件时没有提到它(Ⅱ.ii. 87-98)。在科利奥兰纳斯遭到放逐后,罗马"流传着某些景象与奇观"。在普鲁塔克的叙述中,一名叫做提图斯·拉蒂努斯的人接受了朱庇特转达给元老院的指示。尤为重要的是,让伏伦妮娅与维吉利娅请求科利奥兰纳斯的主意,像来自"天上的神明"的"灵感"那样,出现在凡勒利娅的头脑中。② 最后,当夫人们回到罗马时,神庙中的一座雕像对她们说话了,这一事件促使普鲁塔克针对超自然言语的情况展开了长篇大论。既然所有的超自然事件与莎士比亚其他的剧作中的事件都相似,似乎莎士比亚很可能故意将超自然现象排除在《科利奥兰纳斯》之外,这或许是为了保持他笔下共和国罗马形象的一致性。如果在危急时刻,罗马被迫依赖官方公民宗教职能之外的神启,如预兆,那么这城邦就不再独立且自足。普鲁塔克笔下众多的超自然事件表明,个人可以亲自接触到神圣权威,而无需城邦作为中介。但正如我们所见,在《科利奥兰纳斯》

---

① A. C. Bradley, "Coriolanus" (British Academy Shakespeare Lecture, 1912), reprinted in *Studies in Shakespeare*, ed. By Peter Alexander (London: Oxford University Press, 1964), pp. 220-221, Battenhouse, pp. 330-331, and Jay Halio, "Coriolanus: Shakespeare's Drama of Reconciliation", *Shakespeare Studies*, Ⅵ (1970), 299.

② *Shakespeare's Plutarch*, pp. 299, 339, 351.

中,莎士比亚[143]将诸神置于贵族牢固的政治控制之下,将它作为城邦试图塑造公民整全视野的一部分。城邦必须隔绝超自然的启示,以确保罗马的屋顶完整。

但在《裘利斯·凯撒》中,罗马的屋顶开始坍塌。确定无疑的是,此剧中仍有几个巧妙的、关于年长的罗马人为政治目的操纵宗教的例子。① 凯撒能够将预言者带来的消息作出适合自己目的的解释,将一个显而易见的凶兆,转变为对他将要去往元老院的确认(Ⅱ. ii. 37-48)。然而,作出这一灵活解释的功劳必须归于狄歇斯·勃鲁托斯,他采用了凯尔弗妮娅关于凯撒雕像喷出鲜血的恐怖梦境,冷静地解释了它的隐藏意义,将其展现为"一个大吉大利之兆"(Ⅱ. ii. 76-91)。但恐怖的景象逼近了《裘利斯·凯撒》中的罗马(Ⅰ. iii. 3-32,Ⅱ. ii. 14-26),并带来一种甚至最理智的罗马人都会丧失他们牢固的宗教信仰的力量。凯歇斯觉察到了凯撒决心的动摇:

> 可是凯撒今天会不会出来,还是一个问题;因为他近来变得很迷信,完全改变了从前对怪异梦兆这类事情的见解。这种明显的预兆、这晚上空前恐怖的天象以及他的卜者的劝告,也许会阻止他今天到圣殿去。(Ⅱ. i. 193-201)

虽然在狄歇斯的帮助下,凯撒确实决定去往元老院,但他在决定过程中的踌躇表明,随着宗教信仰的改变,他不再像曾经那样相信自己。最剧烈的转变发生在凯歇斯身上:

---

① 有关这一主题,参见马基雅维利,《论李维〈罗马史〉》,Ⅰ. xiv。

> 你知道我一向很信仰伊壁鸠鲁的见解;现在我的思想却改变了,有些相信起预兆来了。[144]我们从萨狄斯开拔前来的时候,有两头猛鹰从空中飞下,栖在我们从前那个旗手的肩上;它们常常啄食我们士兵手里的食物,一路上跟我们作伴,直到腓利比这儿。今天早晨它们却飞去不见了,代替它们的,只有一群乌鸦,在我们的头顶盘旋,好像把我们当作垂死的猎物一般;它们的黑影像是一顶不祥的华盖,掩盖着我们末日在迩的军队。(V.i.76 – 88)

凯歇斯理论上的转变很快带来了实践上的重要的结果,因为他的宿命论让他确信,自己的幸运已经转向,同时他的迷信思想让他相信,他的生日就是葬身之日(V.iii.23 – 25),这让他过早地放弃了战斗并自杀。甚至当信奉怀疑主义的凯歇斯都开始屈服于神秘的暗示时,超自然现象明显已经在迄今为止属于此岸世界的罗马城中,获得了立足点。

如果没有其他的含义,《裘利斯·凯撒》中预言者以模糊不清的面貌出现,表明一个新的维度已经进入罗马人的生活,它超出了这城邦日常的政治控制范围。到了《安东尼与克莉奥佩特拉》的时代,预言者似乎已经成为普通的家中常见之人,他们声称自己能够解释"自然无尽的秘籍"(I.ii.10),这给予他们掌控他人的新的权力。与裘利斯·凯撒不同,安东尼让自己接受了预言者让他离开罗马的警告,这位预言者利用了安东尼对自己运气的迷信(II.iii.)。城邦不再像《科利奥兰纳斯》中那样是个人与诸神之间的中介了。在《安东尼与克莉奥佩特拉》中,城邦诸神的重要性似乎极大地减弱了,剧中人物转向新的源头去寻找神性权威。罗马剧中唯一一次提到个人的神,是预言者告诉安东尼,他必须接受他自己的"精灵"(daimonion)的指引(Ⅱ.iii. 20 – 31)。在危机时刻,罗马人凯勒斯感到,他不能再呼唤城邦中唯一的神了,他必须吁求"所有的男神女神,[145]他们所有的全体集会啊!"(Ⅲ.x. 4 – 5)。或许需要一位宇宙神与《安东尼与克莉奥佩特拉》世界中的宇宙帝王相符合。克莉奥佩特拉关于安东尼的梦,可以理解为尝试去创造这样一位宇宙神的神话:

> 他的脸就像青天一样,上面有两轮循环运转的日月,照耀着这个小小的圆球。他的两足横跨海洋;他高举的胳膊罩临大地。(V. ii. 79 – 83)

在克莉奥佩特拉眼中,安东尼在广度与高度上不仅超越了城邦诸神,而且超越了宇宙诸神。但如果道拉培拉可作为例证,那么罗马人就还未准备好信仰这样一位神(V. ii. 94)。《安东尼与克莉奥佩特拉》中最引人瞩目的超自然事件不是神的登场,而是神的离去,这暗示,无论什么将取代神传统的罗马宗教,宗教都正在走向终结。"安东尼所崇拜的赫拉克勒斯神,现在离开他了"(Ⅳ. iii. 16 – 17),这一怪诞可怕的景象似乎不仅具有个人的意义,也朦胧地暗示了异教诸神离开的主题,正像我们所熟悉的弥尔顿的《圣诞颂歌》那样。在另一出具有象征意义的场景中,莎士比亚展现了古典的古代世界醉醺醺且天旋地转,用歌曲召唤东方神秘宗教的神(Ⅱ. vii. 113 – 118)。①或许莎士比亚意识到,当罗马转向类似巴克科斯那样的外邦神祇时,

---

① 有关这首歌的详细介绍,见 Peter J. Seng, "Shakespeare's Hymn – Parody?" *Renaissance News*, XVIII (1965), 4 – 6。

就是城邦衰落的象征,以及古典世界最终消融这一过程的开始。①

## 三

在一个罗马人已经失去旧有政治方向的世界,《安东尼与克莉奥佩特拉》中的罗马人象征性地处于海上,这个隐喻由剧作强调与陆上战斗相对的海上战斗而形成。人们对爱国主义最明确的呼唤是人们在保卫自己的土地之时,但在《安东尼与克莉奥佩特拉》里,在国家之间的帝国战争中,[146]士兵从未得到真正的立足之处。模糊而广阔的海洋无法像一小块确定的陆地那样,唤起安东尼手下

---

① 或许在这一语境中,我们可以解释《安东尼与克莉奥佩特拉》中那些令人费解的圣经典故。最瞩目的是那些似乎引自《启示录》中的部分,它集中在安东尼自杀的时刻(比较Ⅳ. xiv. 106 - 108,与《启示录》,viii:10, x:6, viii:13及 ix:6,这些以及另外一些对比第一次由 Ethel Seaton(他借助《日内瓦圣经》)指出,见"Antony and Cleopatra and the Book of Revelation," *Review of English Studies*, XXII[1946],219 - 224. 亦见 Battenhouse, pp. 176 - 181)。同样引人联想的是剧作中提及犹太人的希律王的次数(Ⅰ. ii. 28 - 29,Ⅲ. iii. 3 - 4,Ⅲ. vi. 73,Ⅳ. vi. 12),或许这是试图将罗马的事件并入圣经的编年时间线,特别是自从希律王的名字出现在与"三王"以及一个奇迹般的诞生相联系的对话中(Ⅰ. ii. 26 - 30)。参见 Battenhouse, p. 173 与 William Blisset, "Dramatic Irony in Antony and Cleopatra," *Shakespeare Quarterly*, XVIII (1967), 164 - 165。最后,通过提及《圣经》中的"巴珊的山丘"(Ⅲ. xiii. 127),安东尼实际上将自己比作《诗篇》22 中吼叫的公牛,而《诗篇》的开场词确实传达出安东尼在此场景中感受到的某种情绪。参见 J. A. Bryant, Jr., *Hippolyta's View* (University of Kentucky Press, 1961), pp. 179 -180。人们可以继续发掘《安东尼与克莉奥佩特拉》中的圣经典故,但这些已足以表明莎士比亚或许试图提醒我们,他所呈现的罗马剧在所处的几乎同时期正在发生什么,戏剧中的另一个时空将很快使得罗马历史的重要性黯然失色,或至少将其转向一个新方向。关于这一总体的主题,参见 Simmons, 特别是 pp. 7 - 14。

相同的战斗热情：

> 啊，皇上！不要在海上作战；不要相信那些朽烂的木板；难道您怀疑这一柄宝剑的威力，和我这满身的伤疤吗？让那些埃及人和腓尼基人去跳水吧；我们是惯于立足地上、凭着膂力博取胜利的。(Ⅲ. vii. 61 - 66)

爱诺巴勃斯的例子展现了，罗马政制的改变如何让士兵们失去引导，破坏了他们的军事美德，并造成了他们与上级关系的新困惑。爱诺巴勃斯无疑是一位有血气的人（例如Ⅱ. ii. 4 - 8），但他的处境让他很难——尽管也并非完全不可能——成为一位有公共精神的人。他的勇气与忠诚让他本来可以在共和国中的军队里寻到一个光荣的位置。但在《安东尼与克莉奥佩特拉》的世界中，他无法让自己依附于在本质上不是私人性质的任何目标，而安东尼无法像城邦那样确保爱诺巴勃斯的忠诚。然而，城邦可能会因战败而责罚作为个人的将军们或士兵们，但安东尼必须担负起自己事业的命运。在某种程度上，安东尼过分疏于监管部下，因此他没能确保他们无需质疑的忠诚。爱诺巴勃斯认为，他的主帅在阿克兴之战中的行为是可耻的（Ⅲ. xiii. 10），由此他耻于跟随安东尼。爱诺巴勃斯在亲眼看到安东尼应对失败的尝试后，认定他的主帅失去了理智，并得出结论，继续为他效忠就是发疯（Ⅲ. xiii. 194 - 200）。简言之，虽然爱诺巴勃斯不怕死，但他只想为那些他认为值得的东西去死。他被迫质疑，为一个傻瓜或小丑的目标去死是否明智或勇敢，因而，他[147]对安东尼的怀疑耗尽了他作为士兵的决心。爱诺巴勃斯的私利逐渐显现出来，而用以平衡这私利的、对安东尼的奉献正在逐渐减弱。当一个士兵在考虑去冒生命危险时，显然公共利益比仅仅是另一个人的私利更能成为他自身私利的有效平衡。

但爱诺巴勃斯无法在离开其主帅之后独自存活。安东尼的事业或许因不够高贵而不能满足他，但他找不到任何新的或更高贵的事业，以证明背叛行为内在的卑鄙具有正当性。在共和国时期，一个士兵可以对其指挥官不忠，但只要他相信，这种行为与他对罗马的更高忠诚相符，那么他的行为就不会被视作变节。毕竟，这就是勃鲁托斯自我申辩的原则："并不是我不爱凯撒，只是我更爱罗马"（Ⅲ. ii. 21 – 22）。但爱诺巴勃斯没有这种更高的忠诚，他只能让自己的私利与安东尼的私利互相抗衡。在一个显著具有洞察力的台词中，他这样总结自己的两难境地：

> 我的良心开始跟我自己发生冲突了。我们的忠诚不过是愚蠢，因为只有愚人才会尽忠到底；可是谁要是死心塌地追随一个失势的主人，那么他的主人虽然被他的环境征服了，他却能够征服那种环境而不为所屈，这样的人是应该永远在历史上占据一个地位的。（Ⅲ. xiii. 41 – 46）

爱诺巴勃斯无法接受忠诚本身就是一种美德的观点，即人只需要忠于某人，无论这个人可能多么不值得效忠。但是他生活在这样的世界，在这个世界，对主人的忠诚正在快速成为唯一得到承认的美德。当爱诺巴勃斯投奔奥克泰维斯的阵营时，他终于深刻地认识到这一真相。在那里，他发现自己得到的只有鄙弃，与一个永恒的"背弃主人者与逃犯"的标签（Ⅳ. vi. 10 – 17，Ⅳ. ix. 21 – 22）。爱诺巴勃斯死了，因为他已经没有任何值得为之生活的东西了，他在生命的最后时刻被这一念头折磨——安东尼对他的仆从要比爱诺巴勃斯对他的主人更为忠诚[148]（Ⅳ. vi. 29 – 38，Ⅳ.

ix. 18 – 19)。爱诺巴勃斯死亡的整个场景——在月亮这位"无上尊严的忧郁的女神"(Ⅳ. ix. 12)的照耀下——有一种为他的所爱之人而死的氛围,爱诺巴勃斯甚至念着安东尼的名字死去(Ⅳ. ix. 23)。

爱诺巴勃斯的故事揭示了,在帝国政制下主人对仆从施加的影响力超出了所有理性的考量。然而,如果说仆从因为没有什么其他可以效忠的对象,因而深切地需要主人,那么主人们会发现,他们也深切地需要仆从。安东尼特别需要他人对他的信赖感,[①]他的许多行为具有激发并维系其追随者的作用。这一考量有助于解释他性格中最令其罗马朋友们迷惑的特点,以及他主动招致灾难甚至追求失败的方式。如果共同的善在士兵的头脑中至高无上,那么胜利就是他最高的目标。但如果忠诚成为人的首要价值,那么就可能出现他喜爱失败胜过胜利的情形。对下属而言,失败或许能减轻指挥者对他的下属"迅速累积起的名望"产生的怀疑(Ⅲ. i. 19)。这种想法对理解文提狄斯最令人困惑不解的声明十分必要:

> 那雄心壮志是士兵的美德,它宁愿选择失败,也不愿得到使其黯然失色的胜利。(Ⅲ. i. 22 – 24)

文提狄斯开始只是拒绝追求进一步的胜利,但接下来,他确实提出了寻求失败的可能性。没有什么比这个听起来更"非罗马人"了,但在此处提及罗马人时,我们会想到罗马共和国,怀疑譬如科利奥兰

---

[①] See J. Leeds Barroll, "Shakespeare and the Art of Character: A Study of Anthony," *Shakespeare Studies*, Ⅴ (1969), 196 – 197.

纳斯是否可能在战斗中被迫"选择失败"。科利奥兰纳斯凭借他是不可战胜的这一信念,激发了士兵们的尚武精神(Ⅳ. vi. 90 – 95, Ⅴ. ii. 110 – 111),因此,哪怕仅仅一次失败[149]或他身上表露出的任何软弱迹象,都可能危及他对军队的指挥。然而,在罗马帝国,文提狄斯关于战败的想法不再是"非罗马人"的,相反,它们值得称赞(Ⅲ. i. 27 – 29)。茂尼克拉提斯甚至在宗教层面对这些想法给予认可——他与庞贝谈论诸神时,提出了失败或许是胜利这一观念:"我们虽所愿不遂,但实受其利"(Ⅱ. i. 7 – 8)。

胜利在某种意义上是失败的这一观念,以及失败在某种意义上是胜利的这一观念,已经在《裘利斯·凯撒》中出现:

> 勃鲁托斯:我今天虽然战败了,可是将要享有比奥克泰维斯和玛克·安东尼在这次卑鄙的胜利中所得到的更大的光荣。(Ⅴ. v. 36 – 38)

在《安东尼与克莉奥佩特拉》中,"卑鄙的胜利"这一观念,以及人凭借失败可以比胜利获得更多荣耀这一观念,变得越来越重要。这种变化与罗马帝国中私人纽带的全新的重要地位息息相关,因为一个人可以以一种使人们减少对他的爱的方式赢得战斗,同样也可以用让人们增加对他的爱的方式输掉战斗。例如,庞贝明白,奥克泰维斯的胜利减少了人们对他的事业的个人情感依赖:"凯撒在得到了钱的地方失去了人心。"(Ⅱ. i. 13 – 14)而奥克泰维斯意识到,出于某种理由,"失势的人"在赢得追随者方面拥有优势(Ⅰ. iv. 41 – 44)。作为试图赢得追随者由衷的奉献而非谨慎的忠诚的统治者,奥克泰维斯遭遇了惨败,因为他始终忽视其中的情感因素,即便考虑到这些情感因素,也因其冷酷的行事风格难以实现所想望的情感功效。① 正如庞贝的暗示,正是奥克泰维斯的成功切断了追随者对他的忠爱。相反,这个让人缺乏追随理由的安东尼,却更能激发人们对他的忠爱,因为他能与他的追随者建立温暖的个人纽带,[150]这种纽带对追随者而言,比传统意义上"单纯的"胜利更有意义。奇怪的是,当奥克泰维斯祈望安东尼那样的力量时,他想到的不是我们可能会认为的,安东尼的一次伟大的胜利,而是一次伟大的失败:"当你曾经在摩地那被逐出逃时"(Ⅰ.iv. 56 – 57)。但或许,奥克泰维斯知道他在做什么,因为安东尼在政治上最瞩目的成就,是他有能力在失败中(in),而非从失败中(from)获得成功。

安东尼在失败中的行动,一方面激发了爱诺巴勃斯对他的不忠,但另一方面成功地增加了追随者的忠心。他愿意自己承担失败的责任,特别是,他还愿意赞扬那些在逆境中仍忠于他的人,这就使他受到的批评变得于他完全无害。安东尼对其追随者的影响力,基本上清晰地体现在他与奥克泰维斯决战前,和下属一起吃晚饭的场景中:

> 安东尼:我希望我自己能够化身为像你们这么多的人,你们大家合成了一个安东尼,这样我就可以为你们尽力服务,正像你们现在为我尽力一样。
>
> 众仆:那我们怎么敢当!
>
> 安东尼:好,我的好朋友们,今天晚上你们还是来侍候我,不要少给我酒,仍旧像从前那样看待我,就像我的帝国也还跟

---

① 奥克泰维斯统治的这一缺陷明显地体现在他对待庞贝的方式上,但这一点更清晰地体现在奥克泰维斯无力对付克莉奥佩特拉之时。克莉奥佩特拉轻易地看穿了他的计谋并挫败了他的目的,这部分是由于道拉培拉对奥克泰维斯的不忠。见 Barroll,"Octavius", pp. 273 – 283。

你们一样服从我的命令一般。(Ⅳ.ii.16-23)

不可思议的是,安东尼在仆从面前的谦卑却成了令他"濒死的荣誉""重生"(Ⅳ.ii.6-7)的方法。克莉奥佩特拉被他的行为弄得稀里糊涂,她问:"他是什么意思?"但爱诺巴勃斯清楚地看到了安东尼的目的:"他要让他的仆人们流泪。"(23-24)①安东尼作为指挥官的软弱,一方面让人看到了他作为人的限度,另一方面也是安东尼强大的力量,这甚至让敌人怜悯他(Ⅰ.iv.71,V.i.26-30、40-48,V.ii.360-363),并在他的追随者心中[151]建立了与他的深刻连接,因为追随者感到安东尼需要他们:

> 今夜你们来侍候我;也许这是你们最后一次为我服役了;也许你们从此不再看见我了;也许你们所看见的,只是我的血肉模糊的影子;也许明天你们便要服侍一个新的主人。我瞧着你们,就像自己将要和你们永别一般。我的忠实的朋友们,我不是要抛弃你们,你们尽心竭力地跟随了我一辈子,我到死也不会把你们丢弃的。今晚你们再侍候我两小时,我不再有别的要求了;愿神明保佑你们!(Ⅳ.ii.24-33)

指挥官在战斗前夜说出这样的话,是很奇怪的。这至少是一种失败主义者的腔调。而爱诺巴勃斯确实担心,安东尼会让他的士兵

---

① 安东尼唤起他人眼泪并能引起他人怜悯的能力已经在《裘利斯·凯撒》中明显地体现出来(Ⅲ.ii.169-170、193-196)。见 *Shakespeare's Plutarch*, p.193,pp.230-232。有关第四幕第二场的解释,见 Battenhouse, p.173;Arnold Stein,"The Image of Antony:Lyric and Tragic Imagination", *Kenyon Review*, XXI (1959),594。

胆怯(33-36)。与一切军事上的考虑相反,安东尼让自己沉湎于病态的思想中。可以给予他安慰的是,他相信,即便战败身死,追随者对他的忠心仍会存续。安东尼考虑过,追随者可能会背叛对他的忠诚,但在这样一场演说之后,他确信,他们不会心安理得地背叛他(正像爱诺巴勃斯的命运即将展现的那样)。

在第四幕第二场结尾,安东尼确保了自己不会受到通常适用于军事指挥官的标准的评判。即便安东尼失败了,他的士兵也无法责怪他;相反,如果他们在安东尼失败时没有支持他,他们会有负罪感。安东尼以某种方式将自己置于适用于人类美德的通常标准之上(Ⅰ.iv.10-15),所以,他的任何行为——无论多么卑劣——都无法完全毁灭他给其追随者留下的高贵印象,而仅仅回忆起他过去的伟大,就足以保证追随者对他的忠诚。安东尼忍受道德责难的能力基于罗马帝国已经改变了的伦理环境。随着主人与仆从的关系代替了城邦与公民的关系,罗马帝国政制全新地强调了作为一种美德的忠诚,[152]并由此产生了对新的评价人的标准的需要。现在,对忠诚的高度重视使得了解人的内心变得必要。共和国罗马直接以人的行为,以人为城邦做了什么评判人。例如,科利奥兰纳斯就愿与他的行为共沉浮(Ⅰ.ix.15-19,Ⅱ.ii.127-128),并感到,找理由或借助情有可原的因素为自己辩护,这是对自身的贬低。相反,安东尼请求凭他的意图而非他的行为评判他,并坚持认为,从他的行为中,人们并非总能清楚地看到他的意图。可以看到,这种新的标准——借此,安东尼可以在会给他人带来羞辱的情形下保全他的荣誉——在第二幕第二场,在安东尼与奥克泰维斯的争吵中发挥了作用。奥克泰维斯控告安东尼背弃了他们的协议,并援引了几个行为以支持他的指控,例如,安东尼的妻子与兄弟挑起了针对他的战争,安东尼藐视了他的信使,以及在奥克泰维斯提出请求时,安东尼没有提供"军队与援助"(Ⅱ.ii.42-44、72-74、88-89)。安东尼没有反驳奥克泰维斯所说的事实——他似乎认为无需否认他的行为,相反,他声称奥克泰维斯只是曲解了他的行为(46-56)。安东尼为了让自己免除奥克泰维斯对他违背协议的控告,愿意将许多错误归咎于自己。人们很吃惊地听到,一位政治领袖轻易地承认了这些错误,如无法控制自己(75-77),无法控制他的盟友(50、67-71),甚至对其盟友的行为无知无觉(96),并显然对自己在做什么无知无觉(89-91)。不忠,是安东尼不会让自己接受的唯一控告:

> 凯撒:你已经破坏盟约,而你永远不能以此来指责我。
>
> 莱必多斯:得啦,凯撒!
>
> [153]安东尼:不,莱必多斯,让他说吧;这是有关我的荣誉的事,果然如他所说,我就是一个不讲信义的人了。(Ⅱ.ii.81-86)

显然,安东尼宁愿让别人对他怀有任何看法,也不愿让别人认为他对自己的誓言不忠。他确信遵守誓言是一种神圣的荣誉,而他也愿意"扮演忏悔者"以维护这种神圣性(Ⅱ.ii.92)。这表明,在《安东尼与克莉奥佩特拉》的世界中,忠诚的价值变得多么重要。只要安东尼声称,自己的荣誉与自己的行为分离,他就只需凭自己的能力让人们相信他思想的高贵,便可以此为基础保有他的名声。①

在第二幕第二场中,安东尼与奥克泰维斯相互争论时的小心

---

① 安东尼在奥克泰维斯面前为自己的辩护的原则,由克莉奥佩特拉在另一个语境中说出"心有余而力不足,那一片好意,总是值得嘉许"(Ⅱ.v.8-9)。(当科利奥兰纳斯赞赏"好意"时,他仍然坚持其"有效"[Ⅰ.ix.18-19]。)行为和意图的差异观念在第一幕第五场行15-18由阉人玛狄恩恰当地引入。

翼翼,他们相互试探对方反应、彼此试图把握对方意图的谨慎方式(40 – 42),都表明了罗马帝国外交所需的微妙。城邦——两位领袖效忠的焦点——的缺席,为他们的政治计算带来了新的不确定与不稳固的因素。因为缺乏共同的效忠对象,他们被迫依赖对彼此的直接忠诚,而正如他们的争吵所揭示的,这种忠诚缺乏一个十分牢固的基础。安东尼告诉奥克泰维斯,不能凭借他的行为来理解他;那么,奥克泰维斯或许会问,如何确保他同伴的忠诚呢?安东尼希望以其意图而非行为评判他,其实只是希望以一种不同的行为评判他,我们会称之为善意的行为。阿格立巴提出,让安东尼与奥克泰维娅结婚,以建立起两位领袖间的私人纽带(Ⅱ. ii. 124 – 127)。这一提议事实上成了安东尼与奥克泰维斯之间的忠诚测验,一种爱的测验。在描述婚姻会如何终结那影响着安东尼与奥克泰维斯关系的疑心时,阿格立巴谈起两人来就好像他们是[154]情人,好像他们会结婚,这样"解不开的结"就能终结他们的怀疑:

> 缔结了这一段姻缘以后,一切现在看起来十分重大的微小猜忌,一切对于目前的危机所感到的严重的恐惧,都可以一扫而空;现在你们把半真半假的传闻看得那样认真,到了那时候,真正的事实也都可以一笑置之了;她对于你们两人的爱,一定可以促进你们两人间的情谊。(Ⅱ. ii. 130 – 136)

此时,《安东尼与克莉奥佩特拉》对政治问题的考虑,与对私人生活问题的考虑结合在了一起。因为阿格立巴谈及的"微小的猜忌"与"严重的恐惧"、代替"事实"的"半真半假的传闻",这些言辞至少像塑造了安东尼与奥克泰维斯的政治关系那样,塑造了安东尼与克莉奥佩特拉的爱情关系。忠诚的问题位于帝国政治的核心,也同样位于《安东尼与克莉奥佩特拉》中爱情故事的核心,并为剧作中的公共与私人生活提供了最相近的联系。安东尼与克莉奥佩特拉像任何与政治相关的人物那样,需要同样多的对彼此忠诚的测验——爱的测验。①《安东尼与克莉奥佩特拉》的主旨是,一个忠诚的旧形式让位于新形式的世界,需要爱的测验。克莉奥佩特拉在剧作中的第一句台词表明了这一点:"如果那真的是爱,告诉我有多么深。"(Ⅰ.i.14)

---

① 安东尼测试其军队忠诚度的方式与他测试克莉奥佩特拉的方式相同——为背叛铺好道路,并使得与奥克泰维斯达成一致的前景颇具吸引力。比较第三幕第十三场行17–19与第三幕第十一场行4–6。

# 第五章　爱欲的释放

## 一

[155]我们已经看到,安东尼的悲剧植根于特殊的政治与历史环境中。他并非只是一个受到埃及女巫的魅力引诱从而远离了军事征服——这个标准的罗马人事业——的人。如果不是克莉奥佩特拉,安东尼就会是一个旧式的罗马战士,这个在开场由菲罗表达出的观点,只有这些人会认同——他们假定,罗马帝国的生活方式显然非常值得选择,以至于任何对这种生活方式的偏离都必须解释为超自然力量的干预。但安东尼并未这样盲目地依附于罗马的事业,并且,他比同时代的大部分人都更清楚地看到,罗马帝国公共生活中值得怀疑的方面。正如我们所见,如果征服变得"卑鄙",如果军事上的胜利不再能确立人的荣誉,相反还可能失去追随者的忠心,简言之,如果成功不再拥有它曾在罗马拥有的价值,那么安东尼作为士兵的半心半意的行为就有了一定的逻辑。这或许是一种特殊的逻辑,但可能比专注于科利奥兰纳斯那样的胜利要更适宜他的世界,而非专注于胜利的科利奥兰纳斯的世界。从我们对安东尼的了解来看,我们或许会猜测,即便他从未与克莉奥佩特拉相遇,他也会发觉自己很难一心一意地在罗马追求军事与政治的成功。或许,正是因为安东尼在帝国的政治中无法得到满足,他才极易受到

[156] 克莉奥佩特拉的影响。无论如何,在寻找合适的效忠对象的过程中,安东尼最终选择了克莉奥佩特拉作为他可以为之战斗的最高贵的事业。矛盾的是,如果我们了解到,安东尼将追随者的持久忠诚看得比一时的军事胜利更为重要的话,那么安东尼对克莉奥佩特拉的爱,实际上与他最深处的政治目的相协调。他对克莉奥佩特拉的爱,为他没能约束部下忠于他的事业提供了高贵的理由;而克莉奥佩特拉,作为安东尼最忠实的追随者,为安东尼的部下提供了忠诚的范例(Ⅳ. iv. 14 – 15)。

与之相似,对安东尼与克莉奥佩特拉爱情故事的理解,不能与对其政治维度的理解分离。① 在谈论作为爱侣的两人时,人们不能忽略他们作为帝王与女王的事实,因为他们的政治地位给予他们的爱情以名望。而且,我们能察觉他们爱情中的策略。他们所遵循的策略与文提狄斯勾勒出的,作为适用于罗马帝国政治行事方式的"选择失败"计划出奇地相似。在失败中,安东尼能让其追随者比之前更紧密地与他联系在一起,而相似的逆境增强了他与克莉奥佩特拉之间的纽带。《安东尼与克莉奥佩特拉》中最终的爱情测验是,人愿意为他的所爱牺牲多少。因此安东尼军事上失败,成了他对克莉奥佩特拉忠诚的誓言,而克莉奥佩特拉愿意在安东尼落败时支持他,反过来成了她忠贞的象征。我们再次看到,忠诚的问题是《安东尼与克莉奥佩特拉》中政治故事与爱情故事之间的桥梁。

安东尼与克莉奥佩特拉的爱,奇异地混合了强烈的激情与深切

---

① 参 Cecil,页 10:安东尼与克莉奥佩特拉的爱情"如果被转换到一个私人的背景中,它将在本质上发生改变。如果安东尼与克莉奥佩特拉仅仅是普通人,他们的故事根本不会发生。"亦参见 C. E. Nolan, "*Antony and Cleopatra and the Triumph of Rome*," *University Review*, XXXIII (1966),200。

的不安,一切都似乎已经准备好要转变为其对立面,即强烈的憎恨,或至少是对彼此忠贞的极度不信任。他们的爱情遵循一个怀疑之后是安慰的模式,新近得到证明的爱,似乎只能持续到下一个引起怀疑的时机出现。初见之下,安东尼与克莉奥佩特拉表现出的缺乏相互信任,[157]似乎与他们激情的强烈程度不符,但考虑到他们爱情的特殊性质与特殊环境,我们会发现,他们的激情与不安有着密切的关联。安东尼与克莉奥佩特拉关系的特殊性,可以通过对比安东尼与奥克泰维娅全然不同的关系展现出来。

安东尼与奥克泰维娅举行的应该算是标准的罗马婚礼,我们因《科利奥兰纳斯》中的世界而对此很熟悉。奥克泰维娅应该是罗马将军的完美伴侣,因为爱诺巴勃斯描述她的语言让我们想起维吉利娅:"奥克泰维娅圣洁、冷淡而沉静。"(II. vi. 122 - 123)安东尼可以确信,贞洁的奥克泰维娅会忠于他,而她有理由相信,他也会始终对她忠诚。毕竟,有许多事务仰赖这桩婚姻:它成了严肃的国家利益的一部分,如果安东尼失信于奥克泰维娅,他将面临严峻的后果(III. ii. 24 - 33)。简言之,这桩婚姻拥有一切支持,包括最高政治权力的全力支持。不幸的是,事实证明,支持这桩婚姻的力量太多了。实际上,政治上的动机意味着,伴侣间的爱情最多只是次要因素,正如茂那斯的评论:"我想这一门婚事,大概还是政策上的权谋,不是出于男女双方的爱恋。"(II. vi. 118 - 119)因此,本应保障奥克泰维娅婚姻的政治支持,实际上发挥了破坏婚姻的功效。因为,安东尼有充分的理由流露出爱她的迹象,但她可能永远不知道他是否真的爱她,也就是说,是否因她本身而爱她,而非出于谨慎的考量。安东尼与奥克泰维娅的婚姻全然是传统的关系,遵循着传统的惯例,获得传统权威的支持,并受制于最为传统的爱情的表达方式(II. iii. 1 - 8,

Ⅲ. ii. 43 – 44、47 – 50）。即便安东尼真的爱奥克泰维娅,为了使她相信他的诚意,安东尼也会面临[158]打破传统之墙的艰巨任务,这传统之墙在某种意义上将他们连接在一起,但在更深层的意义上促使他们分离。

安东尼与奥克泰维娅无爱的婚姻,是传统的罗马制度在帝国时期已变得空洞无意义的另一个标志,特别是,在安东尼与克莉奥佩特拉无婚姻的爱情的对照下,这一点更为明显。安东尼与克莉奥佩特拉无法为他们的爱情获取任何外在的支持,因为他们爱情的发生不靠任何权威,只靠他们自身。剧中有多处跨越地中海的祈愿——奥克泰维斯对安东尼的祈愿（Ⅰ. iv. 55 以下）,克莉奥佩特拉对安东尼的祈愿（Ⅰ. v. 18 以下）,庞贝对克莉奥佩特拉的祈愿（Ⅱ. i. 20 以下）,这些都强调了分隔开爱侣的物理距离,但爱侣还需要跨越更宽广的分歧。他们崇拜不同的神祇,而安东尼知道,他对克莉奥佩特拉的爱是对诸神的不虔敬（Ⅲ. xi. 58 – 61）,由此,我们可以想见这一分歧的性质。既然安东尼与克莉奥佩特拉没有认同更高的共同权威,他们的爱情只能得到自身意愿的支持,而他们最类似婚礼的仪式就是必须表演自己,在其中,他们扮演主神（Ⅲ. vi. 1 – 19）。没有法律能将他们结合在一起,因为他们就是自己的法律。

安东尼与克莉奥佩特拉的爱情完全是种非传统的关系,爱情的世界性或者说超政治的特征,既是两人不安的来源,也是两人激情的来源。无国家权力保障他们的爱情,这就意味着他们有理由怀疑对方的忠诚。没有人在一开始就鼓励他们,也就不会有人介入其中,强迫他们履行爱的誓言。安东尼与克莉奥佩特拉没有"理由"爱对方,他们的结合没有经过谨慎的考量。相反,一切似乎都在反对他们的爱。在不同的时刻,他们最亲密的谏臣都反对他们相互纠缠,而各种事件阴谋层出,诱使他们为了自己的利益背叛另一方。各种考量都不能[159]增加彼此的信任,反而引起他们对彼此忠诚的怀疑,因此他们不安。但与此同时,他们爱情的不确定特征,不断证明着他们的真诚。既然没有什么迫使他们彼此相爱——没有一纸婚约,没有家庭压力,没有政治需要——他们知道,如果他们忠于彼此,那只能出于爱情,而非出于深谋远虑。最终,他们爱情的力量之源,是感受到他们肩并肩对抗其余的整个世界。正如克莉奥佩特拉的理解(Ⅰ.iii.1-10),发展顺利的爱情没有力量,而她与安东尼遭遇的困难可以保存他们激情的活力,为他们的爱情提供特殊的"不餍足的趣味"(Ⅱ.i.25)。①

可以这样总结《安东尼与克莉奥佩特拉》所提出的婚姻与爱情的分离问题(Ⅰ.i.41):传统的关系提供了一种保障,但感情在其中可能会消失殆尽;非传统的关系可以维持甚至增加激情的原始力量,但其代价是极端的不稳定。因此,与传统相违背的爱情具有潜在的悲剧性,而在根本上与传统相协调的爱情具有喜剧性。习俗与爱情的关系是莎剧的常见主题,为了恰当地处理这个主题,我们必须走出《安东尼与克莉奥佩特拉》的范围。基本的困境在于,虽然习俗为情感提供了形式与结构,但习俗在给予情感稳定性的同时,可能会扼杀情感。莎士比亚的浪漫喜剧探索了这些方面:社会的掩饰伪装与装腔作势会干扰真情的表达,而喜剧性的滑稽行为,特别是搞错身份,破坏了人们头脑中过时的惯性思维和情感对人的控制力,从而使社会生活恢复生机。例如,在《无事生非》中,欺骗克劳迪奥的情节与欺骗贝特丽丝和培尼狄克的情节的结果,都是找到或

---

① 参 Stampfer, pp. 241-243。

重新找回真爱。[160]克劳迪奥必须要降下他的身位,成为理想中的小彼特拉克式的爱人,并接受他要与一位有血有肉的女人结婚的事实;而贝特丽丝与培尼狄克必须被哄骗着,放下愤世嫉俗的怀疑者对爱情的抗拒姿态,那种相同的刻板姿态,部分出于骄傲,部分只是出于习惯。

莎士比亚经常将情话展现为一种阻碍爱情的习俗。毕竟,语言是一种社会习得,而爱侣必须借助语言,这一事实揭示出,他们与其所在社会的关系存在问题。一方面,语言促使爱侣之间的交流与理解,另一方面,如果语言变得过度习俗性甚至陈腐,它实际上会阻碍交流。因为爱的语言往往是诗意的,而爱侣通常并不能自创比喻,因而他们特别依赖伟大情诗的语言。但那些来自诗歌的比喻可能会因过度使用而失去意义,正如莎士比亚的特洛伊罗斯在谈及"真实厌倦了重复"(Ⅲ. ii. 176)时所理解的那样。因此,爱的言辞可能因变得平庸而显得缺乏诚意——更不必说它们有可能本身就是纯粹的谎言,正如谚语所言:"空谈是廉价的。"因此,爱侣被迫超越爱情的言辞,转向爱情的行动,以确保他们情感的真挚。例如,在《罗密欧与朱丽叶》中,罗密欧一开始在向迷人的罗瑟琳大献殷勤时,是个传统意义上的理想情人,他的语言恰当地富有诗意,正如茂丘西奥指出的:"现在彼特拉克的诗句又浮现在他脑中了。"(Ⅱ. iv. 38 – 39)但在罗密欧爱恋朱丽叶的过程中,老套的情话,也就是"吵吵闹闹的相爱"或"亲亲热热的怨恨"(Ⅰ. i. 176),这类因滥用而显得陈腐的彼特拉克式的言辞获得了新的含义,因为在年轻爱侣面临的实际场景中,那些矛盾修辞重新焕发生命,其高潮就是,最让人生厌的那句爱情的陈词滥调——生不如死——令人惊恐地成了现实(Rabkin, pp. 179 – 184)。

[161]《罗密欧与朱丽叶》与莎士比亚浪漫的喜剧世界的密切关系经常受到关注。① 譬如,如果悲剧性的爱情隐喻也变得无可救药地陈腐平庸,那么它们就算转变为行动,也仍会因为戏剧幻象的缺陷而缺乏说服力,就像《仲夏夜之梦》中的戏中戏以及皮拉缪斯与忒斯彼的"最可悲的喜剧"那样。即便是安东尼与克莉奥佩特拉悲剧性的爱情故事,有时也近似喜剧。例如,在第二幕第五场中,克莉奥佩特拉收到了安东尼与奥克泰维娅成婚的消息,正如克莉奥佩特拉自己承认的那样(II.v.82-83),她在这场戏中最小心眼。一位女王的举止好像一个吃醋的普通家庭主妇,这种不协调感是喜剧感的来源。② 这场戏中,我们的愉悦感很好地提醒了我们,性嫉妒通常是喜剧的主题,而非悲剧的主题;特别是,爱情中的忠贞问题在古典文学中总是作为喜剧的主题,从未作为悲剧的主题(Bloom, p.53)。面对安东尼与克莉奥佩特拉的吃醋,我们就是不可能笑得出来,甚至在第二幕第五场中也不行,这个事实又一次证明,忠诚问题在他们的世界中获得了新的重要性。因为爱情对安东尼与克莉奥佩特拉而言那么重要,所以他们对不忠的怀疑有着强烈而真实的激情,这与喜剧完全不相称。在克莉奥佩特拉对待信使的滑稽古怪的行为当中,她的绝望如此有力地爆发出来,使得她的嫉妒不再可笑(II.v.78-79)。

安东尼与克莉奥佩特拉的爱情中夹杂着巨大的利害关系,这最终让他们的怀疑超越了家庭喜剧中爱侣相互嫉妒的层次。这就是

---

① 例如,可参见:Henry Alonzo Myers, *Tragedy: A View of Life* (Ithaca: Cornell University Press, 1956), pp.110-128。

② 例如,克莉奥佩特拉在第三幕第三场将自己与奥克泰维娅对比,我们注意到这与《仲夏夜之梦》中赫米娅把自己与海丽娜作对比很相似。

为什么他们的公共身份是他们特殊关系不可分割的一部分的理由之一:他们必须以一种恢宏的方式将他们的激情付诸实践。他们的政治权力使他们得以做出夸张的行为,以适应他们夸张的言辞。① 任何人都可以模仿安东尼汪洋恣肆的修辞语言来表白他的爱情:

> [162]让罗马融化在台伯河的流水里,让广袤的帝国的高大的拱门倒塌吧!(Ⅰ.i.33-34)

但只有罗马的三巨头之一才能带来这样的结果,也就是,能将爱情的言辞转化为爱情的行动。安东尼的策略是,以他的行动证明他的爱情;更具体地说,他的爱情测验是,他愿意为他的所爱牺牲多少。在阿克兴之战中,安东尼获得了证明他对克莉奥佩特拉之爱的大好机会——他放弃了胜利,去追随他的女王的船舰。他最初将他的逃走视作自己荣誉的污点,但面对克莉奥佩特拉的痛悔时,他最终将他的失利视作他们持续不断的爱情游戏的又一次开场白:

> 不要掉一滴泪;你一滴泪的价值,抵得上我得而复失的一切。给我一吻吧,这就可以给我充分的补偿了。(Ⅲ.xi.69-71)

对安东尼而言,克莉奥佩特拉的爱比任何胜利都重要,但他巨大的损失,是衡量他的感情之深的真正标准。

安东尼在阿克兴经历了爱情测验之后不久,克莉奥佩特拉也经历了一场爱情测验。为了赢得奥克泰维斯的喜爱,她趁机背叛了安东尼(Ⅲ.xiii.),而她在这一情景下使用的政治手段,挑起了安东尼

---

① 对戏剧中的夸张更细致的讨论,特别是,夸张让爱侣超越喜剧层面所发挥的作用,参见 Adelman,pp.110-121。

嫉妒的怒火。安东尼的盛怒与她在第二幕第五场中的盛怒完全对应,甚至在卑鄙地错怪一位无辜的信使方面都如出一辙。人们在这一场中可以看到,行为的麻烦在于它们的模棱两可:既然行为不能为自己辩解,又必须得到说明,它们就容易被误解。安东尼与克莉奥佩特拉的争吵原由是一成不变的误解,从模棱两可的行为中,他们无法准确地读出彼此的想法,这使得他们对问题的回答又带来更进一步的问题:

> 克莉奥佩特拉:还没有知道我的心吗?
> 安东尼:对我的冷酷无情吗?(Ⅲ. xiii. 157 – 158)

[163]在这一场中,克莉奥佩特拉借助夸张地表白她的爱——如果她不忠,她就诅咒自己,诅咒她的事业与她的土地——来平息安东尼的怀疑(Ⅲ. xiii. 158 – 167)。两次战斗之后,安东尼再次确信她背叛了他(Ⅳ. xii. 9 – 15、24 – 29),克莉奥佩特拉意识到,她的言辞不再能安抚她的爱人,她就给他送去了一个行动的口信,以使他重新相信她的忠诚。她知道,自己对他的爱的最后证明,就是她愿意为他死,因此,她派遣了一位信使,告诉安东尼她自杀了。这个真诚的谎言发挥了自我实现的预言的功能(Ⅳ. xiv. 120 – 121),因为它引发了一系列事件,最终确实导致了克莉奥佩特拉的自杀。这一情节的作用是展示爱侣对彼此死亡的反应,因此,我们感到,他们都是为了彼此而死。莎士比亚早在《罗密欧与朱丽叶》中就运用过这个戏剧结构(这也与《裘利斯·凯撒》最后一幕中凯歇斯与勃鲁托斯发生的事有些相似)。自杀是对爱情的终极考验,因为其中包含着为了所爱之人无可挽回地牺牲一切。安东尼与克莉奥佩特拉都感到,没有对方的世界失去了价值(Ⅳ. xiv. 45 – 49,Ⅳ. xv. 60 – 68),而

他们的死亡,让爱情的陈词滥调得以焕发生机:他们证明了,失去了彼此,他们便无法生存。他们在战败后的忠诚,最终必须延伸到在死亡中的忠诚,而自杀似乎提供了一个清晰明确的——而且是最终极的——爱的行为。

## 二

在《安东尼与克莉奥佩特拉》故事中,爱情与死亡之间的关联值得更深一步的探究。任何熟悉特里斯坦与伊索尔德传说的人,都应该在莎士比亚那里发现,爱侣的死亡并非故事的意外,在某种程度上甚至是故事的恰当实现。① 他们主动寻求自身的悲剧,以避免陷入[164]他们视为沉闷且陈旧的世界中。传统意义上的幸福贬低了他们,甚至正如他们所见,阻碍了他们实现更高的渴望。他们的渴望是种无限的渴望,一种对并不存在于这个世界中的满足的寻求。安东尼与克莉奥佩特拉的爱情把他们带到了日常生活的边缘——至少在他们眼中,让他们超越了这个世界,并进入了死亡的国度。如果这一切听起来像浪漫的夸夸其谈,那么,这只是对安东尼与克莉奥佩特拉在开场时对彼此所说的话的解释:

> 克莉奥佩特拉:要是那真的是爱,告诉我多么深。
> 安东尼:可以量深浅的爱是贫乏的。
> 克莉奥佩特拉:我要立一个界限,知道你能够爱我到怎么一个极限。

---

① 有关特里斯坦传奇中爱情与死亡的联系,参见 Denis De Rougemont, *Love in the Western World*(New York:Pantheon Books,1956)。

> 安东尼:那么你必须发现新的天地。(Ⅰ.i.14-17)

他们自称,对彼此的渴望是无界限的,这驱使安东尼与克莉奥佩特拉超越了任何满足的已知时刻,因为在有限的人类世界中,唯一关于无限的爱情的意象,就是不受限制地生长的爱情。对克莉奥佩特拉而言,爱情就是不餍足的、永在增长的欲望,下面这段是对她最著名的描述的要旨无疑正在于此:

> 年龄不能使她衰老,习惯也腐蚀不了她的变化无穷的伎俩;别的女人使人日久生厌,她却越是给人满足,越是使人饥渴。(Ⅱ.ii.234-237)

但是,安东尼与克莉奥佩特拉最终必须面对这一事实,即尘世的行动不足以表达他们无限制的爱情,因为,此岸生活中的一切行为都因自然本性而有限。正如特洛伊罗斯告诉克瑞西达的:

> 姑娘,这就是恋爱可怕的地方,意志是无限的,实行起来就有许多不可能;欲望是无穷的,行为却必须受制于种种束缚。(Ⅲ.ii.81-83)

安东尼与克莉奥佩特拉当然学会了以最广阔的领域[165]——整个王国——来衡量他们的爱情(Ⅰ.iv.18,Ⅰ.v.43-47,Ⅲ.x.7-8),但最终,就是这种奢侈都不足够。既然一个王国只是一块有着固定疆域的陆地,那么它就代表着有限的价值。无限广阔的海洋为安东尼与克莉奥佩特拉的激情提供了更合适的意象,可是最后,他们无法用这世界上的任何东西来衡量他们无限的爱情,只能用这世界本身来衡量。

但矛盾的是,在安东尼与克莉奥佩特拉准备用整个世界作为对他们爱情价值的衡量时,这个世界对他们而言似乎变得毫无价值,因此,他们最终的牺牲降至一种自我放纵的形式。无限的渴望不仅不能在这个世界得到满足,而且通过对比,这种渴望使得世界显得苍白无力。将心上人的无限价值从这个世界移除,其结果是,这个世界彻底变得微不足道。想想安东尼以为他听到了克莉奥佩特拉的死信时的反应:

> 我要追上你,克莉奥佩特拉,流着泪请求你宽恕。我非这样做不可,因为再活下去只有痛苦。火炬既然已经熄灭,还是静静地躺下来,不要身入迷途了。一切的辛劳徒然毁坏了自己所成就的事业;纵然有盖世的威力,免不了英雄末路的悲哀;从此一切撒手,也可以省下许多麻烦。(Ⅳ. xiv. 44 – 49)

**克莉奥佩特拉对安东尼之死的反应还要更极端:**

> 最高贵的人,你死了吗?你把我抛弃不顾了吗?这寂寞的世上没有了你,就像个猪圈一样,叫我怎么活下去呢?啊!瞧,我的姑娘们,大地失去它的冠冕了!我的主!啊!战士的花圈枯萎了,军人的大纛倒下了;留在这世上的,现在只有一群无知的儿女;杰出的英雄已不在人间,[166]月光的照射下,再也没有值得注目的人物了。
>
> ……
>
> 我应该向不仁的神明怒掷我的御杖,告诉他们当他们没有偷去我的珍宝的时候,我们这世界是可以和他们的天国互相媲美的。如今一切都只是空虚无聊。(Ⅳ. xv. 59 – 68、75 – 78)

安东尼与克莉奥佩特拉如山般厚重的深情之下潜藏着的虚无主义根基,在此处终于暴露出来,或者可以换个比喻说,他们爱情的绿洲最终被揭示出环绕着精神的荒漠。我们已经在安东尼的例子中看到了,他正是因为失去了对旧有价值的信仰,才使得克莉奥佩特拉的爱情对他而言具有如此重大的意义。因此,他被与克莉奥佩特拉的爱情所牢牢控制着的厌世情绪,在他一旦认为她死去时,就满载着力量而来。克莉奥佩特拉最终也暴露出了她对这个世界的轻蔑,这是她如此忠诚地崇拜安东尼的基础。她渴望在大地上建立天国(77 - 78)的结果,从她的言辞中清晰地反映出来:罗马人对尘世荣誉的渴望渐渐消失(64 - 65),军队的秩序普遍废弛(65 - 68),世俗权力的最终退位(70 - 75),或许甚至要将帝国的"权杖"转让给诸神(75 - 76)。怪不得在一开始,克莉奥佩特拉就似乎要立即随安东尼而死(67 - 68)。

如果生命毫无价值,而死亡值得欲求,那么自杀在罗马人的世界中,第一次可能成为一种罪,因为它现在是自私的行为:

> 忍着像傻瓜,不忍着又像疯狗。那么死神还不敢侵犯我们以前,就奔进了幽秘的死窟,是不是罪恶呢? (Ⅳ. xv. 79 - 82)

突然间,我们发现了异教针对自杀的态度发生了转变,这也暗示了异教对待死亡的态度发生了转变。可以确定的是,自杀对安东尼与克莉奥佩特拉而言,部分是"追随最高贵的罗马的仪式"(Ⅳ. xv. 87),[167]我们因《裘利斯·凯撒》中勃鲁托斯与凯歇斯的例子而对此很熟悉。① 通过自杀,罗马人防止了敌人肆意处置他的生

---

① 关于莎士比亚罗马剧中自杀的讨论,参见 Charney, pp. 209 - 214.

命;死亡是对奴役的代替(《裘利斯·凯撒》,Ⅰ.iii. 89 – 100)。自杀的罗马人认为,没有自由的生活就没有价值,而罗马人的自杀,实际上基于对生活价值的确信,虽然这是一种特定的生活,而非单纯地活着。这些动机确实出现在安东尼的自杀中(Ⅳ. xiv. 62 – 68,Ⅳ. xv. 14 – 15、55 – 58),甚至出现在克莉奥佩特拉的自杀中(Ⅳ. xiv. 62 – 68,Ⅴ. ii. 55 – 58、208 – 226)。然而,荣誉的动机不足以解释,为什么爱侣们渴望自杀,而非无奈地自杀:

> 可是我要像一个新郎似的奔赴死亡,正像登上恋人的床榻一样。(Ⅳ. xiv. 99 – 101)

对克莉奥佩特拉而言亦是如此,死亡不再是可怕的事,甚至不再是痛苦的事,正如她对伊拉丝之死的评论:

> 要是你这样轻轻地就和生命分离,那么死神的刺伤正像情人手下的一捻,虽然疼痛,却是心甘情愿的。(Ⅴ. ii. 294 – 296)

安东尼与克莉奥佩特拉带着欢欣迎接死亡,这暗示,他们不再仅仅以传统罗马人的方式理解自杀。罗马人的自杀基于这样的前提,即死亡只是生命的结束,同样也是人类全部痛苦的结束(《裘利斯·凯撒》,Ⅱ. ii. 32 – 37)。但安东尼与克莉奥佩特拉将死亡视作新的快乐的序曲,因为,如果他们不是期待在另一个世界相会的话,他们最后的言辞就很不理智(Ⅳ. xiv. 50 – 54,Ⅴ. ii. 228 – 229、301 – 303)。他们无限的爱情促使他们思考死后的事情;它唤醒了他们身上"不朽的渴望"(Ⅴ. ii. 281)。他们是三部罗马剧中仅有的思索个人死后复生的人物,这与凭借声名让自己不朽的观念相对立。

[168]由于《安东尼与克莉奥佩特拉》中生死观念的改变,一种矛盾的处境产生了:某种程度上,所爱之人死去比活着更有价值。一旦安东尼死亡,他就只存在于克莉奥佩特拉的想象中,因此,克莉奥佩特拉可以任凭自己将他前所未有地理想化(Riemer, p. 113)。活着的安东尼有时会让她的期待落空,并辜负她对他的想象。但当他不在场时,克莉奥佩特拉就可以任自己沉溺在有关她天神般的爱人的幻想中:

> 啊,查米恩!你想他现在是在什么地方?他是站着还是坐着?他在走吗?还是骑在马上?幸运的马啊,你能够把安东尼驮在你的身上!出力啊,马儿,你知道谁骑着你吗?他是擎着半个世界的巨人,全人类的勇武的干城哩。他现在说话了,也许他在低声微语:"我那古老的尼罗河畔的花蛇呢?"因为他是这样称呼我的。现在我在用最美味的毒药自我陶醉。(Ⅰ.v. 18 – 27)

在想象中,克莉奥佩特拉能够调和安东尼的矛盾性格;现实中的安东尼令人恼怒的多变情绪,在幻想中却变得使人振奋:

> 多么平衡沉稳的性情!听着,听着,查米恩,这才是一个男子汉!可是听着,他并不忧愁,因为他必须把他的光辉照耀到那些仰望他的人的脸上;他并不快乐,那似乎告诉他们他的眷念是和他的欢乐一起留在埃及的。可是在这两者之间,啊,神圣的混合,无论你忧愁或快乐,那强烈的情绪都可以显出你的可爱,没有一个人能够比得上你。(Ⅰ.v. 53 – 61)

安东尼缺席时的幻象,为克莉奥佩特拉在他死亡时梦到他做好

了准备,①在其中,他显现为把对立的两级统一起来的王:

> 他在对朋友说话的时候,他的声音犹如和谐的天乐,[169]可是当他发怒的时候,就会像雷霆一样震撼整个宇宙。(V.ii.83-86)

只有在克莉奥佩特拉的梦中,安东尼才能达到完美,这意味着,只有在死亡后,完美才能实现。

一个人通过死亡可以获得新地位,这种思想在《安东尼与克莉奥佩特拉》中很普遍,安东尼在听到富尔维娅的死讯时,有些冷酷地总结了这一点:"因为她死了,我才感念她生前的好处。"(Ⅰ.ii.126)克莉奥佩特拉将死亡理解为对不完美生活的逃避,特别是,死亡会终止她的怀疑,这曾影响了她对安东尼的爱:

> 干那件结束一切行动的事儿,从此不受灾祸变故的侵犯,这才是好的。(V.ii.4-6)

克莉奥佩特拉的一生都像一个善变的女神,抗拒着任何对她行动的预测(Ⅰ.i.48-51,Ⅰ.iii.1-10),但她正在死亡中寻找一种稳定的形式。为了实现这种稳定性,她认为,她必须经历精神从身体中解放出来的过程:

> 我是火,我是风;我身上的其余的元素,让它们随着污浊的皮囊同归于腐朽吧!(V.ii.289-290)

---

① David Daiches, "Imagery and Meaning in *Antony and Cleopatra*", *English Studies*, XLIII (1962), 351.

死意味着克莉奥佩特拉必须抛弃她一直以来的爱欲之源——她的身体,但她认为,爱欲与身体的欲望分离后,将会得到净化。如果从一方面来看,她的自杀似乎是自我放纵,那么从另一个方面来看,它就是一种禁欲的行为。但这仅仅是表面上的矛盾:克莉奥佩特拉希望,通过拒绝肉体的享乐,她能获得一种更为稳定的满足——象征这一点的事实就是,她将自己的死亡视作她在活着时从未实现的婚姻(V. ii. 287 – 288)。

关于安东尼与克莉奥佩特拉死后的婚姻,还有一个需要评述的奇怪事实:正像任何合法的仪式那样,它似乎至少需要两个见证者在场。克莉奥佩特拉[170]理所当然地相信,无论她去哪儿,她的女仆伊拉丝都会陪她:

> 要是她先遇见了鬈发的安东尼,他一定会向她问起我;她将要得到他的第一个吻,但那吻是我将拥有的天堂。(V. ii. 301 – 303)

安东尼是否期待爱洛斯跟随他去往另一个世界,这不清楚。但无论如何,在幻想死后世界时,安东尼为他的一大批追随者留下了空间:

> 在灵魂们偃息在花朵上的乐园之内,我们将要携手相亲,用我们活泼泼的神情引起幽灵们的注目;狄多和她的埃涅阿斯将要失去一群追随者,到处都是我们遨游的地方。(IV. xiv. 51 – 54)

最初,死亡作为安东尼和克莉奥佩特拉从"世界的天罗地网中"(IV. viii. 18)逃离的最终方式出现,但当安东尼开始设想一个天堂时,他并非像马尔维所言的,相信"坟墓是美好而私密的地方"。另一个世界为安东尼提供了全新的观众,甚至提供了从著名的对手那里赢得追随者的机会。或许,死亡只为安东尼提供了新的领导方式,他能从新军队那里获得令人满意的忠诚。莎士比亚在安东尼的故事中引入了死后世界的新概念,①而安东尼描绘的他的爱情得到满足的方式,可能是关于他的爱情本质的重要线索。当瓦格纳的特里斯坦与伊索尔德临近死亡时,他们的想法没有超越库维纳尔和布兰格尼。他们也不能想象,自己上升至复活的瓦尔哈拉圣殿,并盗走齐格弗里德与布伦希尔德的追随者。安东尼与克莉奥佩特拉更近似多恩的《封圣》("The Canonization")中的爱侣,他们以迫不及待地想要独处的愿望开始——"看在上帝的份儿上管住你的舌头,让我去爱"——随后通过神秘的爱与死亡,爱侣作为爱情的圣徒得到推崇,并要求得到被整个世界崇拜的权利。看起来,在探究了安东尼与克莉奥佩特拉的故事中爱情[171]与死亡的联系后,人们仍需解释他们为自己描画的爱情与死亡的特殊形式。

## 三

我们将在下一章看到,安东尼对死后世界的想象部分出于骄傲,一种非常罗马的对于竞争的渴望,不过这次是在新的情爱战场上。但他与克莉奥佩特拉希望在死后世界得到追随者,这有着更为根本的理由。最终,他们感到,他们的主观经历需要一些客观的认可。克莉奥佩特拉有关安东尼的梦,通过爱情的强烈私人特征,揭

---

① 在普鲁塔克的"安东尼的生平"中,我们只能找到极少的关于死后生活的暗示:当安东尼听到克莉奥佩特拉的死亡时,他告诉她"我不会长久地离开你",当克莉奥佩特拉为他的葬礼献祭时,她谈到了"你现在所在之处的神祇"(*Shakespeare's Plutarch*, pp. 277, 290)。

示了这对爱侣的问题。克莉奥佩特拉的悲伤打破了世界对她的控制,有关爱人的梦压倒了她的现实感。对她而言,安东尼似乎比世上的任何事物都更真实,仿佛仅仅思念他就足以使她确信他的存在,仿佛就安东尼而言,也仅就安东尼而言,表象与现实之间没有差别(Stein, pp. 595 – 597; Traversi, p. 103):

> 然而世上要是果然有这样一个人,他的伟大一定超过任何梦想;造化虽然不能抗衡想象的瑰奇,可是凭着想象描画出一个安东尼来,那幻影是无论如何要在实体面前黯然失色的。(V. ii. 96 – 100)

克莉奥佩特拉的梦想填补了她的所有欲望,但问题仍旧存在:欲望是在行动中得到了满足,还是只在言辞中得到了满足?克莉奥佩特拉尽管确信梦中的真实,但还是在某种程度上怀疑它的现实性。否则,她会将这个梦保存在自己心中,以主观的确定性作保证,而不必试图将它分享给道拉培拉来亵渎它。她知道,讲求实际的人会取笑爱侣们的美梦:

> 当孩子和女人们把他们的梦讲给你听的时候,你不是要笑的吗?(V. ii. 74 – 75)

[172]但无论如何,克莉奥佩特拉还是继续讲述她的梦境,尽管所有的迹象都表明,道拉培拉并不理解她在说什么。她想转变道拉培拉,让他相信她,因为,如果道拉培拉也能接受这景象,这就不再只是个梦了:

> 克莉奥佩特拉:你想过去将来,会不会有像我梦见的这样

一个人?

　　道拉培拉:好娘娘,这样的人是没有的。

　　克莉奥佩特拉:你说的全然是欺罔神听的谎话。(V. ii. 93-95)

克莉奥佩特拉的誓言揭示出,要是道拉培拉能减轻她在幻象中沉重的孤独,那么这对她来说会有多么重大的意义。莎士比亚总是将紧张的爱的经历尽力描绘为梦一般的特质,《仲夏夜之梦》最充分地展示了这一点,在它的悲剧版姊妹篇《罗密欧与朱丽叶》中,这一点也有充分的展现。被爱的人充分地吸引了爱人的注意,以至于爱人看不到任何其它的真实,直到很难分清梦境与现实(《罗密欧与朱丽叶》,V. iii. 79)。罗密欧一度因感受到的爱情过于强烈,以至于开始怀疑真实:

　　幸福的,幸福的夜啊!我怕我只是在晚上做了一个梦,这样美满的事不会是真实的。(II. ii. 139-141)

恰恰因为,罗密欧所经历的事与其渴望的事太过一致,致使他不得不怀疑,这件事是否真实地发生了。或许,当克莉奥佩特拉寻求道拉培拉对安东尼完美幻象的确认时,她也产生了类似的怀疑。她太过担心,"心存希望的人都是傻瓜"(IV. xv. 37)。

安东尼与克莉奥佩特拉,正如罗密欧与朱丽叶那样,即使他们的主观体验有着梦一般的特质,他们爱情的存在也都有着客观的证据。可是,在一切都可能发生的喜剧的非现实世界中,莎士比亚展现了,最完美的爱情经历必定不能与梦分开,因而它具有缺陷。莎士比亚笔下最特殊,从而也是最荒谬的爱的结合,[173]且在某种意义上也是最典型的爱的结合,是《仲夏夜之梦》中波顿与提泰妮娅的浪漫故事。波顿是莎剧中唯一一位获得真正的女神之爱的角色。但他为在雅典之外的森林中得到的幻象付出了代价,这就是,他在余生中都不断怀疑,他是否真实地经历了这一切:

> 咱看见了一个奇怪得不得了的幻象,咱做了一个梦。没有人说得出那是怎样的一个梦;要是谁想把这个梦解释一下,那他一定是一头驴子。咱好像是——没有人说得出那是什么东西;咱好像是——咱好像有——但要是谁敢说出来咱好像有什么东西,那他一定是一个蠢材。咱那个梦啊,人们的眼睛从来没有听到过,人们的耳朵从来没有看见过,人们的手也尝不出来是什么味道,人们的舌头也想不出来是什么道理,人们的心也说不出来究竟那是怎样的一个梦。(Ⅳ.i.204–214)①

用克莉奥佩特拉的话来说,波顿真的做了一个"伟大得超过任何梦"的梦。但他永远得不到关于这个梦的任何真实证据,因他必须永远保守秘密。他想要把这个经历分享给朋友们,但他知道,他们只会嘲笑他,且无论如何也不会相信他的故事。我们可以想见,他回到城邦后的困惑,他的渴望与不愿讲述他的幻象之间的矛盾:

> 波顿:列位,咱要讲古怪事儿给你们听,可不许问咱什么事;要是咱对你们说了,咱不算是真的雅典人。咱要把一切全都告诉你们,一个字也不漏掉。
>
> 昆斯:讲给咱们听吧,好波顿。

---

① 参《哥林多前书》,ii:9。

> 波顿：关于咱自己的事可一个字也不能告诉你们。咱要报告给你们知道的是，公爵大人已经用过正餐了。(Ⅳ.ii.29-35)

波顿的幻象，正如一个纯粹的幻象那样完美，但正如梦一般，它是私密的且无法传达，在这种意义上它并不完美。

波顿梦境的喜剧插曲揭示了，爱侣只有撤回到主观的世界中，才能在爱情中有所得，在这个主观世界中，他向一种新的不确定的形式敞开。安东尼与克莉奥佩特拉在他们死亡之时，可以自由地将彼此理想化而不受限制，因为一旦[174]他们只存在于彼此眼中，他们实际上就成了彼此想象力的自由创造物(Traversi, pp. 183-186)。但如果他们的幻象开始变得完全私有，他们就不再能保证它们的真实。即使在濒死之际，他们的爱情也未完全逾越对确证的需求。毕竟，安东尼必然在死去时，对克莉奥佩特拉表里不一的新事例记忆犹新，而她必然听到，他的遗言回归了他作为罗马人的荣誉主题(Ⅳ.xv.51-58)，而非对她最后的赞美。而且，就在安东尼死前，他似乎以克莉奥佩特拉跟随奥克泰维斯，背叛对他的回忆为诱惑，再一次测试了克莉奥佩特拉(Ⅳ.xv.45-46)，而克莉奥佩特拉就在临死前，似乎还在嫉妒安东尼在另一个世界的所作所为(Ⅴ.ii.301-303)。事实上，他们在彼此听不到的情况下，发表了忠于彼此的最伟大的演说，所以，他们自己没有我们所掌握的那么多证据，得以估计他们自杀的意义。人们很容易将围绕着这对恋人之死的、对不安的轻微暗示看得太重。当然，他们最后演说的主题是，他们最终确信了彼此的忠贞。但这一确信说到底只是个人的、主观的感觉，这种感觉的力量很可能会延缓这一判断。客观地来看，在剧末，安东尼与克莉奥佩特拉的关系正像剧作开始时那样，笼罩在一片模糊之中。如果有什么区别的话,那就是,想要解开他们最后的行为动机的复杂网,或许前所未有地困难。在考虑自杀时,安东尼对耻于被奥克泰维斯生擒所说的话,和对他耻于比克莉奥佩特拉活得更长久所说的话一样多(Ⅳ. xiv. 72 - 77);反过来,直到克莉奥佩特拉确定了,奥克泰维斯想要在凯旋之际领着她穿过罗马的大街小巷时,她才真的自杀(Ⅴ. ii. 198 - 226)。我要再次声明,这些似乎很苛刻的评论并非在质疑安东尼与克莉奥佩特拉的真诚,而只是在展示,即便在他们死亡之际,他们故事中的事实也并未[175]改变,改变的只是他们对事实的看法。在剧作结尾,一如在开始那样,他们只有彼此的话语作为他们忠贞的誓言,这些言词当然壮丽而富有雄辩力,但也仅仅是言词而已。

死亡中的婚姻——它让安东尼与克莉奥佩特拉的忠诚变得确定无疑,结果成了他们必须面对的,对信任的最大跳跃。因此,他们希望自己的爱情故事不会因死亡而终止,而是在死后世界中得以继续。安东尼还渴望,无论去哪儿,他都有追随者。又一次像多恩《封圣》中的爱侣那样,安东尼与克莉奥佩特拉忽视了世界对他们爱情的批评,但他们欢迎世界的赞美。正是在他们决定遗世独立之时,他们渴望众人为他们高贵的决定而喝彩。他们的风流韵事绝非私密的事件,而是在公众眼前高调展开。① 无疑,他人对他们爱情的信心,增强了他们对彼此的信任。当安东尼被告知"整个世界的崇拜""位于"他"高贵的面容"中(Ⅳ. xiv. 85 - 86),当克莉奥佩特拉得知,道拉培拉对她的"爱""产生了""虔诚的信仰"(Ⅴ. ii. 199)

---

① 参Ⅲ. vi. 1 - 19,Ⅲ. xiii. 182 - 185,Ⅳ. viii. 29 - 39,及 Julian Markels, *The Pillar of the World: Antony and Cleopatra in Shakespeare's Development* (Columbus: Ohio State University Press, 1968), p. 45.

时,他们都同样感觉到,他们并不是唯一对自己以及他们的爱情有着很高评价的人。安东尼对天堂的观念揭示出他确实贪恋别人的赞美,只要这些赞美是以自己开出的条件获得的。只要无需让他的行为适应他人的荣誉标准,他就不反对得到赞誉。他知道,他将会作为忠诚而高贵的爱人得到纪念,这无疑减轻了他被迫忍受的不安的重负(Ⅴ.ii.358-360)。最终,他真的被追随者的忠诚信念所打动(Ⅳ.xiv.135-140)。

随着剧作的发展,安东尼与克莉奥佩特拉逐渐进入私人的、主观的世界,随之而来的不安感让他们感到,证明爱情经历的需要变得更加强烈。《科利奥兰纳斯》描绘出的罗马世界是坚硬的、固态的物体,它可以触摸得到,因而无疑是真实的。在《安东尼与克莉奥佩特拉》中,这个有形的[176]世界开始溶解在似乎隐藏着真正现实的阴影的王国中。融化或"融化成糖霜"(discandying)的意象在剧中随处可见,特别在趋近结尾之时。① 安东尼最终感到,他失去了对物质现实甚至对自己身体的把控,他甚至必须向他的仆人确认,看看自己是否存在:

> **安东尼**:爱洛斯,你还能看见我吗?
> **爱洛斯**:看见的,主上。
> **安东尼**:有时我们看见天上的云像一条蛟龙;有时雾气会化成一只熊、一头狮子的形状,有时像一座高耸的城堡、一座突兀的危崖、一堆雄峙的山峰,或是一道树木葱茏的青色海岬,俯瞰尘寰,用种种虚无的景色戏弄我们的眼睛。你曾经看见过这

---

① 参见Ⅰ.i.33-34,Ⅲ.xiii.90、162,Ⅳ.xii.20-23,Ⅳ.xv.63,Ⅴ.ii.298-299。亦参见 Adelman,pp.147-148。

种现象,它们都是一些日暮的幻影。

**爱洛斯**:是,主上。

**安东尼**:现在瞧上去还像一匹马的,转瞬间,浮云飞散了,它就像一滴水落在池里一样,分辨不出形状。

**爱洛斯**:正是这样,主上。

**安东尼**:爱洛斯,我的好小子,你的主帅也不过是这样一块浮云;现在我还是一个好好的安东尼,可是我却保不住自己的形体,我的小子。(Ⅳ. xiv. 1－14)

某种意义上,这是安东尼一直等待的时刻——罗马,以及所有的一切,正如他曾渴望的那样融化掉(Ⅰ. i. 33)——可是一旦这一独特的愿望得以实现,结果却吓到了他。安东尼感到自己的身体在溶解,但当他最终摆脱了身体的限制时,他现在担心失去自己的身份。因觉得自己被吸入了无形的云的世界,他感到,他不再有任何确定的东西可以依赖——任何只要能告诉他他还存在的东西。安东尼只有向距离最近的人伸手求援,并试图牢牢抓住普通的现实。至少,他的仆人可以让他确信,别人还能看得到他。

安东尼对云的想象至少充分地揭示了[177]他对克莉奥佩特拉之爱的矛盾基础。他抗拒融化的想法,即便融化是他的爱欲所渴求的终极目标。爱欲寻求与其目标的合一,并在最完满的意义上,要求爱侣不再分离,并从此消灭他们独特的个性,直到他们能够恰如"水在水中"那样,在彼此中失去自己。《安东尼与克莉奥佩特拉》中随处可见的融化意象,特别是,一种东西溶解在另一种东西之中的意象(Ⅰ. ii. 192－194),以及最终出现在安东尼关于云的言辞中的,所有事物都失去了它们特定的形状,并融合成一个无形的整体的意象,与剧中广泛存在的爱欲幻象密切相关。这些爱欲幻象试图胜过使世界分裂成各个部分的表达。只有在音乐中,瓦格纳才能给予无形无限的渴望所寻求的一种形式,但甚至这些来自剧本《特里斯坦与伊索尔德》中的坦诚的台词,也对解决无界限爱欲可能需要的方式给出了些许暗示:

> **伊索尔德**:你是伊索尔德。
> **特里斯坦**:你是特里斯坦。
> **伊索尔德**:我是特里斯坦。
> **特里斯坦**:我是伊索尔德。
> **伊索尔德**:不再有伊索尔德了!
> **特里斯坦**:不再有特里斯坦了!
> **特里斯坦 & 伊索尔德**:没有名字,不再分离,永远永恒!新的认识,新的燃烧,无穷无尽!

特里斯坦与伊索尔德奋力表达他们难以言喻的渴望,首先是声称要交换身份,随后完全否认他们的身份。没有名字意味着,永远也无尽地不分离。但不像特里斯坦与伊索尔德那样,或就这一点上,不像罗密欧与朱丽叶那样(Ⅱ.ii.31-51),安东尼与克莉奥佩特拉不愿宣布放弃他们的名字,并在遇到挑战时,顽强地固守各自的身份(Ⅲ.xiii.92-93、185-186)。

[178]这一差异直到他们的故事终结时还在发挥着作用,这给予了他们的爱情—死亡故事独特的品格。不像浪漫故事中的特里斯坦和伊索尔德——他们不知不觉地、满心欢喜地沉入了一个消除了形状的爱与死亡的黑夜世界,安东尼与克莉奥佩特拉将死亡视作一种重新确认他们身份的方式,一种重新体验之前的"胜利",或者

是实现新的胜利的方式：

> 我要再到昔特纳斯河去和玛克·安东尼相会。（V. ii. 228 – 229）

在最后一刻,安东尼与克莉奥佩特拉从爱欲所渴望的合乎逻辑的满足中抽身而退,这或许解释了剧作末尾出现的惊人的意象转变。通常与柔软和融化的事物相联系的克莉奥佩特拉,最终用坚硬而不屈的意象描绘自己：

> 我的决心已定,我的全身不再有一点女人的柔弱；现在我从头到脚,都像大理石一般坚定,我不再是变幻无常的月神了。（V. ii. 238 – 241）

同样的转变也出现在《科利奥兰纳斯》中。通常被描绘为坚硬岩石的主人公,声称自己融化了。与此相似,一直拒绝食物和饮品的科利奥兰纳斯最终要酒来喝,而克莉奥佩特拉这位享乐主义者,最终却拒绝了饮食：

> 先生,我不要吃肉,不要饮酒,先生；
> ……
> ……埃及葡萄的芳酿从此再也不会沾润我的嘴唇。（V. ii. 49、281 – 282）

克莉奥佩特拉,爱欲真正的最高女祭司,最终对欲望展现出有血气的蔑视,这表明,凭借完全排斥人类天性中的一面来发展另外一面,是不可能的。当科利奥兰纳斯试图将他的血气推向极致时,他发现,他仍然受制于[179]爱欲的驱动；当克莉奥佩特拉试图过一种纯粹的爱欲生活时,她发现自己还是太过有血气,因此不能完全沉溺于所爱或死亡之中。《科利奥兰纳斯》与《安东尼与克莉奥佩特拉》中意象的转变表明,人不能简单地成为一个更大整体的、无独立身份的一部分(正如蜂房中的一只蜜蜂那样),他自身也不能成为一个整体(正如一位神)。科利奥兰纳斯的血气要求他试图自足并遗世独立,但他知道,他在本质上终究还是需要他人,并且他是更大的整体的一部分,这整体就是他的家庭与他的城邦。另一方面,安东尼与克莉奥佩特拉在失去彼此时感到极度匮乏,他们想要融合为更大的整体,但当他们意识到,他们独立的身份将在整体中消失的时候,他们犹豫了。① 显然,悲剧的种子蛰伏在各种相互冲突的欲望之中。我们已经看到了,科利奥兰纳斯在他独立于罗马的欲望与为一个城邦服务的需求中,遭受到了悲剧性的撕扯。现在我们看到了,在安东尼与克莉奥佩特拉爱情故事的核心中,有着相似的悲剧性的冲突。

安东尼与克莉奥佩特拉经历了相互矛盾的渴望,毫不夸张地讲,这驱使着他们待在彼此的怀抱中,又离开彼此的怀抱,这也有助于解释,为什么他们似乎要在接近于实现爱欲满足的时刻为自己制造障碍——悲剧性的障碍。既然在某种意义上,他们的渴望驱使他

---

① 参 Adelman, p. 149。罗马自身的悲剧也有着相似的张力之源。罗马不能像科利奥兰纳斯那样,孤立无援地对抗整个世界,也不能像安东尼与克莉奥佩特拉那样,在不丧失自身作为一个城邦的身份的情况下,融入这个世界。从个体公民的角度来看,城邦或许呈现为唯一真实的整体,但正如罗马的限度所表明的,城邦自身的"完整性"是不完全的,特别在与宇宙这一整体的关系中更是如此(以上见44页,注释2)。有关提及古典意义的城邦的整体与部分关系的问题,参见 Hans Jonas, *The Gnostic Religion* (Boston: Beacon Press, 1963), pp. 247 – 250, 330 – 331。

们走向共同毁灭,并失去自己,他们必然努力阻止它完全得到满足,只为延长他们的享乐。因此,他们的爱情在结合与分离之间来回摇摆,用伏伦妮娅的话来说,在某种意义上,彼此的"缺席"比"必须表现爱情"的"床榻上"的"拥抱",更能让他们感受到"更自由的快乐"(《科利奥兰纳斯》,I. iii. 3 – 5)。安东尼清晰地表达了这种悖论:①

> 我们虽然分离,实际上并没有分离;你住在这里,你的心却跟着我驰骋疆场;我离开了这里,我的心仍旧留在你身边。(Ⅰ. iii. 102 – 104)

[180]一旦我们理解到,分离能以某种方式将安东尼和克莉奥佩特拉更紧密地结合在一起,我们就能理解,对他们的故事而言,为什么死亡像一个适宜的顶点那样诱惑着他们——虽然在他们眼中,这并非他们故事的终结。在谈论自杀时,他们强调,死亡最终将会怎样将他们重新结合在一起,但他们也详述了,这一时刻将怎样在他们之间划开一道裂隙(Ⅳ. xiv. 44、50, V. ii. 286)。死亡似乎以某种方式让彼此永远相互靠近,但也让他们彼此永远相互远离。或者,换言之,一旦死亡,他们就能在某种意义上永远不再结合,但在另一种意义上他们也不再分离。死亡不能解决他们爱情中的矛盾,但它能以一种最终形态永远修复他们的爱情(Adelman, p. 160)。

## 四

在围绕着死亡的不确定甚至神秘的氛围中,安东尼与克莉奥佩

---

① 比较莎士比亚的《凤凰与斑鸠》11. 25 – 48,一首像《安东尼与克莉奥佩特拉》那样同样探究爱情与死亡之间的矛盾的诗歌。Adelman, p. 112.

特拉爱情中的矛盾天性得到了强调。我们对剧作结尾的反应很复杂,这一问题的关键在于,克莉奥佩特拉与为她带来自杀工具——"尼罗河的可爱虫子"——的乡下人的奇怪对话。这一短小的插曲,远非为正在上演的悲剧高潮注入一瞬间的喜剧的轻松氛围。这个"乡下的家伙"有着乡下人的天真,或者说小丑的特权,他为即将展开的重大行动投上了一抹怀疑的阴影。他的话以不祥地混淆了有死的与不死的开始(V.ii.246–247),并把这虫咬的效果置于多种不确定中:"被它咬死的人,难得有活过来的,简直没有一个人活得过来。"(247–248)因所做的生意,这个人应该对死亡很了解(如果有人了解死亡的话),但他的言辞满是谜语(许多是性双关语),这掩盖了他与死亡在长时间打交道过程中获得的任何智慧(249–250)。他说的话前后矛盾(251–252),但他令人困惑不解的言辞确实围绕着一个严肃的问题展开:如果只有死去才能知道死亡是什么的话,[181]那么活着的人如何能期待获得死亡的知识?乡下人只能"讲这虫子",或许,他意识到,人们关于自杀所说的事,可能与这一行动本身完全不同:"凡是相信他们所说的一切的人,他们所做的连一半也救不了他。"(255–257)在自杀中唯一能确定的是行为本身("她怎样被"这虫子"咬死");任何有关自杀的主观经历的描绘("她感受到了怎样的痛苦")都必然会被信以为真(253–254)。

乡下人充满谜语的言辞,与《辛白林》中狱卒的话语很相似,狱卒在一个相似的语境中(在波塞莫斯要上绞刑架那日与他的对话)提出了对死后生活知识的相同怀疑:

> 狱卒甲:你瞧,先生,你自己也不知道你要到什么地方去哩。
> 波塞莫斯:我知道,朋友。

> 狱卒甲:那么你死了以后,眼睛还是睁得大大的;我可只听见人家说,身子一挺,两眼发黑。也许有什么自命为识路的人带领你;也许你自信不会走错路,但是我断定你对于这条路是完全生疏的;也许你想冒一下险,探寻前途的究竟。可是,你旅行的结果如何,我想你是再也不会回来告诉人家的了。(V. iv. 174 – 184)

狱卒或许为《安东尼与克莉奥佩特拉》中的乡下人想要说的话给出了更为完整的、清晰的解释。无论如何,乡下人的怀疑论带来的温和暗流,中和了克莉奥佩特拉之死的狂喜(Battenhouse, p. 168)。她认为,这虫子会送她去见安东尼,但它的所有者能完全肯定的只是"这是一条古怪的虫"(257 – 258),他只是试图以凶险的暗示,进一步扩展他神秘莫测的叙述("这是一条不怀好意的虫","它是不值得养活的"),这最终让这条虫听起来好像在做魔鬼的工作(266 – 267、269 – 270、272 – 276)。最后,乡下人似乎给了克莉奥佩特拉一半的希望(255 – 256、276 – 277)。虫子自身并不能提供关于死亡的知识,因为,为了使用它,人必须已经拥有了智慧:[182]"小心啊,除非在智慧之人的手中,否则这虫子不应得到信任。"(265 – 266)乡下人的知识始终模糊不清,因而在空洞地重复:"您可要想到这个,当心啊,这虫子会做它分内的事"(262 – 263),这就是说,这虫子会做它要做的事。

乡下人的智慧似乎像"水中的水"那样不清晰,它让我们想起安东尼在醉醺醺的莱必多斯面前炫耀的、关于埃及的秘密知识:①

---

① Elias Schwartz, "The Shackling of Accidents: *Antony and Cleopatra*," *College English*, XXXIII (1962), 557.

> 莱必多斯：你们的鳄鱼是怎么一种东西？
>
> 安东尼：它的形状就像一条鳄鱼；它有鳄鱼那么大，也有鳄鱼那么高；它用它自己的肢体行动，靠着它所吃的东西活命；它的精力衰竭以后，它就死了。
>
> 莱必多斯：它的颜色是怎样的？
>
> 安东尼：也跟鳄鱼的颜色差不多。
>
> 莱必多斯：那是一种奇怪的蛇。
>
> 安东尼：可不是，而且它的眼泪是湿的。（Ⅱ.vii.41-49）

安东尼说明了，无知多么容易伪装为智慧，特别是对于那些对奇异的话题好奇，并愿意将言辞信以为真的人而言。只要乡下人听起来好像在说什么深奥的东西，克莉奥佩特拉就正如莱必多斯一样被引诱着相信，她步入了一个秘密中，对她而言，这是关于死亡的秘密。但从一个角度来看确切无疑的东西——一个单纯或者无恶意的口误，从另一个角度看来是"最易出错的"行为（Ⅴ.ii.257）。那遮挡着看向天空的视线的云，可能在《安东尼与克莉奥佩特拉》的结尾处溶解并消散（Ⅴ.ii.299），这为人们的眼睛提供了新的风景，但位于"日暮的幻影"以外的东西仍不清晰。剧作结束时，那种不确定的情绪可以用麦克白在另一个语境中的话表达出来：

> 心灵在胡思乱想中丧失了作用，把虚无的幻影认为真实了。（Ⅰ.iii.140-142）

[183]《安东尼与克莉奥佩特拉》结尾的结构异乎寻常地复杂——它令人困惑地融合了梦境与幻象、谜语与矛盾，这强调了爱侣经验的主观性。在他们临终之际，特别就在他们死亡的那一刻，

他们的幻象属于自己,从未被周围的人充分地分享。尽管如此,他们讲话的方式好像想要与其他人分享他们的经历一样。如果他们的爱情不能得到他们生活其中的世界的接受,安东尼就会想要找到或者建立一个新的世界,在那里,他们作为爱人的地位会得到所有人认可。在他们的最后时刻,他们的幻象有一种妄想的(hallucinatory)性质,爱洛斯准会因安东尼试图解释他那关于云的经历而感到困惑不解,正如道拉培拉会因克莉奥佩特拉对她梦境的叙述感到不解那样。克莉奥佩特拉的最后时刻正陷入纯粹的幻觉,但她试图让查米恩为她确证,以加强她个人的幻象:

> 你没有见我的婴孩在我的胸前吮吸乳汁,使我安然睡去吗?(V. ii. 309 – 310)

安东尼与克莉奥佩特拉将他们个人的幻象带到了坟墓中,从这个意义上讲,他们的故事是个悲剧。但他们为信徒留下了他们的爱情故事,从这个意义上讲,这个故事就成了喜剧。虽然从某个角度看来,他们的故事像一个悲剧那样以死亡结尾,但从另一个角度来看,它又像一个喜剧那样以婚姻结尾(Ⅳ. xiv. 100, V. ii. 287)。这就是为什么,在莎士比亚的所有悲剧中,《安东尼与克莉奥佩特拉》的结尾最缺少痛苦。男女主角遭受了失败,但如果我们能接受他们对事件的主观看法,那么就可以说,他们实现了某种形式的成功。虽然他们不能在罗马的世界中成婚,但至少如他们所见,"这世界还有其他地方"。但是,在最后,我们还要加上这样一句话:如果他们的故事是一个喜剧的话,那么它会是一种神圣的喜剧。

# 第六章　爱情与僭政

## 一

[184]正如我们所见,安东尼与克莉奥佩特拉的爱情故事,不能简单地被视作一种与公共生活相对立的私人生活的形式。虽然他们的激情引领他们远离了爱情传统的"公共认可"的形式,如婚约,但当他们的经历开始具有沉重的主观性时,当他们似乎除了梦与幻象以外一无所依时,他们部分地回归了公共领域,这至少找到了一小部分信仰他们爱情的追随者。但即便就"公共生活"一词最普通的意义而言,安东尼与克莉奥佩特拉也并非对公共生活漠不关心。在假定他们为爱情牺牲政治之前,人们必须考虑这个简单直接的问题:"如果安东尼与克莉奥佩特拉的政治地位对他们而言真的那么无足轻重的话,那么他们为什么从未考虑将放弃政治地位作为一种选择,以便他们能不受束缚地爱彼此呢?"指出安东尼请求"在雅典做一个平民"(Ⅲ.xii.15),这并非充分的答案。因为安东尼的恳求有一个附加条件,就是克莉奥佩特拉可以保留她的王位(Ⅲ.xii.16-19),这样一来,他或许就可以期待创造一个新的浪漫关系——"女王爱平民"。无论如何,他请求的唯一要点就是避免成为流亡者,以便保留他公开露面的权利。否则,他就没有理由向奥克泰维斯请求,让奥克泰维斯授予他生活在雅典的权利了。可以推测,如果安东尼与克

莉奥佩特拉愿意完全放弃公共生活,那么他们可能[185]在任何时间偷偷离开,消失在罗马帝国境内的芸芸众生中。我们知道,他们能多么轻松地融入亚历山大里亚的平民之中(Ⅰ.iv.18-21)。

但人们不愿想象玛克·安东尼夫妇顶着假名生活在某个地方,同时躲避着凯撒的军队。一旦他们宣布放弃了公共的世界,他们就不再是我们所知的安东尼与克莉奥佩特拉了。人们也想象得到,这一放弃的决定会招致多少激烈的指责。为了逃出法律的手掌心,他们必须逃到公众的视线之外,而如果逃出公众的视线,就意味着逃出公众的头脑,那么他们可能很快就会被甚至最忠实的追随者遗忘。显而易见,他们传奇故事的魅力就会消失,而且他们每天都会面对谋生的基本需求。如果他们真的为爱情放弃了政治,那么留给他们的,就只是安安稳稳地享受舒适但沉闷的关系,而这是他们始终力图避免的关系。事实上,人们很难想象,安东尼与克莉奥佩特拉在陷入私人生活的同时仍然保留他们的身份,这表明了,在他们自身渴望的爱情生活中,有某些在本质上属于公共事物的东西。

为了证明安东尼对公共生活漠不关心,评论家通常会引用他的首段台词:

> 让罗马融化在台伯河的流水里,让广袤帝国的高大的拱门倒塌吧!这儿是我生存的空间。纷纷列国,不过是一堆堆泥土;粪秽的大地养育着禽兽;生命的高贵就是如此,这样一双心心相印的情侣,这样的一对儿爱人能实现它;这儿是我永远的归宿;我要以惩罚的痛苦,迫使全世界知道,我们是卓立无匹的。(Ⅰ.i.33-40)

只有忽视了这段台词的第二部分,我们才会坚持通常对它的解释方法。在这个通常被视作安东尼拒绝公共角色的台词中,安东尼感到,必须唤起自己的政治权力,以[186]"惩罚的痛苦""迫使"世界知道他的爱情的独一无二。诚然,安东尼表明,他不再迷恋平素的政治角色,但这并不意味着他的意图是放弃公共生活。相反,他所寻找到的爱情自身就是一种公共生活的形式,或许这是一种对传统政治官职的替代,这种官职在新的罗马帝国中失去了吸引力。①安东尼不想承担政治责任的重担,但他确实渴求高级公职带来的好处,特别是那种所有目光都转向他的感觉。尽管怀疑罗马政治的价值,安东尼却不会在生活中接受一个低下的或微贱的位置。既然他不能缺乏高贵感,那他就必须重估高贵,让它在爱情中而非在政治中成为卓越之事。②

安东尼有关"生命的高贵"的台词展示出,除了确证他们的爱情,他与克莉奥佩特拉还寻求这个世界对他们爱情的认可——即承认他俩是最伟大的爱侣。安东尼与克莉奥佩特拉想要在爱情上超凡脱俗,正如共和国时期的罗马人想要在战争上出类拔萃一样,这就解释了,为什么他们像科利奥兰纳斯那样,渴望与值得较量的对手竞争——对他们而言,这对手并非奥菲狄乌斯而是狄多和埃涅阿

---

① 我们一开始或许会认为政治与公共生活是一致的,但一个公众人物也可以并非严格意义上的政治人物。我们的世界上有着许多利用在非政界(娱乐界、体育界、教育界等)获得的名声进入政界的例子。相反,安东尼与克莉奥佩特拉似乎想将政治视作跳板,得到某种新的但还未经定义的名声。

② 如果奥克泰维斯能够谈及"高贵的软弱"(V.ii.344),那么高贵在《安东尼与克莉奥佩特拉》中的含义必然与在《科利奥兰纳斯》中有所不同。《安东尼与克莉奥佩特拉》里的许多悖论与矛盾,都是随着剧作发展过程而逐步发生的对罗马价值重估的结果,随着失败变为成功,罗马传统上理解的高贵与低贱交换了位置。参Ⅰ.v.33-34,Ⅱ.ii.226、237-239,Ⅲ.iv.29-30,Ⅳ.xiv.78、108、136-138,Ⅳ.xv.84,V.ii.1-8、236-237、316。

斯。为了使自己区别于普通的爱侣,安东尼与克莉奥佩特拉设想了高贵爱情的观念,这种高贵爱情只能在两个超越了日常生活需求之上的人之间发生,因此,他们得以摆脱唯利是图的动机,并能够慷慨地表达他们的情感。安东尼与克莉奥佩特拉希望,他们的爱情属于古典含义上的"liberal"[自由的]爱情,是与"操着百工贱役的奴才们"(V.ii.209)相反的,自由人的爱情。当安东尼将"生命的高贵"定义为爱情的时候,他表明,并非所有的爱情都如此。他立刻增加了条件——"这样一双心心相印的情侣,这样的一对儿爱人能实现它"①,这将普通的凡人排除在高贵爱侣的等级之外。如果安东尼用这些词指涉他周围的王廷,并在暗示他与[187]克莉奥佩特拉行事的奢侈程度的话,那么他就表明了,为什么这样的爱情除了少数有特权的人能拥有外,大多数人都无法拥有。对安东尼与克莉奥佩特拉而言,爱情受到经济条件的支配,正如在《科利奥兰纳斯》中,战争是为贵族准备的那样,因此,爱情需要传统的财富特权。只有生来就富有的女人才能像克莉奥佩特拉那样,在昔特纳斯河上准备接见安东尼时花费大量钱财。对其他人而言,节省在香水上的开销,或者至少在维持有着丘比特与涅柔斯排面的开销,都是个过于庞大的诱惑。为了试图完整地理解安东尼与克莉奥佩特拉的爱情,人们不能忘记,安东尼将与他自由的爱情相对立的爱情设想为"贫乏者"(I.i.15)的爱情,也不能忘记安东尼打算通过他的爱情变得

---

① 有关"这一限制条件的力量",参见 Ernest Schanzer, *The Problem Plays of Shakespeare*(New York:Schocken Books,1963),p.155。

"卓立无匹"(Ⅰ.i.40)的目的。①

安东尼与克莉奥佩特拉的爱情并非没有掺杂骄傲,这两人也不像许多评论家所认为的那样缺乏野心。有时,安东尼与克莉奥佩特拉的爱情似乎并非罗马人追求公共声名的替代性选择,而更像是一种通往新的公共声名的替代性选择。一旦我们意识到,除了纯粹的爱欲之外,骄傲也在安东尼与克莉奥佩特拉的爱情中发挥作用,我们就理解了他们的关系是多么非同寻常的复杂。正如我们在分析共和制下的罗马时所见的那样,骄傲与爱欲通常是两种不同的力量,它们相互对立,也相互调和。但对安东尼与克莉奥佩特拉而言,骄傲与爱欲开始合二为一:他们在爱情中获得骄傲,骄傲又会增加他们生命中的爱欲力量。一旦安东尼与克莉奥佩特拉从他们的爱侣身份中获得成就感,他们需要从爱情中获得的东西就比大多数男男女女需要的更多,爱情对他们而言,远比通常扮演的角色更为重要。爱情当然是克莉奥佩特拉生命的中心——她的确将它视作一种职业,这正像任何罗马军团那样,能为她的声望带来许多光荣的胜利:

> [188]阔面广颐的凯撒啊,当你大驾光临的时候,我还只是一个少不更事的女郎,伟大的庞贝老是把他的目光落在我的脸上,好像永远舍不得离开一般。(Ⅰ.v.29-32)

克莉奥佩特拉在"一只许多君王们曾经吻过的手,他们一面吻,一面还在发抖"(Ⅱ.v.29-20)方面的成就,或许是她在展现自己

---

① Cecil, pp. 11 – 12, John Holloway, *The story of the Night* (London: Routledge & Kegan Paul, 1961), pp. 101 – 105; Louis Auchincloss, *Motiveless Malignity* (Boston: Houghton Mifflin, 1969), pp. 56 – 57.

以某种方法超越政治的方式,这就是说,那些政治家们必须屈服于她,而非她屈服于他们。在这种意义上,她的野心远不是非政治性的,而是超政治的:她想要统治罗马的统治者。①

安东尼并未一心一意地投身于爱情的事业,而且他确实能以一些传统的军事胜利来增加他的声望。然而,随着剧作的发展而愈加清晰的是,安东尼将他作为男人的全部价值,系于克莉奥佩特拉对他的爱之上,因为,他最终选择将她作为对他的行为唯一合格的评判。有时,安东尼的战斗似乎别无理由,只是为了赢得克莉奥佩特拉的赞美,他时不时地在她面前像个小学生那样炫耀、吹牛:

> 啊,亲爱的!要是你今天能够看见我在战场上驰骋,要是你也懂这种英雄的事业,你就会知道谁是能手。(Ⅳ. iv. 15 – 18)②

安东尼的夸口掩盖了一个严肃的问题,即随着他逐渐老去,他将失去爱与战争的能力。只有在他最为自信的时刻,这样的感觉才会浮出表面:

> 我的夜莺,我们已经把他们打退了。嘿,姑娘!虽然霜雪已经洒上我少年的褐发,可是我还有一颗勃勃的雄心,它能够帮助我建立青春的志业。(Ⅳ. viii. 18 – 22)

安东尼意识到,他的年龄可能会[189]从深层影响他与克莉奥佩特拉的关系。尽管他声称:"已经过去的事,我决不再介意"(Ⅰ.

---

① Matthew Proser, *The Heroic Ⅰmage in Five Shakespearean Tragedies* (Princeton:Princeton University Press,1965),p. 194. 查米恩对预言者的要求(Ⅰ. ii. 26 – 30)揭示出,这完全是超越政治的野心。

② 亦见Ⅲ. xiii. 172 – 183、191 – 194,Ⅳ. iv. 29 – 33,Ⅳ. viii. 19 – 22。

ii. 97),但他与克莉奥佩特拉都意识到,他们在走近彼此时各自都有着长久的、有些污点的爱情史,他们的过去遭到了具体的背叛事件的污染,并总是被一般性的关于不忠的怀疑围绕。① 在爱情的无尽背叛中度过一生的观念,仅由一个喜剧性的预言引入戏剧,预言中有一位女王,她成为一个又一个伟大丈夫的遗孀(Ⅰ. ii. 26 – 28),还有一个连续不断娶妻的男人,而这些妻子似乎不能让这个男人满意,尽管如此,她们还想要一次次给他戴绿帽子(Ⅰ. ii. 63 – 67)。无需太多想象力,这些景象就能转换为对克莉奥佩特拉和安东尼的爱情历程的"戏仿"或"梦魇"般的景象。② 或许,他们迫不及待地需要相信他们忠于彼此——这点明显地体现在安东尼乐意接受克莉奥佩特拉对她不忠的否认上③——其原因可以追溯到,他们确信,这场爱情是他们挽回自己作为爱侣的名声的最后机会,是他们最后一次可以在爱情中获得忠诚而非不忠名声的机会。例如,安东尼就不愿有关他的"回忆""享有恶名"(Ⅱ. ii. 156)。

在许多方面,安东尼的例子比克莉奥佩特拉的例子更能清晰地表明,这对爱侣需要彼此。因为,当安东尼想到克莉奥佩特拉的不忠时,他的绝望爆发出更大的力量。安东尼的全部世界以及他的个人身份意识,似乎在他以为克莉奥佩特拉背叛他之际统统融化(Ⅳ. xii. 20 – 29,Ⅳ. xiv. 1 – 20)。安东尼将全部的自我概念、男子气概都系在他对克莉奥佩特拉的爱情上,因此也系在克莉奥佩特拉对他的

---

① 参Ⅰ. i. 41,Ⅰ. iii. 27 – 29、62 – 65,Ⅱ. v. 107 – 108,Ⅱ. vi. 64 – 70,Ⅲ. xiii. 105、116 – 122。

② John Danby, *Poets on Fortune's Hill* (London: Faber & Faber, 1952), p. 136.

③ 参Ⅲ. xi. 69 – 70,Ⅲ. xiii. 167,Ⅳ. xiv. 34 – 36。

爱情上。在战争中,安东尼总是愿意保留选择的余地,给自己留有退路(Ⅲ.vii.52－53)。结果,他和他的士兵避免与那些背水一战的愤怒的士兵战斗,以致错失良机(Ⅲ.xiii.172－182)。但如果安东尼对克莉奥佩特拉的爱情遭到了失败,他将无处可逃。通常,一个在爱情中遭受挫折的人,[190]至少可以在他生活中的其他领域得到满足,以补偿这种挫折。但克莉奥佩特拉已经参与到安东尼生活中的方方面面了,他当然就无法寻求战争胜利,来安抚他在爱情上的失败,因为他的战争已经在为他的爱情服务了。只有在爱情中,安东尼才能最终开始面对真实的需求。只有在爱情中,他才最终感受到了那唤醒他灵魂最深处渴望的真正需要。只有在爱情中,安东尼才最终了解到"山穷水尽的核心"(Ⅳ.xii.29)是什么滋味。

在安东尼与克莉奥佩特拉努力成为独立且卓越的爱侣时,他们开始完全依赖爱情本身。爱情逐渐在他们的生命中占据了统治地位,直到成为他们唯一的价值,也因此是绝对的价值。在他们看来,没有什么东西的价值能与爱情相比,也没有任何东西可以弥补爱情的损失。这种情况不可能出现在《科利奥兰纳斯》中的罗马,此时的罗马对生活的划分如下:爱情是爱情,战争是战争,一种活动不许压倒另外一种。城邦让其公民的活动相互区分,并处于恰当的界限之内,所以,没有哪一种活动可以成为生活的全部,并吸引一位公民的全部注意力,因为城邦自身声称,它是唯一真正的整全。正如我们所见,维吉利娅不准备作为战士参与到丈夫的生活中,而是乐意在科利奥兰纳斯打仗时待在家中。如果维吉利娅尊重罗马的"门槛"(Ⅰ.iii.75),意味着她不能在战斗中提供帮助并安抚她的丈夫,那么这也意味着,在他最需要自己的思想不受束缚时不为他增加烦恼。

等到了《裘利斯·凯撒》的时代,爱情的地位在罗马人的生活中开始明显地上升。鲍西娅声称,她有权分享丈夫所说的秘密,她参与到丈夫的公共事务中的程度,会让维吉利娅觉得是种放肆(《裘利斯·凯撒》,II. i. 280 – 282、291 – 302)。虽然[191]对妻子分享秘密可能会让勃鲁托斯如释重负,但也因此威胁了他重要的事业,因为在第二幕第四场中鲍西娅差点儿因她的可疑行为泄露了针对凯撒的阴谋。鲍西娅拒绝被隔绝在勃鲁托斯生活中的一个角落,她因罗马共和政制为爱情设定的界限而感到气恼:

> 我虽然是您的一部分,可是那只是有限制的一部分,除了陪着您吃饭,在枕席上安慰安慰您,有时候跟您谈谈话以外,没有别的任务了吗?难道我只是您喜好的边缘吗?假如不过是这样,那么鲍西娅只是勃鲁托斯的娼妓,不是他的妻子了。(II. i. 282 – 287)

鲍西娅恰恰切中了要点:爱情是勃鲁托斯生活的"边缘"("suburbs"),而罗马是他生活的中心。鲍西娅希望自己不只是丈夫的家庭伴侣,这个温和的愿望模糊地预示出克莉奥佩特拉参与到安东尼生活中方方面面的过度欲望,尤其是在战斗中陪伴他的欲望。克莉奥佩特拉的出现或许可以看作为安东尼的战斗激情添了一把火,但这也分散了他对手头要事的注意力,正如爱诺巴勃斯对女王的警告:

> 安东尼看见了您,一定会心神不宁;他在军情紧急的时候,怎么可以让您分散他的有限的精力和宝贵的时间。(III. vii. 10 – 12)

但克莉奥佩特拉无视了爱诺巴勃斯的警告,因为她不允许安东尼的任何活动不以某种方式与他对她的爱密切相关。承认安东尼除了他们的爱情之外还有其他正当利益,就是承认有像她一样值得安东尼奉献的目标。这就是为什么她必须将阿克兴之战转化为一种爱情的测试:这是在以她的方式证明,她对安东尼而言是真正重要的一切(Ⅲ.xi.69-71)。相反,维吉利娅愿意与罗马城共享科利奥兰纳斯,从不梦想要求他无条件地向爱情投降。[192]甚至,在她与伏伦妮娅试图劝说科利奥兰纳斯撤回向罗马的行军时,虽然她们一开始用私人话语表达她们的请求,但随后,她们似乎开始以城邦的名义言说(V.i.73,V.iii.44、186)。人们可以设想,她们的道理无非如此:"你不关心罗马是对的,卡厄斯·马歇斯,但你应该关心我们,你所爱的人们。为了我们,也仅仅为了我们,不要毁坏这座城邦。如果你真的爱我们,你就不会做这种可怕的事了。"正因如此,她们的请求本应成为对科利奥兰纳斯之爱的直接测试,正像米尼涅斯那种彻底失败的请求那样。但伏伦妮娅强调,她和维吉利娅并非以科利奥兰纳斯对她们的爱的名义,要求他牺牲自己的荣誉,她们是向科利奥兰纳斯展示通往真正荣誉的道路(V.iii.131-155),使科利奥兰纳斯相信,他需要母邦来保存他的美名不受玷污。她们不想证明她们对科利奥兰纳斯的控制力,而是证明罗马城对他的控制力,当然这部分是通过她们——科利奥兰纳斯的罗马家人——得到证明的。她们对无条件之爱的概念一无所知。只有在科利奥兰纳斯还是伏伦妮娅养育出的英勇的罗马人时,她才爱她的儿子,她不能将他作为一个沃尔西人来爱(V.iii.178-180)。另一方面,只要安东尼感到他对罗马的事业还有任何残余的忠诚,克莉奥佩特拉就不能爱他(Ⅰ.ii.82-83)。通过要求安东尼在阿克兴之战中无条件的奉献,克莉奥佩特拉才能够从他那里得到她能完全控制他的承诺:

埃及的女王,你完全知道我的心是用绳子缚在你的舵上的,你一去就会把我拖着走;你知道你是我的灵魂的无上主宰,只要你向我一点头一招手,即使我奉有天神的使命,也会把它放弃了来听候你的差遣。(Ⅲ. xi. 56 - 61)

克莉奥佩特拉感受到了爱情的力量。用她自己的比喻,人们会说她钓住了安东尼的灵魂[193](Ⅱ. v. 10 - 15),并认为只要她愿意,就能随时把他钓上来。① 克莉奥佩特拉凭借安东尼对自己的无限需求,能够对他施行一种形式的统治,鉴于她对他专制的要求,我们或许会称,这是一种专制统治,或者说,一种僭政。将欲望比作僭政相当常见,莎士比亚也经常在他的剧作中顺带暗示爱情与僭政的关系。② 但在《安东尼与克莉奥佩特拉》中,爱情可能成为一种僭政的观点,是个基本观点。一旦爱情的价值成为无限的或者绝对的,爱情的要求就变得无法拒绝,我们或许就会这样回答安东尼:如果贫乏者的爱情才能衡量,那么奴役般的爱情就不能衡量。无边无际的欲望在人的灵魂中扮演的角色,与城邦中的僭主扮演的角色相同,它掌控了其他所有的欲望,让它们跟随它的领导,就像僭主为了他的目的清除一切障碍那样。③ 克莉奥佩特拉对安东尼施加的强大控制力,正如罗马城对其公民施加的控制力,如下事实证明了这

---

① Stephen Shaporp, "The Varying Shore of the World: Ambivalence in *Antony and Cleopatra*," *Modern Language Quarterly*, XXVII (1966), 25.
② 可参见,如《仲夏夜之梦》,Ⅰ. ii. 22;《特洛伊罗斯与克瑞西达》,Ⅲ. ii. 119;《罗密欧与朱丽叶》,Ⅰ. i. 21 - 23、169 - 170;以及《第十二夜》,Ⅲ. i. 120。
③ 《理想国》卷八与卷十对政制形式与灵魂形式的关联的论述中,城邦中的僭政与灵魂中无限的欲望相关。见 573b, 575a。

一点:安东尼发现,他很难离开克莉奥佩特拉,正如科利奥兰纳斯很难离开罗马那样。即便安东尼开始意识到,他受到了克莉奥佩特拉的奴役(Ⅰ.ii. 116 - 117、128),并想要与她"断绝关系",他也会犹豫不决,或者突然转变他的动机。并且,他将离开埃及视作克莉奥佩特拉对他控制力的增强,而非减弱(Danby, p. 135, p. 139)。安东尼的离去只是作为"一个光荣的测验"(Ⅰ.iii. 74 - 75)证明了他的爱情,因为他的战争在为克莉奥佩特拉服务,也受到她的意志的控制(Ⅰ.iii. 43 - 44、68 - 71)。由于罗马城与其习俗都无法提供稳定感,安东尼与克莉奥佩特拉被迫以一种新的且深深的激情依赖彼此。虽然他们对主观世界的探索似乎类似对一个全新的王国的征服,但它同样需要自制力向灵魂中的某些力量投降,而这些力量在古代城邦中受到了抑制。因此,他们脱离城邦的自由,便成了作彼此奴隶的自由,[194]这当然是一种"仁慈的"专制,尽管如此,它仍是专制。

## 二

在探索《安东尼与克莉奥佩特拉》中的爱情与僭政时,人们最终意识到,在剧中的世界里,公共与私人生活的领域多么密不可分地缠绕在一起。因为,如果爱侣们对彼此的所作所为可以视作隐喻意义上的僭政,那么正如我们将见到的,他们对各自臣下的行为就可以视作字面意义上的僭政。因此,人们可以说,他们的公共生活与私人生活由同一个原则统治。安东尼与克莉奥佩特拉无法清晰地区分他们的公共角色与私人角色,事实上,这几乎成了他们的典型特征。我们已经看到,他们从未试图将他们的风流韵事严格地控制在私生活领域,而是骄傲地在众目睽睽之下炫耀。如果检视他们作为统治者的行为,我们就能发现,他们从未试图阻止私人动机扰乱他们对公共事务的处理。总之,他们承认自己的私人需求,并允许这一需求左右他们的政治决策。既然他们的爱情中有这么多成问题的东西,那么当他们因感觉自己没有被爱而绝望之时,若还能头脑清晰地做出政治决策,那倒是件奇事了。而且,对于这些恋爱中的君王而言,由于他们作为爱人所感受到的任何微小的情绪,都会放大为对统治者尊严的冒犯,因而每一件家庭纠纷都成了国际大事。这一难题又与如下事实混合,即他们的政治权力没有完全独立于他们的爱情,但会与他们的爱情一起崩溃。以克莉奥佩特拉为例,她所有真实的政治权力都依赖于她对安东尼的控制力。她在听到安东尼与奥克泰维娅结婚时那么震惊,甚至想砍掉希律王的头,但她突然意识到,如果失去了安东尼的爱,[195]她同时也会失去发泄愤怒的权力:

> 我要那个希律王的头;可是安东尼去了,谁可以替我去干这一件事呢?(III. iii. 4 – 5)

相信自己失去了爱情,这对克莉奥佩特拉而言是双重打击,因为她感到自己既失去了对安东尼的控制力,又失去了对自己臣民的控制力。安东尼的政治权力并非像克莉奥佩特拉的政治权力那样,是派生的,因为他有着自己的军队。尽管如此,由于他的事业与克莉奥佩特拉对他的爱紧密相连,克莉奥佩特拉任何不忠的迹象,都会削弱安东尼对其部下的控制力,正如爱诺巴勃斯的评论:

> 主上,主上,你已经是一艘千疮百孔的破船,我们必须离开

你,让你沉到海里,因为你最亲爱的人也把你丢弃了。(Ⅲ. xiii. 63 – 65)

安东尼与克莉奥佩特拉在爱情中感受到了充满力量的喜悦感,但这种感觉的反面,是他们在爱情受到威胁时感受到的,无能为力的沮丧感(Simmons, p. 126, p. 148)。

如果安东尼与克莉奥佩特拉内心最深处的渴望不过是为了爱情放弃政治,人们就会看到,他们会欣然面对任何力量的失去,因为,这样一来他们就能真正地不受任何公共义务的束缚了。但安东尼与克莉奥佩特拉都因看到自己可能丧失权力而在内心深处发生了动摇,因为他们的尊贵感源自他们显赫的公共职位。克莉奥佩特拉的自尊,因战败后别人没有展现出对她的尊重而岌岌可危:

什么!一点礼貌都没有了吗?瞧,我的姑娘们;人家只会向一朵含苞未放的娇花屈膝,等到花残香消,他们就要掩鼻而过了。(Ⅲ. xiii. 38 – 40)

无论安东尼可能会如何吹嘘自己对政治权力漠不关心,但当他发现自己失去了指挥权时,他悲伤地哀叹,不再有人对他惟命是从:

[196]我的权力融化了:不久以前,我只要吆喝一声,国王们就会像一群孩子似的争先恐后问我有什么吩咐。(Ⅲ. xiii. 90 – 92)

安东尼对失去政治地位的恐惧有着特殊的理由,因为他知道,克莉奥佩特拉在恋爱中对公众人物有特殊的嗜好(Simmons, pp. 120 – 121, 136)。一旦他不再是大庞贝与裘利斯·凯撒的合格接任者,克莉奥佩特拉或许就会抛弃他,这似乎至少是安东尼在第三幕第十三场中的怀疑。此时,安东尼开始怀疑,他与奥克泰维斯命运的转变,是否会让现在的奥克泰维斯对克莉奥佩特拉而言更有吸引力。更早的时候,安东尼甚至担心,个人卓越地位的丧失,或许会影响他与奥克泰维娅的关系:

> 要是我失去了我的荣誉,就是失去了我自己;你与其有一个被人轻视的丈夫,不如不要嫁给我的好。(Ⅲ. iv. 22 – 24)

安东尼与克莉奥佩特拉无法将他们的公共角色与私人角色分开,这导致了他们生命中接连不断地产生复杂问题。对爱情的威胁,给予了他们怀疑自己政治权威的理由——这一点在克莉奥佩特拉的例子中特别明显。同样,对政治权力的威胁,给予了他们怀疑爱情的理由——这一点在安东尼的例子中特别明显。对他们而言,生活中一个领域的不安,会迅速扩展到其他领域,这是他们试图将爱情作为生活的全部所导致的必然结果,他们的全部生活变成了一种恶性循环的模式。在第二幕第五场以及第三幕第十三场中,我们首先看到了克莉奥佩特拉,然后看到了安东尼在爱情与政治上经受的沮丧感,这让我们意识到了,这个循环会变得多么恶劣。

在第二幕第五场,克莉奥佩特拉以一种在仁慈与残忍间狂乱变换的情绪,回应信使逐渐揭示出的安东尼与奥克泰维娅结婚的消息:

> [197]我就把金子像暴雨一般淋在你头上,把珍珠像冰雹一样撒在你身上。
>
> 我要用钢丝鞭打你,用盐水煮你,用酸醋慢慢地浸死你。(Ⅱ. v. 45 – 46、85 – 66)

信使履行职责受到的待遇与他自己的优缺点无关,而完全与克莉奥佩特拉在狂喜与绝望之间瞬息万变的情绪相应。克莉奥佩特拉会因她喜欢的消息赐予丰厚的奖励(28-30、68-69),也会因她厌恶的消息施以可怕的惩罚(33-35、73),她让讲谎话变得极有诱惑力,让说实话变得极度不谨慎,从而败坏了这个基本还算诚实的信使。因此,克莉奥佩特拉行为中基本的不公正处在于:她派给信使一个不可能完成的任务,即满足既告诉她实话又告诉她想听的消息这一相互矛盾的要求,并且因信使不能做到显然超出他能力范围之外的事而惩罚他(100-101)。克莉奥佩特拉在怒火冲天之际,完全无视通常意义上的正义原则,打消了一切有关有罪与无辜之别的想法:"天雷殛死的不一定是有罪的人。"(77)难以说出口的折磨以可怕的轻松语气跃上她的唇。在安东尼似乎负了她时,她开始感到不安,且必须通过逼迫匍匐在她脚边的可怜信使,来重新确立她作为强大女人的自我形象。对她而言,信使唯唯诺诺的屈服弥补了安东尼男子气的违抗。

在第三幕第十三场,安东尼对待奥克泰维斯使者的相似行为,更为清晰地体现了不安与在他人面前耍威风的愿望之间存在的联系。安东尼试图通过羞辱赛琉斯,来支撑他摇摇欲坠的骄傲。安东尼作为爱人与作为统治者的沮丧,在这一场戏剧中达到顶峰,并迅速将他平日对人的宽宏大量转变为极端的残忍。[198]他越有理由怀疑他作为统治者的力量,他就越需要确信克莉奥佩特拉对他的爱情,但他发现,让他感到自己的权威融解掉的事件,同样也引起了对克莉奥佩特拉不忠的怀疑:

让一个得了人家赏赐说一声"上帝保佑您"的家伙玩弄你

那受过我的爱抚的手,那两心相印的神圣的见证!(Ⅲ.xiii. 123 – 126)

安东尼对他先前的强大与现在的弱小感到困扰(140 – 147)。通过野蛮地鞭打赛琉斯,他似乎必须向自己证明,他还能以最卑劣的方式控制别人。安东尼想看他抽泣:

狠狠地鞭打他,打得他像个孩子一般捧住了脸哭着喊饶命。(Ⅲ. xiii. 99 – 101)

盛怒之下,安东尼完全漠不关心现在在奥克泰维斯营帐中的,他的老臣民歇巴契斯的死活:

要是他不喜欢我所说的话和所干的事,你可以告诉他我有一个已经赎身的奴隶歇巴契斯在他那里,他为了向我报复起见,尽管鞭笞他、吊死他、用酷刑拷打他,都随他的便;你也可以在旁边怂恿他。(Ⅲ. xiii. 147 – 151)

安东尼显然对一切人类责任的普遍标准充耳不闻:他因为奥克泰维斯的缘故惩罚赛琉斯,而歇巴契斯会因为他的所作所为遭受惩罚。

克莉奥佩特拉在第二幕第五场对待信使的方式,几乎是对我们脑海中的僭主的戏仿,这的的确确是一位东方暴君的形象;安东尼对待赛琉斯的方式也一点儿都不可笑,这完全是僭主的方式。安东尼与克莉奥佩特拉在统治中如同他们在爱情中那样喜怒无常。作为爱人,克莉奥佩特拉不会允许自己被安东尼的情绪统治,相反,她想要[199]让他适应她(Ⅰ.iii. 3 – 10)。她意识到,这是一种对安东尼施加形式上的控制权的方式,而她在爱情中的统治原则,与她和安东尼在政治中的统治原则相同。如果我们比较第四幕第二场与第四幕第八场,能明显地看出,他们始终都试图让臣民的情绪适应自己。安东尼的士兵既然"仰望着他"(Ⅰ.v.56),就能受到他狂乱的情绪变化的感染:

> 安东尼很勇敢,可是有些郁郁不乐;他的多舛的命运使他有时充满了希望,有时充满了忧虑。(Ⅳ.xii.6-9)

特别是,在安东尼与克莉奥佩特拉作为爱人感到痛苦时,他们不反对运用政治权力,让这种痛苦传播到他们的部下中间。他们有时似乎关心臣下的幸福,但这只是在自己需要臣下支撑他们摇摇欲坠的精神之时(Ⅲ.xiii.182-190)。有时,他们说话的方式似乎表明,他们并不关心臣下会发生什么。① 如果他们真的关心普世观点,让自己适应统治者的行为应该怎样,那么他们就永远不会公然讲出让罗马和埃及毁灭之类的话。

就这方面来讲,他们的行为与奥克泰维斯的行为形成了强烈对比。奥克泰维斯似乎已敏锐地意识到一个问题:在一个政治合法性的旧有形式已失去效力的世界,他得为自己的统治建立足够稳固的基础。奥克泰维斯总是很谨慎地证明自己有理,谨慎地为他的政治决策找理由,并谨慎地公开评判自己的行为,特别是他针对安东尼挑起的战争:②

---

① 参Ⅰ.i.33,Ⅰ.v.77-78,Ⅱ.v.78、93-95,Ⅲ.xiii.164。Paul Lawrence Rose, "The Politics of *Antony and Cleopatra*," *Shakespeare Quarterly*, XX(1969),382-383.

② 亦见I.iv.1-3,Ⅱ.ii.30-35,Ⅲ.vi.1-38,V.i.35-49、65-66。甚至安东尼也明白,奥克泰维斯特别关心"公众的耳朵"(Ⅲ.iv.5)。Barroll, "Octavius," pp.265,272.

> 跟我到我的帐里来,我要让你们看看我是多么不愿意牵扯进这场战争中;虽然在戎马倥偬的时候,我在给他的信中仍然是那么心平气和。跟我来,看看我在信中对他是怎样的态度。
> (V.i.73-77)

[200]有人可能会反对,认为奥克泰维斯对公共意见的尊重全是"作秀",或者说伪装,他只是想"让世界看看他的行事是多么高尚正大"(V.ii.44-45),而完全不关心其中的正义。但奥克泰维斯对公共评判的关心并非无关紧要,因为这让作为统治者的他行事适度、慎重,且因此在一个有限但重要的意义上是行事公正的。

相反,安东尼的行事作风显得好像他无需向任何人为自己辩护——或许除了克莉奥佩特拉,也因此,作为统治者的他往往会行事失度且轻率鲁莽,因而,基本上也是行事不公正的。他作为指挥官作出的最重要的决策,是在海上展开阿克兴之战。有人问他,为什么他在做奥克泰维斯正想让他做的事,他草草地回答:"因为他挑我在海上决战。"(Ⅲ.vii.29)安东尼不会解释,为什么必须与奥克泰维斯决战,或者为什么在海上决战是理性的行为。他认为,如果他表明,自己的个人荣誉受到了挑战,那么他已经说得足够多了。安东尼因为不愿考虑部下提出的反对意见,已经危险地高估了自己的能力(Ⅲ.vii.49-53)。凯尼狄斯与爱诺巴勃斯针对安东尼的决定提出了重要的反对理由(30-48);他的一位"英勇的"士兵指出了,安东尼在海上作战有违他自己的传统(61-66)。但是,在政治上,一如在爱情中,安东尼嘲笑了谨慎的理性与习俗。他拒绝给出解释,只是不断重复他的最初决策,最终结束了一切进一步的讨论。他与顾问们的全部讨论不过如此:

> 在海上,在海上。
> 我决定在海上作战。
> 好,好,去吧!(Ⅲ.vii.40、48、66)

[201]对士兵而言,安东尼作为指挥官的专断勉强发挥着爱的测验的作用,他们必须遵守他的命令,无论这些命令在当前的情景中多么令人吃惊,甚至荒谬。安东尼相信,无论他的士兵对他怀有怎样的忠诚,都不会是出于习惯或谨慎的结果,而是纯粹因为信仰那个作为领袖的他。但如果,他的统治也像他的爱情那样不讲条件,那它也同样像爱情那样缺乏保障,因为他的专断,促使甚至最忠心的追随者抛弃了他(Ⅲ.xiii.194-200)。①

大体而言,安东尼与克莉奥佩特拉的爱情与统治的共同之处是某种中庸或谨慎的缺乏,这基于他们蔑视一切对普通人而言的理性之物,或传统之物。更具体地说,他们的爱情与统治中的共同要素,是企图不经法律行事。我们已经看到,他们的个人关系至多可以理解为一种法律之外的婚姻,而对僭政最准确的定义,就是"无需法律的统治",这首先意味着非法确立的统治,但更重要的是专断的统治,也就是说,依据君主的个人意愿而不依据公开颁布的法令来统治。② 安东尼与克莉奥佩特拉作为统治者的特征,就是他们在做决定或者宣布决定时从不诉诸法律或习俗,这一点甚至与《科利奥兰

---

① 奥克泰维斯的士兵并未在他遭遇挫败时抛弃他,而是相当冷静地接受了他们的命运(Ⅳ.vii.1-3,Ⅳ.ix.4-5),然而安东尼的部下似乎特别惯于开小差。事实上我们从不知晓安东尼在战斗中失去了多少人,但我们知道他在战争后失去了多少人(Ⅲ.x.25-34,Ⅳ.vi.10-17)。

② 参见亚里士多德《政治学》1295a,色诺芬《回忆苏格拉底》Ⅳ.vi.12,《居鲁士的教育》Ⅰ.iii.18。

纳斯》中革命性的护民官也不同。① 法律会限制他们的权力,我们会看到,他们作为统治者无法无天的行为中,有着和他们爱情中相同的,超越所有限制的驱动力。可以说,他们的统治像他们的爱情那样有违传统,像他们自身那样独特,也同样不受外在的限制。在公共生活中亦如在私人生活中,安东尼和克莉奥佩特拉从不按套路出牌,好像他们不愿发出平庸的命令,正如他们不愿给出陈腐的爱情誓言那样。回想起最高的论断,即用来形容克莉奥佩特拉的——"习俗"不能"腐蚀她变化无穷的伎俩",人们或许会说,安东尼与克莉奥佩特拉在公共生活与私人生活中的指导原则,就是公然与陈腐的习俗为敌。

[202]一旦我们看清,安东尼与克莉奥佩特拉的统治是他们爱情的镜像,我们就能理解,为什么对他们性格的评判有着如此大的分歧。因为在私人生活的角度看来颇为正面的东西,从公共生活的角度来看就不那么有吸引力。同样的专制(absoluteness)让安东尼与克莉奥佩特拉作为爱侣光彩夺目,但也让他们看起来好像专横的统治者,即便他们在统治中追求的目标与在爱情中一致,即让现实与他们的欲望相适应,让他们的世界如他们设想的那样,无需做出妥协。正如爱侣那样,僭主生活在私人的天地中。当僭主被谄媚者与马屁精围绕时,他很容易用幻象代替真实。克莉奥佩特拉与信使的场景清楚地体现了这一点,僭主式的行为替她遮蔽了不受欢迎的真相,并将她留在一个用自己的希望与愿望构建的世界。在第二幕

---

① 法律一词在《安东尼与克莉奥佩特拉》中只出现一次(III. xii. 32 – 33),由奥克泰维斯在一个超越法律范围的语境中使用:赛琉斯被告知可以"颁布自己的法令"。安东尼最接近为其臣民制定法令的时候是在 I. i. 38 – 40,但这基本算不上传统意义上的法令,即便赛琉斯最终因它被判有罪并受到惩罚。

第五场中受到殴打的信使,在第三幕第三场中回来,他似乎学会了如何让自己的话语迎合女王的虚荣心。他只是任凭她在脑海中构建出一幅她想要的奥克泰维娅丑陋的画像,并用他"正确的判断"(III. iii. 25)虚伪地确证了克莉奥佩特拉的幻想。克莉奥佩特拉在这一场景中明显地生活在一个梦中的世界,让自己沉溺在她作为女人拥有绝对优势的思想中,但因为信使与查米恩跳出来附议她的每一条评论,她对自己幻象的主观性一无所知。

虽然我们或许想让克莉奥佩特拉享用女人的权力带来的愉悦想法(这一想法实属正当),但当她高估了自己作为君主的权力时,我们的反应就会不同:"我有六十艘船,凯撒的船不比我们多。"(III. vii. 49)此处,同样的虚荣心在发挥作用,但它会带来危险的结果,它诱使克莉奥佩特拉(并且她诱导安东尼)加入了一场有勇无谋的战斗。某种意义上,统治者的幻想似乎不像爱人的幻想那样无辜,[203]安东尼与克莉奥佩特拉也不能像多恩《封圣》中的爱侣那样,有权为自己辩护:

啊呀,啊呀,我们的爱情会伤害谁?
我的叹息掀翻了什么商船?

不像那些纯粹私密性的爱侣,安东尼和克莉奥佩特拉并非生活在一个自足的世界中——该世界由温和的比喻构成,相反,他们试图将真实的世界作为他们爱情的隐喻,安东尼最终在对一两艘"沉船"的悔恨中结束了生命。简言之,作为爱人似乎可以接受的特点——忠于他的欲望,作为统治者就不可接受,此时,这同样的特点就成了自私、专断且有意对现实视而不见。对安东尼与克莉奥佩特拉的统治的评价,是否会改变我们对他们爱情的看法,这取决于人们是否选择依据他们作为统治者——这些统治者生活在充斥着奉承的幻象世界——的特征,来阐释他们的爱情故事。

## 三

我们已经看到,安东尼与克莉奥佩特拉没有为私人生活牺牲公共生活,而是为了兴奋与新奇一意孤行,放弃了安定。这一描述同时适合他们作为统治者与作为爱侣的行为。因此,爱诺巴勃斯对安东尼在阿克兴之战中所作出的军事决策的批评,也同样表达了安东尼爱情策略的原则:

> 牺牲了最稳当的上策,去冒毫无把握的危险。(Ⅲ. vii. 45－48)

决定生活在危险之中,航向未知的海域,这是安东尼与克莉奥佩特拉最根本的英雄行为,因为,这代表了一种对所处世界中基本事实的直接反应,这一事实就是古典城邦的消解,以及由此导致的旧有习俗与传统价值的空洞。在这个意义上,理解安东尼[204]与克莉奥佩特拉的特例,就是对理解帝国政制下的总体生活迈出的重要一步。这对爱侣在试图抛弃习俗的支持而生活时面临的不安,即他们很难确证其思想与感觉的主观方式的有效性,这正是罗马帝国生活中的典型问题。例如,爱诺巴勃斯面临的两难问题就是如此。当城邦消失之后,他只能完全凭自己的感觉回答这个难题:什么是忠诚,什么是背叛。他显然无法求助任何权威,因为他的全部问题就是决定他应该接受什么权威。《安东尼与克莉奥佩特拉》中的人物如何应对漂泊在大海上的感觉,如何突然生活在失去了引导、道德观复杂而忠诚四分五裂的世界,这似乎成了对他们所剩无几的英雄勇气的唯一真实的测验。

爱诺巴勃斯是个因无法找到任何自己能相信的东西而遭到毁灭的例子。其他的角色,其中最重要的是奥克泰维斯,似乎对罗马帝国中生活准则的改变感到惬意,他们降低了他们的视线,并遵循中庸这种谨慎的行动方式。奥克泰维斯满足于做"全天下的主人"(Ⅲ. xiii. 72),一位缺乏英雄色彩的帝国官僚机器的管理者,虽然这个官僚机器没有他也能有序运转(Ⅲ. i. 16 – 17,Ⅲ. xi. 38 – 40,Ⅲ. xiii. 22 – 25)。他似乎愿意放弃有关卓越个体的罗马旧观念,特别是,愿意为了统治权而战斗至死的英雄主义观念(Ⅳ. xv. 29 – 31,Ⅳ. i. 3 – 6,Ⅳ. ii. 1 – 4)。只有安东尼与克莉奥佩特拉在反抗罗马帝国政制带来的平庸效应(Ⅳ. xv. 65 – 68),为超越平庸的人们——这些人的渴望不过是"睡睡吃吃"(Ⅱ. i. 26,Ⅴ. ii. 187)——而抗争。既然安东尼与克莉奥佩特拉无法在传统资源中找到价值,那么他们就被迫为自身创造价值。① 正如我们所见,由于罗马帝国无法为其公民提供罗马共和国所能提供的整全感,安东尼与克莉奥佩特拉就试图让爱情成为他们生命的全部,将他们的激情作为[205]他们生存的意义,这个聚焦点更狭小但也更集中。因此,在剧作的所有人物中,他们可以说是仅有的以英雄的方式来回应因罗马共和国政制解体而带来的挑战的人。虽然不再拥有意义明确的高贵,但他们并未因困惑或自满就放弃对高贵的追求,而是试图寻找一条超出城邦界

---

① 在最低程度上,爱侣的创造性展现在他们无休止地发明新的娱乐与消遣上,这概括在安东尼的问题中:"今晚我们怎样玩?"(Ⅰ. i. 46 – 47)有关《安东尼与克莉奥佩特拉》中创造性与虚无主义的联系,见 Terence Eagleton, *Shakespeare and Society*(New York:Schocken Books,1967),pp. 122 – 123。

限的通往高贵的新道路,无论这种找寻被证明有多么危险。

由此观之,安东尼与克莉奥佩特拉的故事,与科利奥兰纳斯的故事显示出内在的关联。安东尼与克莉奥佩特拉将未知的海洋作为他们的基础,并寻找"新的天地",这与科利奥兰纳斯独自离开罗马的城门,希望找到"世界的其他地方"很相似。在试图脱离城邦而生活这方面,三个人物都展现了相同的骄傲与勇气,以及超越人类传统界限的相同冲动。因此,安东尼与克莉奥佩特的特征,也可以用我们在《科利奥兰纳斯》中评论的,同样的"神—兽"意象模式刻画出来。在天神的层面,安东尼扮演着马尔斯与乔武的角色,而克莉奥佩特拉扮演着维纳斯与伊西丝的角色。在野兽的层面,安东尼通常与马相关,克莉奥佩特拉总是与蛇相连,虽然两者偶尔会披着古怪的隐喻外衣出场,例如,克莉奥佩特拉被比作"六月的母牛",①而安东尼被比作"痴心的水凫"(Ⅲ. x. 14、19)。克莉奥佩特拉在谈及安东尼时,简洁地总结了这种意象的正反两面:"虽然他一面像戈尔贡,另一面却像马尔斯。"(Ⅱ. v. 116 – 117)

神—兽的意象在《安东尼与克莉奥佩特拉》中,与在《科利奥兰纳斯》中同样重要:它反映了剧中的世界向或超越、或低于普遍人类水平的新的可能性敞开大门,这种可能性或许面向所有人,而非仅仅面向被逐出母邦的科利奥兰纳斯那样的人。《安东尼与克莉奥佩特拉》中的世界从一开始就有着非城邦的本质,而放逐,已经成为基本的人类境况,正如剧中人物发现[206]他们在新秩序中失去位置并迷失方向那样。他们在摇摇晃晃的大地和"流沙"上"站立不

---

① 有关兽与神在这一意象中可能存在的联系,见 Robert G. Hunter, "Cleopatra and the 'Oestre Junonicque,'" *Shakespeare Studies*, V(1969),236 – 239。

稳",他们有时感到好像"一丝最轻微的风都可以把他们吹倒"(Ⅱ. vii. 2 – 3、59)。在战败之际,安东尼表达了困惑的感觉,而这种感觉在剧中几乎随时可见:

> 我在这世上盲目夜行,已经永远迷失了我的路。(Ⅲ. xi. 3 – 4)

安东尼在此处及别处的困惑提醒我们,边界的缺乏意味着路标的缺乏。共和国解体后,罗马人感受了从古典城邦受束缚的世界中解放出来的自由,但这自由从头到尾都存在问题:无边界也意味着无根系,如果爱欲的释放创造了新的机遇,它的觉醒也终结了旧的机遇,并带来了新的困难。独立,它以某种方式引起了安东尼与克莉奥佩特拉故事中使人兴奋的景象,但它也以爱诺巴勃斯为例提供了发人深省的视角。寻找新的高贵之源,对安东尼与克莉奥佩特拉而言已经足够困难;而对那些缺乏创造力——对于形成与他们自身欲望相协调的私人世界,这类能力必不可少——的人而言,罗马帝国的公共世界确实变得荒芜。如果不能说,罗马共和国的解体明显有益,那么,我们就能理解,为什么莎士比亚笔下的罗马的处境在根本上是种悲剧。罗马共和制存在时,它发挥着控制罗马人野心的作用,一旦共和制解体,罗马人就不再确定他们渴望什么。换句话说,罗马人,至少是最优秀的罗马人,因受到政制的约束而发怒,甚至反抗这些约束,但一旦他们成功地突破了城邦的控制,他们就发现,自己很难在没有罗马的指导下生活。在这层意义上,科利奥兰纳斯的故事最为清晰地揭示了莎士比亚笔下的罗马人面对的两难困境:科利奥兰纳斯发现,他无法生活在城邦之内,但他同样发现,自己也无法离开城邦而生活。①

[207]只有将《科利奥兰纳斯》与《安东尼与克莉奥佩特拉》作为姊妹篇来阅读,我们才能这样理解罗马剧。如果单单阅读《科利奥兰纳斯》,我们或许会怀疑,古典城邦约束性的本质是否存在任何益处。同样,如果单单阅读《安东尼与克莉奥佩特拉》,我们或许将剧中政治生活的空洞无意义视作前提,从而不会考虑到是否存在其他可供选择的政制——在其中,政治能够滋养人的公共精神。由于一部剧作有助于确定另一部剧作中的世界所缺乏的东西,所以,这两部剧作相互补充。《科利奥兰纳斯》中的罗马抑制其公民的野心,但它至少为他们提供了一个家园,并在城邦的语境下赋予他们生活的意义。《安东尼与克莉奥佩特拉》中的罗马为其公民提供了"不朽的渴望",但这些渴望的本质决定了,它们无法在这个世界中实现,这迫使剧中人物去寻找其它的世界。无论在共和制的罗马,还是在帝制的罗马,人的野心与他们所遭遇的现实之间的不一致都潜藏着悲剧性。最终,罗马的悲剧之源可以追溯到如下事实:罗马共和国给公民提供的高贵,只能以牺牲智慧与自知为代价,而罗马帝国为私人生活提供的自由,只能以牺牲永恒的且富有意义的公共语境中的高贵为代价。如果我们在阅读中将《科利奥兰纳斯》与《安东尼与克莉奥佩特拉》作为相互参照的对象,那么莎士比亚笔下的罗马就会给我们留下如此印象:一个城邦因其塑造的各式各样的伟大之人而伟大,但悲剧的是,这个城邦与这种伟大完满且独立

---

① 参 Simmons, p. 18:"在科利奥兰纳斯身上,莎士比亚发现了这样一个英雄,他的命运是更大的悲剧的缩影,即罗马自身的悲剧。"参见 Simmos, p. 9 对这一悲剧本质的论述:"就算在这座城邦有助于产生抱负时,罗马的压力与危机也在与想象发生冲突。"

的发展不相称。

最终,无论我们能从将《科利奥兰纳斯》与《安东尼与克莉奥佩特拉》视作姊妹篇的做法中得到什么,我们都不能回避这一事实,即剧作几乎为所有读者都留下了不同的印象。人们发现,很少有批评家认为,两部剧作在艺术成就上达到了同等水平。① 目前,围绕《科利奥兰纳斯》的讨论基本上[208]笼罩在《安东尼与克莉奥佩特拉》的阴影下,好像必须要防止一个健全但平庸的孩子,挤进他更有名、更帅气的兄弟所站的聚光灯下。在大多数评论家的脑海中,让《安东尼与克莉奥佩特拉》显然超越于《科利奥兰纳斯》的特质就是,前剧所探讨的问题范围更广,也没有那么强的党派性,它远远超越了相对世俗的贵族与平民的争执。然而,与其把《安东尼与克莉奥佩特拉》视作莎士比亚最宏阔的作品,使之对立于"构思狭隘"的《科利奥兰纳斯》,我们不如将前者所具有的普世性视作对后者的地方性和党派性的补充。总之,《安东尼与克莉奥佩特拉》的超地域背景,是戏剧给人留下普世性印象的原因,而这种广阔,正是《科利奥兰纳斯》受限于单一城邦的狭隘视野的反面。两部戏剧都围绕着同样的主题展开,即受到城邦束缚意味着什么,脱离它又意味着什么。或者,换句话说,植根于城邦意味着什么,从城邦中连根拔起又意味着什么。虽然《科利奥兰纳斯》看似关注被限制在城邦之内的人,但这部剧作确实因主人公试图离开罗马而朝着普适性的方向发展。与此相似,虽然《安东尼与克莉奥佩特拉》的范围囊括了整个地中

---

① T. S. 艾略特是少数称《科利奥兰纳斯》"与《安东尼与克莉奥佩特拉》一样,是莎士比亚就艺术上而言最为明确的成功之作"(*Selected Essays* [New York: Harcourt, Brace, 1932], p. 124)的人。就像为了证明这个论点那样,Charney 在第 40 页写道,这是一个"令人困惑不解的评论"。

海世界，但由于爱侣在无根系的、四海为家的生活中寻找一个稳定的避难所，它的视野逐步缩小到一座坟墓的边界之内（参 Adelman，p. 159，p. 255[note 44]）。因此，两部剧作从不同的视角探讨了同一个问题，即城邦与人的问题。在揭示这一关系潜在的悲剧性本质中，在主人公与政治共同体之间的张力中，两部罗马剧为莎士比亚悲剧的总体本质，提供了一个意义深远的线索。

# 索 引

Adelman, Janet, 25, 212-213, 222-223, 225
Alcibiades, 14, 211, 216-218
Aristotle, 101-102, 123, 209, 211, 213-217, 219, 225
Athens, 173, 184, 219
Auchincloss, Louis, 224

Barroll, J. Leeds, 212, 220-221, 224
Battenhouse, Roy, 214-216, 220-221, 223
Beethoven, Ludwig van, 210
Blisset, William, 221
Bloom, Allan, 211, 214, 217-218, 220, 222
Bodin, Jean, 219
Bradley, A. C., 213, 220
Brecht, Bertolt, 210
Brower, Reuben, 214, 216, 218
Browning, R., 215
Bryant, J. A., Jr., 221
Bullough, Geoffrey, 12, 210-211
Burke, Kenneth, 219

Carr, W. I., 218-219
Cecil, Lord David, 219, 222, 224
Charney, Maurice, 24, 27, 212, 217-218, 220, 222, 225
*Cymbeline*, 181

Daiches, David, 222
Danby, John, 224
Danson, Lawrence, 215, 217-218
Donne, John, 170, 175, 203
Dryden, John, 127-128

Eagleton, Terence, 225

Eckermann, Johann Peter, 209
Eliot, T. S., 210, 225
Enright, D. J., 217
Evans, G. Blakemore, 210, 212

Fritz, Kurt von, 209

Goddard, Harold, 12, 16, 210-211, 213-215
Goethe, Johann Wolfgang von, 209
Greville, Fulke, 17, 210

Halio, Jay, 220
Hamlet, 89, 114
Hardy, Alexandre, 210
Holloway, John, 224
Huffman, Clifford Chalmers, 210, 213, 215
Hunter, Robert G., 225

Jaffa, Harry, 213
Johnson, Samuel, 7, 8, 209
Jonas, Hans, 223
Jonson, Ben, 7, 17

Knight, G. Wilson, 136, 220
Knights, L. C., 218
Kott, Jan, 210

Lear, King, 124
Lees, F. N., 217
Levin, Harry, 218
Livy, 12, 216, 219
Lycurgus, 83-84, 215-216

Macbeth, 114, 182

MacCallum, M. W., 209, 213, 220
Machiavelli, Niccolò, 41-42, 209-210, 213, 215-217, 219-220
Mack, Maynard, 220
Mansfield, Harvey C., Jr., 217, 219
Markels, Julian, 223
Marvell, Andrew, 170
McCanles, Michael, 215-217
*A Midsummer Night's Dream*, 161, 172-173, 222, 224
Milton, John, 145
Montesquieu, 11, 210
*Much Ado About Nothing*, 159
Myers, Henry Alonzo, 222

Nicanor, 118-119, 218-219
Nietzsche, Friedrich, 53, 125, 219
Nolan, C. E., 222
North, Sir Thomas, 61, 137, 211, 218

Ortega y Gasset, José, 211

Palmer, John, 209
Petrarch, 160
Phillips, James, Jr., 209, 214
Phocion, 218-219
*The Phoenix and Turtle*, 223
Plato, 14, 69, 213, 217, 224
Plutarch, 12-15, 41-42, 61-62, 66-67, 97, 118, 137, 142, 209, 211, 213-214, 216-223
Poison, Rodney, 216
Polybius, 209, 215
Proser, Matthew, 224

Rabkin, Norman, 209, 214, 219, 222
Rank, Otto, 215

Riemer, A. P., 219, 222
*Romeo and Juliet*, 160-161, 163, 172, 177, 224
Romulus, 215-216
Rose, Paul Lawrence, 224
Rougemont, Denis de, 222

Schanzer, Ernest, 224
Schwartz, Elias, 223
Seaton, Ethel, 221
Sen, Sailendra Kuman, 218
Seng, Peter J., 220
Shapiro, Stephen, 224
Simmons, J. L., 215-217, 219-221, 224-225
Slater, Ann, 220
Socrates, 218-219
Sparta, 82-84, 117, 215
Spencer, T. J. B., 210-211, 214, 218-219
Stampfer, Judah, 214, 222
Stein, Arnold, 221, 223
Stockholder, Katherine, 215, 217-218

Thomson, James, 210
*Titus Andronicus*, 211
Traversi, Derek, 128, 213-214, 216, 219, 223
Tristan and Isolde, 163, 170, 177-178
Troilus, 160, 164
*Troilus and Cressida*, 217, 224
*Twelfth Night*, 224

Wagner, Richard, 170, 177
Waith, Eugene M., 217

Xenophon, 225

## 图书在版编目（CIP）数据

莎士比亚的罗马：共和国与帝国/（美）保罗·坎托（Paul A. Cantor）著；张霄译.--北京：华夏出版社有限公司，2022.8
（西方传统：经典与解释）
书名原文：Shakespeare's Rome: Republic and Empire
ISBN 978-7-5222-0115-3

Ⅰ.①莎… Ⅱ.①保… ②张… Ⅲ.①莎士比亚（Shakespeare, William 1564—1616）－戏剧文学－文学研究 Ⅳ.①I561.073

中国版本图书馆 CIP 数据核字（2022）第 073731 号

Shakespeare's Rome: Republic and Empire © 1976 by Paul A. Cantor.
Preface to the paperback edition © 2017 by Paul A. Cantor.
Licensed by The University of Chicago Press, Chicago, Illinois, U.S.A.
All rights reserved.

北京市版权局著作权合同登记号：图字：01-2020-6025 号

## 莎士比亚的罗马：共和国与帝国

| | |
|---|---|
| 作　　者 | [美]保罗·坎托 |
| 译　　者 | 张　霄 |
| 责任编辑 | 王霄翎 |
| 责任印制 | 刘　洋 |
| 出版发行 | 华夏出版社有限公司 |
| 经　　销 | 新华书店 |
| 印　　刷 | 北京汇林印务有限公司 |
| 装　　订 | 北京汇林印务有限公司 |
| 版　　次 | 2022 年 8 月北京第 1 版<br>2022 年 8 月北京第 1 次印刷 |
| 开　　本 | 880×1230　1/32 开 |
| 印　　张 | 7.75 |
| 字　　数 | 180 千字 |
| 定　　价 | 68.00 元 |

**华夏出版社有限公司**　　地址：北京市东直门外香河园北里 4 号
邮编：100028　电话：（010）64663331（转）　网址：www.hxph.com.cn
若发现本版图书有印装质量问题，请与我社营销中心联系调换。

西方传统：经典与解释
Classici et Commentarii
**HERMES**
刘小枫◎主编

## 古今丛编

欧洲中世纪诗学选译　宋旭红 编译
克尔凯郭尔　[美]江思图 著
货币哲学　[德]西美尔 著
孟德斯鸠的自由主义哲学　[美]潘戈 著
莫尔及其乌托邦　[德]考茨基 著
试论古今革命　[法]夏多布里昂 著
但丁：皈依的诗学　[美]弗里切罗 著
在西方的目光下　[英]康拉德 著
大学与博雅教育　董成龙 编
探究哲学与信仰　[美]郝岚 著
民主的本性　[法]马南 著
梅尔维尔的政治哲学　李小均 编/译
席勒美学的哲学背景　[美]维塞尔 著
果戈里与鬼　[俄]梅列日科夫斯基 著
自传性反思　[美]沃格林 著
黑格尔与普世秩序　[美]希克斯 等著
新的方式与制度　[美]曼斯菲尔德 著
科耶夫的新拉丁帝国　[法]科耶夫 等著
《利维坦》附录　[英]霍布斯 著
或此或彼（上、下）　[丹麦]基尔克果 著
海德格尔式的现代神学　刘小枫 选编
双重束缚　[法]基拉尔 著
古今之争中的核心问题　[德]迈尔 著
论永恒的智慧　[德]苏索 著
宗教经验种种　[美]詹姆斯 著
尼采反卢梭　[美]凯斯·安塞尔-皮尔逊 著
舍勒思想评述　[美]弗林斯 著
诗与哲学之争　[美]罗森 著

神圣与世俗　[罗]伊利亚德 著
但丁的圣约书　[美]霍金斯 著

## 古典学丛编

赫西俄德的宇宙　[美]珍妮·施特劳斯·克莱 著
论王政　[古罗马]金嘴狄翁 著
论希罗多德　[古罗马]卢里叶 著
探究希腊人的灵魂　[美]戴维斯 著
尤利安文选　马勇 编/译
论月面　[古罗马]普鲁塔克 著
雅典谐剧与逻各斯　[美]奥里根 著
菜园哲人伊壁鸠鲁　罗晓颖 选编
《劳作与时日》笺释　吴雅凌 撰
希腊古风时期的真理大师　[法]德蒂安 著
古罗马的教育　[英]葛怀恩 著
古典学与现代性　刘小枫 编
表演文化与雅典民主政制
[英]戈尔德希尔、奥斯本 编
西方古典文献学发凡　刘小枫 编
古典语文学常谈　[德]克拉夫特 著
古希腊文学常谈　[英]多佛 等著
撒路斯特与政治史学　刘小枫 编
希罗多德的王霸之辨　吴小锋 编/译
第二代智术师　[英]安德森 著
英雄诗系笺释　[古希腊]荷马 著
统治的热望　[美]福特 著
论埃及神学与哲学　[古希腊]普鲁塔克 著
凯撒的剑与笔　李世祥 编/译
伊壁鸠鲁主义的政治哲学
[意]詹姆斯·尼古拉斯 著
修昔底德笔下的人性　[美]欧文 著
修昔底德笔下的演说　[美]斯塔特 著
古希腊政治理论　[美]格雷纳 著
神谱笺释　吴雅凌 撰

赫西俄德：神话之艺
[法]居代·德拉孔波 编

赫拉克勒斯之盾笺释　罗逍然 译笺

《埃涅阿斯纪》章义　王承教 选编

维吉尔的帝国　[美]阿德勒 著

塔西佗的政治史学　曾维术 编

## 古希腊诗歌丛编

古希腊早期诉歌诗人　[英]鲍勒 著

诗歌与城邦　[美]费拉格、纳吉 主编

阿尔戈英雄纪（上、下）
[古希腊]阿波罗尼俄斯 著

俄耳甫斯教祷歌　吴雅凌 编译

俄耳甫斯教辑语　吴雅凌 编译

## 古希腊肃剧注疏

欧里庇得斯的现代性　[法]德·罗米伊 著

自由与僭越　罗峰 编译

希腊肃剧与政治哲学　[美]阿伦斯多夫 著

## 古希腊礼法研究

宙斯的正义　[英]劳埃德-琼斯 著

希腊人的正义观　[英]哈夫洛克 著

## 廊下派集

剑桥廊下派指南　[加]英伍德 编

廊下派的苏格拉底　程志敏 徐健 选编

廊下派的神和宇宙　[墨]里卡多·萨勒斯 编

廊下派的城邦观　[英]斯科菲尔德 著

## 希伯莱圣经历代注疏

希腊化世界中的犹太人　[英]威廉逊 著

第一亚当和第二亚当　[德]朋霍费尔 著

## 新约历代经解

属灵的寓意　[古罗马]俄里根 著

## 基督教与古典传统

保罗与马克安　[德]文森 著

加尔文与现代政治的基础　[美]汉考克 著

无执之道　[德]文森 著

恐惧与战栗　[丹麦]基尔克果 著

托尔斯泰与陀思妥耶夫斯基
[俄]梅列日科夫斯基 著

论宗教大法官的传说　[俄]罗赞诺夫 著

海德格尔与有限性思想（重订版）
刘小枫 选编

上帝国的信息　[德]拉加茨 著

基督教理论与现代　[德]特洛尔奇 著

亚历山大的克雷芒　[意]塞尔瓦托·利拉 著

中世纪的心灵之旅　[意]圣·波纳文图拉 著

## 德意志古典传统丛编

克劳塞维茨论现代战争　[澳]休·史密斯 著

《浮士德》发微　谷裕 选编

尼伯龙人　[德]黑贝尔 著

论荷尔德林　[德]沃尔夫冈·宾德尔 著

彭忒西勒亚　[德]克莱斯特 著

穆佐书简　[奥]里尔克 著

纪念苏格拉底——哈曼文选　刘新利 选编

夜颂中的革命和宗教　[德]诺瓦利斯 著

大革命与诗化小说　[德]诺瓦利斯 著

黑格尔的观念论　[美]皮平 著

浪漫派风格——施勒格尔批评文集　[德]施勒格尔 著

## 美国宪政与古典传统

美国1787年宪法讲疏　[美]阿纳斯塔普罗 著

## 启蒙研究丛编

论古今学问　[英]坦普尔 著

历史主义与民族精神　冯庆 编

浪漫的律令　[美]拜泽尔 著

现实与理性　[法]科维纲 著

论古人的智慧　[英]培根 著

托兰德与激进启蒙　刘小枫 编

图书馆里的古今之战　[英]斯威夫特 著

## 政治史学丛编
驳马基雅维利　[普鲁士]弗里德里希二世 著
现代欧洲的基础　[英]赖希 著
克服历史主义　[德]特洛尔奇 等著
胡克与英国保守主义　姚啸宇 编
古希腊传记的嬗变　[意]莫米利亚诺 著
伊丽莎白时代的世界图景　[英]蒂利亚德 著
西方古代的天下观　刘小枫 编
从普遍历史到历史主义　刘小枫 编
自然科学史与玫瑰　[法]雷比瑟 著

## 地缘政治学丛编
地缘政治学的起源与拉采尔　[希腊]斯托杨诺斯 著
施米特的国际政治思想　[英]欧迪瑟乌斯/佩蒂托 编
克劳塞维茨之谜　[英]赫伯格-罗特 著
太平洋地缘政治学　[德]卡尔·豪斯霍弗 著

## 荷马注疏集
不为人知的奥德修斯　[美]诺特维克 著
模仿荷马　[美]丹尼斯·麦克唐纳 著

## 品达注疏集
幽暗的诱惑　[美]汉密尔顿 著

## 阿里斯托芬集
《阿卡奈人》笺释　[古希腊]阿里斯托芬 著

## 色诺芬注疏集
居鲁士的教育　[古希腊]色诺芬 著
色诺芬的《会饮》　[古希腊]色诺芬 著

## 柏拉图注疏集
挑战戈尔戈　李致远 选编
论柏拉图《高尔吉亚》的统一性　[美]斯托弗 著
立法与德性——柏拉图《法义》发微　林志猛 编
柏拉图的灵魂学　[加]罗宾逊 著
柏拉图书简　彭磊 译注
克力同章句　程志敏 郑兴凤 撰
哲学的奥德赛——《王制》引论　[美]郝兰 著
爱欲与启蒙的迷醉　[美]贝尔格 著
为哲学的写作技艺一辩　[美]伯格 著
柏拉图式的迷宫——《斐多》义疏　[美]伯格 著
苏格拉底与希琵阿斯　王江涛 编译
理想国　[古希腊]柏拉图 著
谁来教育老师　刘小枫 编
立法者的神学　林志猛 编
柏拉图对话中的神　[法]薇依 著
厄庇诺米斯　[古希腊]柏拉图 著
智慧与幸福　程志敏 选编
论柏拉图对话　[德]施莱尔马赫 著
柏拉图《美诺》疏证　[美]克莱因 著
政治哲学的悖论　[美]郝岚 著
神话诗人柏拉图　张文涛 选编
阿尔喀比亚德　[古希腊]柏拉图 著
叙拉古的雅典异乡人　彭磊 选编
阿威罗伊论《王制》　[阿拉伯]阿威罗伊 著
《王制》要义　刘小枫 选编
柏拉图的《会饮》　[古希腊]柏拉图 等著
苏格拉底的申辩（修订版）　[古希腊]柏拉图 著
苏格拉底与政治共同体　[美]尼柯尔斯 著
政制与美德——柏拉图《法义》疏解　[美]潘戈 著
《法义》导读　[法]卡斯代尔·布舒奇 著
论真理的本质　[德]海德格尔 著
哲人的无知　[德]费勃 著
米诺斯　[古希腊]柏拉图 著
情敌　[古希腊]柏拉图 著

## 亚里士多德注疏集
《诗术》译笺与通绎　陈明珠 撰
亚里士多德《政治学》中的教诲　[美]潘戈 著
品格的技艺　[美]加佛 著
亚里士多德哲学的基本概念　[德]海德格尔 著
《政治学》疏证　[意]托马斯·阿奎那 著

尼各马可伦理学义疏 [美]伯格 著
哲学之诗 [美]戴维斯 著
对亚里士多德的现象学解释 [德]海德格尔 著
城邦与自然——亚里士多德与现代性 刘小枫 编
论诗术中篇义疏 [阿拉伯]阿威罗伊 著
哲学的政治 [美]戴维斯 著

## 普鲁塔克集

普鲁塔克的《对比列传》 [英]达夫 著
普鲁塔克的实践伦理学 [比利时]胡芙 著

## 阿尔法拉比集

政治制度与政治箴言 阿尔法拉比 著

## 马基雅维利集

解读马基雅维利 [美]麦考米克 著
君主及其战争技艺 娄林 选编

## 莎士比亚绎读

莎士比亚的罗马 [美]坎托 著
莎士比亚的政治智慧 [美]伯恩斯 著
脱节的时代 [匈]阿格尼斯·赫勒 著
莎士比亚的历史剧 [英]蒂利亚德 著
莎士比亚戏剧与政治哲学 彭磊 选编
莎士比亚的政治盛典 [美]阿鲁里斯/苏利文 编
丹麦王子与马基雅维利 罗峰 选编

## 洛克集

上帝、洛克与平等 [美]沃尔德伦 著

## 卢梭集

致博蒙书 [法]卢梭 著
政治制度论 [法]卢梭 著
哲学的自传 [美]戴维斯 著
文学与道德杂篇 [法]卢梭 著
设计论证 [美]吉尔丁 著
卢梭的自然状态 [美]普拉特纳 等著
卢梭的榜样人生 [美]凯利 著

## 莱辛注疏集

汉堡剧评 [德]莱辛 著
关于悲剧的通信 [德]莱辛 著
智者纳坦（研究版） [德]莱辛 等著
启蒙运动的内在问题 [美]维塞尔 著
莱辛剧作七种 [德]莱辛 著
历史与启示——莱辛神学文选 [德]莱辛 著
论人类的教育 [德]莱辛 著

## 尼采注疏集

尼采引论 [德]施特格迈尔 著
尼采与基督教 刘小枫 编
尼采眼中的苏格拉底 [美]丹豪瑟 著
动物与超人之间的绳索 [德]A.彼珀 著

## 施特劳斯集

苏格拉底与阿里斯托芬
论僭政（重订本） [美]施特劳斯 [法]科耶夫 著
苏格拉底问题与现代性（第三版）
犹太哲人与启蒙（增订本）
霍布斯的宗教批判
斯宾诺莎的宗教批判
门德尔松与莱辛
哲学与律法——论迈蒙尼德及其先驱
迫害与写作艺术
柏拉图式政治哲学研究
论柏拉图的《会饮》
柏拉图《法义》的论辩与情节
什么是政治哲学
古典政理性主义的重生（重订本）
回归古典政治哲学——施特劳斯通信集
　　　　　＊＊＊
论源初遗忘 [美]维克利 著
阅读施特劳斯 [美]斯密什 著
施特劳斯与流亡政治学 [美]谢帕德 著

驯服欲望 [法]科耶夫 等著

## 施特劳斯讲学录
斯宾诺莎的政治哲学

## 施米特集
宪法专政 [美]罗斯托 著

施米特对自由主义的批判 [美]约翰·麦考米克 著

## 伯纳德特集
古典诗学之路（第二版） [美]伯格 编

弓与琴（重订本） [美]伯纳德特 著

神圣的罪业 [美]伯纳德特 著

## 布鲁姆集
巨人与侏儒（1960-1990）

人应该如何生活——柏拉图《王制》释义

爱的设计——卢梭与浪漫派

爱的戏剧——莎士比亚与自然

爱的阶梯——柏拉图的《会饮》

伊索克拉底的政治哲学

## 沃格林集
自传体反思录 [美]沃格林 著

## 朗佩特集
哲学与哲学之诗

尼采与现时代

尼采的使命

哲学如何成为苏格拉底式的

施特劳斯的持久重要性

## 迈尔集
施米特的教训

何为尼采的扎拉图斯特拉

政治哲学与启示宗教的挑战

隐匿的对话

论哲学生活的幸福

## 大学素质教育读本
古典诗文绎读 西学卷·古代编（上、下）

古典诗文绎读 西学卷·现代编（上、下）